V&R

Annelise Heigl-Evers / Irene Helas
Heinz C. Vollmer (Hg.)

Eingrenzung und Ausgrenzung

Zur Indikation und Kontraindikation für Suchttherapien

Mit 14 Abbildungen

Vandenhoeck & Ruprecht
Göttingen · Zürich

Die Deutsche Bibliothek – CIP-Einheitsaufnahme

Eingrenzung und Ausgrenzung : zur Indikation und
Kontraindikation für Suchttherapien ; mit 3 Tabellen /
Annelise Heigl-Evers ... (Hg.). – Göttingen :
Vandenhoeck und Ruprecht, 1993
ISBN 3-525-45752-9
NE: Heigl-Evers, Annelise [Hrsg.]

Printed in Germany
Satz: Competext, Heidenrod
Druck und Einband: Hubert & Co., Göttingen

Inhalt

Vorwort

Suchtkranke Menschen erleben Grenzen auf vielfältige Weise. Im gesellschaftlichen Kontext wird der Suchtkranke oft als »willensschwach« betrachtet und ausgegrenzt. Damit verliert er häufig für ihn lebenswichtige soziale Bindungen bis zum Verlust seines Arbeitsplatzes. Entschließt er sich zu einer Psychotherapie, so kann es geschehen, daß er an die Grenzen der Indikation der ihm erreichbaren Angebote stößt und die für ihn hilfreichen therapeutischen Vorgehensweisen schwer erreichbar sind. Natürlich sind der Wirksamkeit und dem Erfolg einer Psychotherapie auch Grenzen gesetzt, die in den inneren Strukturen des Patienten liegen. Determinanten dieser Grenzen sind sowohl die erbgenetische Ausstattung (Erbabhängigkeit von Suchtkrankheiten) als auch die frühen und späteren Sozialisationsbedingungen mit ihren biographischen Folgen.

Diese Bedingungen sind häufig charakterisiert durch einen Mangel an kontinuierlicher und entwicklungsfördernder Zuwendung von seiten der frühen Bezugspersonen oder auch durch Einwirkung von Makrotraumen oder Kumulationen von Mikrotraumen. Daraus resultieren schließlich begrenzte Lebenschancen.

Ziel jedweder psychotherapeutischer Bemühung ist es, Entwicklungsprozesse zu ermöglichen, die die Erweiterung oder Aufhebung solcher Begrenzungen von Lebenschancen bewirken. Dabei geht es selbstverständlich immer auch um jene Grenzen, die therapeutischen Bemühungen gesetzt sind und die bewußt wahrgenommen und reflektiert werden sollten. Im therapeutischen Prozeß ist es für den einzelnen Kranken wichtig, jene Grenzen zu erleben und zu markieren, die zwischen dem Selbst und den Objekten, zwischen Ich und Du gegeben sind, wie es ebenso wichtig ist, die eigene Unvollständigkeit und damit Ergänzungsbedürftigkeit zu erleben, das heißt, die eigene Begrenztheit. Das Erleben eigener Unvollständigkeit, das mit der Entwicklung der Geschlechtsidentität verbunden ist, ermöglicht es, den anderen als Andersartigen zu erleben, als ein Gegenüber, zu dem eine durch Austausch gekennzeichnete Beziehung möglich ist.

In dem hier vorgelegten Band diskutieren Experten der klinischen Psychotherapie für Abhängigkeits- und Suchtkranke Fragen der Diagnostik, der Indikation und Prognose, die sich bei Anwendung psychoanalytisch orientierter Psychotherapie, aus der Lerntheorie entwickelter Verhaltenstherapie und systemischer Familientherapie ergeben. Die verschiedenen theoretischen und methodischen Ansätze der Behandlungsformen werden auf diese Weise deutlich gemacht. Darüber hinaus werden auch Fragen und Probleme behandelt, die sich aus der Gebundenheit von Kranken an bestimmte soziale Schichten ergeben, und auch solche, die aus der interdisziplinären Zusammenarbeit verschiedener Berufsgruppen resultieren.

Wir hoffen, daß die in diesem Buch zusammengestellten Texte sowohl den in der Abhängigkeits- und Suchttherapie Tätigen wie auch den an diesen Fragen interessierten Laien Informationen und Anregungen vermitteln werden.

Annelise Heigl-Evers
Irene Helas
Heinz C. Vollmer

I

Psychoanalytische Differentialindikation

Annelise Heigl-Evers und Günter H. Seidler

Die Alterität des Suchtkranken

Wir wollen der Frage nachgehen, wie der Suchtkranke mit dem Anderssein umgeht, sowohl mit der Alterität anderer Menschen wie auch mit fremden Elementen im eigenen Erleben, und wie er selbst als Fremder von anderen Menschen erlebt und »behandelt« wird. Seine Tendenz, Fremdes, Trennendes aus dem eigenen Erleben zu eliminieren, werden wir ebenso aufzeigen wie die korrespondierende Tendenz der Gesellschaft, Suchtkranke individuell und insgesamt als Gruppe zu marginalisieren.

Zunächst möchten wir die Frage behandeln, wie ein fremdes, trennendes Element im Erleben des kleinen Kindes Platz findet und wie sich das Kind aus einer dyadischen in eine triadische Beziehungskonfiguration hineinentwickelt. Wir bedienen uns dabei des Begriffs der Triangulierung und knüpfen damit an Überlegungen von Autoren wie Abelin (1975, 1977), Mahler, Pine und Bergmann (1975), Rotmann (1978), Ermann (1989) und Buchholz (1990) an.

Man kann sich diese zur Triangulierung führende Entwicklung etwas vereinfacht wie folgt vorstellen: Die Einnahme eines Referenzpunktes außerhalb der Dyade ermöglicht es dem Kind, von einer solchen Position aus beide Teilhaber an der bisherigen Beziehung von außen zu betrachten. Ein solcher Referenzpunkt wird dem Kind dadurch zugänglich, daß es über ein hinzutretendes drittes Objekt, in der Regel den Vater, folgendes erlebt: von diesem wird der Zweierbeziehung gegenüber eine Position bezogen, die dem Kind eine bis dahin unbekannte Wahrnehmungseinstellung und Beurteilungsmöglichkeit erschließt. Über eine Identifizierung mit dem Objekt kann das Kind eine entsprechende eigene Position dieser Art entwickeln. Indem dies geschieht, wird der eine Teilhaber der Dyade für den andern zu einem Gegenüber, zu einem abgegrenzten, von allen Seiten wahrnehmbaren dreidimensionalen Objekt.

In kritischer Abgrenzung gegen die herkömmlichen Betrachtungsweisen möchten wir diesen Gedanken dahingehend erweitern, daß nicht nur die Mutter für das Kind zu einem Gegenüber wird, sondern daß auch das Umgekehrte gilt, daß es sich also nicht nur um *eine* Subjekt-Objekt-Beziehung handelt, sondern um deren *zwei,* die sich wechselseitig verschränken; das Gegenüber, das für das eine Subjekt das Objekt ist, ist seinerseits wieder Subjekt, das das andere Gegenüber zu seinem Objekt nehmen kann. Aus diesen Überlegungen entwickeln wir unser Verständnis von Alterität: Alterität verstehen wir als Wechselseitigkeit in einer Subjekt-Objekt-Beziehung, dergestalt, daß *beide* Partner einer solchen Beziehung immer Subjekt *und* Objekt zugleich sind.

Auf der Grundlage einer solchen Überlegung wären herkömmliche Konzepte zu hinterfragen, zum Beispiel das Spiegelkonzept oder das der projektiven Identifikation. Beide Konzepte tragen der Wechselseitigkeit in Beziehungen nach unserer Auffassung nicht genügend Rechnung; denn diese Konzepte unterscheiden einen agierenden und einen – »nur« – reagierenden Part. So wird zum Beispiel in einer Behandlungssituation dem eigenständigen Agieren des therapeutischen Teilhabers, der auch durch eigene Interessen und Bedürfnisse motiviert ist, nicht genügend Rechnung getragen. In diesem Sinne sind die an einer therapeutischen Interaktion Teilhabenden Entitäten. Wir meinen, erst die Akzeptanz von Grenzen ermöglicht Beziehungsfähigkeit; so stehen wir Überlegungen skeptisch gegenüber, die es als wünschenswert nahelegen, Grenzen aufzuheben.

Im Fall der geglückten Entwicklung eines kleinen Kindes wird – in der ödipalen Phase – aus dieser ersten Beziehung eine geschlechtlich differenzierte zwischen männlich und weiblich: Die Frau ist das Gegenüber für den Mann, der Mann ist das Gegenüber für die Frau. Die geschlechtlichen Unterschiede machen das Aufeinanderangewiesensein deutlich; jeder ist, für sich gesehen, unvollständig und daher ergänzungsbedürftig.

Nun ist es offenbar so, daß es Menschen schwerfällt auszuhalten, daß sie der Ergänzung durch einen anderen bedürfen, daß sie den andern brauchen. Menschen streben häufig nicht nur nach Autonomie, sondern auch nach Autarkie; *ein* Weg zu einer solchen Veränderung des Fremden führt über die projektive Identifikation, die dazu dienen kann, sich Fremdes anzugleichen (siehe KÖNIG und LINDNER 1991). Eine Extremform dieser Veränderung des Fremden besteht darin, es als Gegenüber nicht mehr zu respektieren, so daß es auch im eigenen Inneren als Fremdes nicht mehr repräsentiert ist. Ein solcher Vorgang findet sich häufig bei Menschen, die herkömmlicherweise als narzißtisch bezeichnet werden, aber sicher nicht nur bei diesen: Jedem wird bekannt sein, daß eine sehr große Vertrautheit mit einem anderen auch zur Selbstverständlichkeit werden kann, so daß dessen Eigenart, die immer auch mit dem »Reiz des Fremden« verbunden ist, verblaßt, daß sie nicht mehr so deutlich wahrgenommen wird. Unsere Überlegung geht dahin, daß beim Verlust des personalen, des geschlechtlich differenzierten Gegenübers auf dem eben beschriebenen Wege die Gestalt des abgespaltenen Fremden in hypertrophierter, möglicherweise sogar in stark überzeichneter Form wieder auftaucht. Eine solche Entwicklung hat in Deutschland in einer nicht weit zurückliegenden Zeit in furchtbarer Weise stattgefunden, als die Juden zum Inbegriff des Auszumerzenden, des zu vernichtenden Fremden wurden. Gegenwärtig sind es die Ausländer und die Asylanten, die es uns Deutschen einerseits ermöglichen, unsere nationale Identität – mitunter notfallmäßig – zu etablieren, die aber andererseits häufig als ein Übel erscheinen, von dem man sich am besten trennen sollte.

Auch im Ost-West-Verhältnis innerhalb von Deutschland sieht es mitunter so aus, als ob »der andere Teil« an die Stelle dieses hypertrophierten, verzerrten Fremden getreten sei. Diese Beispiele können deutlich machen, daß die Besetzung der Stelle des Fremden, wenn das personale Gegenüber ausgelöscht wurde, relativ beliebig erfolgen kann.

Alteritätstoleranz bei Abhängigkeits- und Suchtkranken

Wir wollen jetzt erörtern, wie es um die Bedeutung des Fremden, des Andersartigen und um die Alteritätstoleranz bei Kranken mit Abhängigkeit und Sucht bestellt ist.

Die klinische Erfahrung lehrt uns, daß die Abhängigkeits- und Suchtkranken in der Regel große Schwierigkeiten haben, den Fremden, den Andersartigen als Austauschpartner im Prozeß einer Beziehungsbildung wahrzunehmen und zu respektieren. – Diese Kranken kommen dem Therapeuten im Kontakt oft zu schnell nahe, eine Vertrautheit voraussetzend, die sich gar nicht gebildet haben kann (das gilt besonders für Alkoholabhängige), oder sie verschließen sich in kalter Unzugänglichkeit, sind abweisend und abstoßend (das gilt besonders für Drogensüchtige). Die Alkoholabhängigen neigen oft zu Selbstüberschätzung, die dem anderen freilich erst bei näherem Kennenlernen auffällt. Sie finden sich toll, jedem anderen überlegen und ergehen sich häufig in Großsprechereien, Verhaltensweisen, die für sie nicht reflektierbar sind.

Sie beanspruchen ihre Bezugspersonen in oft schamloser Weise, ohne sich Gedanken über die Wirkungen ihres Verhaltens auf andere zu machen. Oder etwa die Drogensüchtigen versuchen, sich ein System der Autarkie einzurichten, in dem die anderen völlig entbehrlich sind. Das Element des Personalen, des abgegrenzt Andersartigen scheint für sie keine Bedeutung zu haben.

Interessiert man sich für die inneren Strukturen dieser Kranken, so läßt sich erschließen, daß früh als fremd und böse erfahrene Objekte von ihnen introjiziert und im Inneren abgespalten, abgekapselt, jedwedem Austauschprozeß ferngehalten wurden und aus dieser Isolierung heraus Wirkungen von Bedrohlichkeit und Ängstigung entfalten, die für den Betreffenden nicht identifizierbar sind. Häufig ist nicht klar, ob ein solches Böses seinen Ort im Selbst oder im Objekt hat. Das kann zu einer Mischung aus Fremd- und Selbstdestruktion führen. Wir erinnern an die Arbeit von GIOVACCHINI (1967), der vom »frozen introject«, vom »eingefrorenen Introjekt« sprach.

Das Gute, das ursprünglich von außen kam, wird in der Regel dem Eigenen zugeordnet, wichtige Funktionen und Regulierungen, die der Erhaltung psychophysischer Konstanz dienen, werden inneren guten Teilobjekten zugeordnet, die zugleich durch soziale Bezugspersonen substituiert werden; ihnen wird die Ausübung dieser Funktionen und Regulierungen übertragen. Die Substitute werden nicht als hilfreiche Andere erlebt, sondern instrumentalisierend als Anteile des Selbst; ihre Andersartigkeit wird mißachtet, sie werden nicht als Personen eigenen Rechts betrachtet.

Drängt sich den Kranken die Wahrnehmung auf, daß diese sozialen Substitute versagen, anstatt mit Selbstverständlichkeit ihre Aufgaben zu erfüllen, dann wird die damit sich aufdrängende Andersartigkeit häufig durch Einsatz des Suchtmittels eliminiert. Es ist der Suchtstoff, der nunmehr die genannten Funktionen und Regulierungen ausüben soll, der Reizschutz gewährt, Sicherheit und Wohlbefinden herstellt, ein grandioses Selbst erleben läßt und unmittelbare Triebbefriedigung ohne Aufschub und ohne Umweg und Ersatzhandlungen gewährleistet. Es ist das Suchtmittel, das die so geringe Alteritätstoleranz dieser Kranken dadurch schützt, daß es die Alterität unbemerkbar macht.

Da die strukturellen Defizite persistieren und der Selbstheilungsversuch, im Sinne einer Substitution Außenobjekte an entsprechender Stelle einzusetzen, regelhaft scheitern muß – die Außenobjekte frustrieren –, verwundert es nicht, daß auch der Suchtmittelgebrauch persistiert und die Abhängigkeitskrankheit chronisch wird. Um es zu wiederholen: Der Suchtmittelgebrauch ist, ebenfalls im Sinne eines Selbstheilungsversuches, notwendig, um das Leiden an der Unzulänglichkeit der Außenobjekte nicht spüren zu müssen, also deren Alterität nicht wahrnehmen zu müssen.

Was immer wieder auffällt bei diesen Kranken und die Therapeuten verdutzt, verärgert, ablehnend reagieren läßt, ist die Unfähigkeit zu kritischer Reflexion gegenüber der Krankheit und der eigenen Person. Der anfangs genannte Referenzpunkt, von dem aus sie zwischen sich und den anderen eine Grenze erleben könnten, ist ihnen nicht verfügbar; wegen des Fehlens einer solchen zwischen Ich und Nicht-Ich etablierten Grenze können sie weder das eine noch das andere kritisch beurteilen; entsprechende Verkennungen sowohl des Ich wie des Nicht-Ich sind die Folge.

Beim Abhängigkeits- und Suchtkranken führt die Alteritätsintoleranz, die sie mit anderen strukturell gestörten Kranken teilen, im Unterschied zu diesen zum Griff nach der Droge, die die Intoleranz dadurch erträglich macht, daß sie das Fremde im eigenen Erleben auslöscht; die Auslöschung geschieht dadurch, daß die Droge durch – fiktive und phantasierte – Übernahme der beim Kranken defizitären Funktionen und Regulationen passager das Erleben von Unabhängigkeit, von Autarkie herstellt, von eigener Großartigkeit, von Sicherheit und Wohlbefinden und von Bedürfnisbefriedigung. Durch die Übernahme der Funktionen, die auch durch pharmakogene Wirkungen, zum Beispiel auf die Wahrnehmungsfunktion und auf das Bewußtsein, begünstigt wird, macht sich die Droge zunehmend unentbehrlich; sie wird in diesen Zusammenhängen permanent benötigt und muß deshalb ständig und immer wieder zugeführt werden; das aber bedeutet Chronifizierung der Abhängigkeitskrankheit.

Die Ausschaltung des Fremden im Inneren des Kranken geschieht durch Abspaltung und Abkapselung des früh erlebten und dann introjizierten Bösen. Es geschieht auch durch die Ausstoßung, die Projektion von Bösem in die Außenwelt, wie zum Beispiel bei der Identifizierung mit dem Angreifer: Der zunächst draußen auftretende Kritiker und Ankläger wird dadurch zurückgestoßen, daß die in Frage stehende Schuld, das eigene Böse, nach außen verlagert wird und nunmehr der zuvor Angeklagte als Ankläger und Strafverfolger dem externen Schuldigen entgegentritt.

Der Abhängigkeits- und Suchtkranke als der Fremde in der Gesellschaft

Wir wollen nun erörtern, welche Position der Abhängigkeitskranke in der Gesellschaft innehat. Wir vermuten, daß er in der Gesellschaft eine ähnliche Behandlung erfährt, wie er selbst sie dem ihm Fremden zuteil werden läßt. Der Abhängigkeitskranke wird in der zeitgenössischen Gesellschaft anders gesehen und behandelt als etwa der gleichfalls strukturell gestörte psychosomatisch Kranke. Nach unserem Eindruck besteht in der Gesellschaft die Tendenz, zum Abhängigkeitskranken und Drogensüchtigen auf eine größtmögliche Distanz zu gehen, ihn abzuwerten, ihn als nicht gesellschaftsfähig zu disqualifizieren. Es ist wohl kein Zufall, daß die Behandlungsstätten für Abhängigkeits- und Suchtkranke, ähnlich wie früher die der chronisch psychisch Kranken, räumlich marginalisiert, im Grünen errichtet werden.

Abhängiges und süchtiges Verhalten gilt immer noch als schlechte Gewohnheit, als Ausdruck eines schwachen Charakters, als die Haltlosigkeit psychopathischer Personen. Sie werden, wie gesagt, *als Andere* in einem negativen Sinne marginalisiert. Die an Abhängigkeits- und Suchtkrankheit leidenden Angehörigen erfolgreicher sozialer Gruppen absolvieren ihre Entziehungs- und Entwöhnungskuren häufig in abgelegenen, in Wäldern versteckten Privatsanatorien. Nach Rückkehr aus der völlig diskret durchgeführten Behandlung kann es geschehen, daß, falls sie auf einer Party den Genuß von Alkohol verweigern und Mineralwasser trinken möchten, ihnen die Gastgeberin immer wieder ein Silbertablett mit gefüllten Sektgläsern unter die Nase hält mit der Bemerkung: »Ich hab' doch heute Geburtstag, Frau X., sie müssen ganz einfach mit mir anstoßen!« Das geschieht in der deutlichen Absicht, die Angesprochene als Alkoholabhängige zu dekuvrieren und sie anschließend, hinter der vorgehaltenen Hand, als die böse, schlimme, haltlose Ehefrau zu diffamieren, die ihren als Top-Manager tätigen, überaus tüchtigen und hoch erfolgreichen Ehemann moralisch im Stich läßt, ihn sozusagen verrät.

Die Mißachtung und Zurückstoßung dieser Kranken in unserer Gesellschaft wird auch durch die Tatsache verdeutlicht, daß ihnen bekanntlich erst sehr spät – durch eine Entscheidung des Bundessozialgerichts aus dem Jahre 1968 – die Würde des Krankseins, der Status des Patienten zuerkannt wurde, während sie bis dahin als haltlose Menschen, als soziale Versager eingestuft wurden. Es bestand und besteht auch heute noch die Tendenz, ihnen einen schlechten Charakter zuzuschreiben, anstatt ihnen einen mißglückten Versuch der Lebensmeisterung und Weltbewältigung zuzuerkennen.

Wie ist dieses innerhalb unserer Gesellschaft beobachtbare Verhalten zu verstehen? Wird hier der vakant gewordene Platz des Fremden, zu dem keine Beziehung aufgenommen werden darf, wenngleich er als solches erhalten bleiben muß, sozusagen beliebig besetzt? Oder ist das manifeste Verhalten der Abhängigkeits- und Suchtkranken als abgekapselte Möglichkeit im Inneren der anderen enthalten und muß zum eigenen Schutz in Gestalt des äußeren Fremden ferngehalten, abgestoßen werden? Würde der Anspruch eines vielbeschäftigten und tüchtigen Mannes, nach des Tages Müh' und Plage am Kamin eine halbe oder auch eine ganze Flasche Rotwein zu trinken oder am Stammtisch mit Kollegen zu bechern, in Frage gestellt, wäre das Recht auf passagere dionysische Freuden etwa im Karneval verwirkt? Werden verschwiegen geübte Triebbefriedigungen durch Konfrontation mit den Abhängigen der Selbstreflexion der wohl Angepaßten zu nahe gerückt?

Möglichkeiten therapeutischer Einflußnahme auf die Alteritätstoleranz des Abhängigkeitskranken

Es stellt sich nun die Frage, ob und gegebenenfalls wie die Alteritätstoleranz des Abhängigkeitskranken therapeutisch beeinflußt werden könnte, wie die vom Kranken ausgeschaltete, vermiedene, weil möglicherweise Entsetzen auslösende Andersartigkeit seinem Erleben nähergebracht werden könnte. Der Andersartige ist, daran darf erinnert werden, für das Subjekt ohne wesentliche Angst dann erlebbar, wenn es zwischen sich und ihm eine Grenze etablieren, wenn es beide als abgegrenzte Entitäten verstehen kann. Unter dieser Voraussetzung können sich zwischen beiden Austauschprozesse entwickeln, die zur Beziehung führen, verbunden mit Akzeptanz und Kritik, mit Nähe-Suche und Distanzierung, mit dem Erleben: Ich, das Subjekt, brauche gerade den Andersartigen, um für meine Unvollständigkeit eine Ergänzung zu finden.

Wie nun kann sich ein Therapeut verhalten, um das Erleben des Fremden zu entängstigen und die Alterität allmählich attraktiv werden zu lassen? »Sich verhalten« gegenüber Kranken, daran mag nochmals erinnert werden, die der Andersartigkeit gegenüber intolerant sind; sie gehen mit dem Andersartigen im eigenen Inneren so um, daß es – einmal aufgenommen, introjiziert –, nunmehr abgespalten, abgekapselt oder nach außen projiziert, ausgestoßen wird. Kommen dem ins eigne Innere aufgenommenen Fremden gute Qualitäten zu, blüht diesen »guten Introjekten« ein ähnliches Schicksal dann, wenn ihre Funktionen nicht vom Selbst des Subjektes übernommen werden können: Im Sinne einer Substitution wird die Realisierung dieser Funktionen Objekten draußen zugeordnet, die damit zu einem Anteil des Subjektes werden, zu einem Teil des Selbst, und ebenfalls ihre andersartige Selbständigkeit verlieren. Somit ist weder zum bösen noch zum guten Andersartigen Beziehung möglich. Um solche Beziehungen möglich werden zu lassen, stellt die psychoanalytisch-interaktionelle Behandlungsmethode vor allem zwei Verhaltenselemente zur Verfügung: die Grundeinstellung des *Respekts* gegenüber dem Kranken und die Bereitschaft, ihm *authentisch* zu *antworten.*

Respekt kann definiert werden als Anerkennung, als Ernstnehmen der Andersartigkeit, der Alterität. Dem Anderen Respekt bezeugen heißt, seine Integrität nicht zu verletzen und seine Grenzen zu achten, insbesondere auch seine Toleranzgrenzen; Respekt gilt auch dem Versuch der Lebensmeisterung und Weltbewältigung des anderen, auch wenn er mißglückt ist.

Zur Illustration eine kurze Vignette aus der Praxis:

Als eine künftige Sozialtherapeutin es einem Klienten gegenüber ganz offensichtlich an Respekt fehlen ließ, wollte dieser sich schroff von ihr abwenden. Als sie den

Mangel zugeben konnte, entspannte sich die Situation. Die Entspannung wurde möglich, als sie ihre Fähigkeit einsetzte, sich selbst zum Objekt zu nehmen und eigenes Verhalten distanziert zu reflektieren; sie konnte sich mit inneren Anteilen, die sie bis dahin bei sich nicht so recht wahrgenommen hatte, in Beziehung setzen, konnte sie einerseits als zu ihr gehörig akzeptieren und konnte sie andererseits kritisch beurteilen und einschätzen. Aus einer solchen Beziehung zu sich selbst wird es möglich, in der Außenbeziehung zum andern, zum Klienten, die Einstellung des Respekts zu entwickeln.

Das andere Element dieser Methode, der psychoanalytisch-interaktionellen, ist das *antwortende Verhalten* des Therapeuten. Auch eine Antwort setzt die Existenz von Abgegrenztsein, von Andersartigkeit voraus. Sie erfolgt im Spannungsfeld zwischen zwei abgegrenzten Entitäten; sie kann – falls eine solche Abgegrenztheit noch nicht entstanden ist – seine Entstehung fördern. Das geschieht dadurch, daß der Kranke im ersten Ansatz wahrnimmt, der Andere, der Therapeut ist nicht ein Teil meiner selbst, sondern ist anders geartet. Wenn diese Andersartigkeit in ausreichendem Maße mit Hinwendung und Zuwendung verbunden ist, kann die zunächst dadurch ausgelöste Angst gemindert werden und kann sich eine Art Stutzen, vielleicht ein Erstauntsein entwickeln – ähnlich dem Erstaunen, das kleine Kinder zeigen, wenn ihnen – geschützt von einem freundlichen Objekt – etwas Neues, Unbekanntes nahegerückt wird.

Es ist ein Erleben des Staunens, des *Thaumazein,* wie Aristoteles es definiert und beschrieben hat (siehe dazu Schultz-Hencke 1951, S. 24f.), das beinhaltet: Was ich jetzt sehe, höre, fühle, erlebe, das bin ich nicht (das ist Nicht-Ich), das ist das völlig Andere, das Andersartige. Natürlich kann die Konfrontation mit dem Andersartigen auch Angst wecken; deswegen sollte der Therapeut die Toleranzgrenzen des Patienten im Auge haben und sie antizipieren.

Im folgenden eine kleine Vignette aus Behandlungsgesprächen mit einer heroinsüchtigen Frau, die ihren Drogenkonsum mit Hilfe von Prostitution finanzierte. So sagte die Patientin einmal:

»Freude habe ich mir nur mit der Droge holen können. Mit ihr fühlte ich mich sicher und unangreifbar. Niemand konnte mir wehtun.«

Das weitere Gespräch verlief dann folgendermaßen:

Therapeutin: »Ich habe den Eindruck, Du willst mit Deinem Körper nichts zu tun haben. Das kann ich gut verstehen. Wahrscheinlich hättest Du die Prostitution sonst nicht ertragen. Was ich nur intellektuell verstehe, nicht aber nachvollziehen kann, ist, wie Du das schaffst, Dich so von Deinem Körper abzusetzen.«

Patientin: »Auf Droge ist einem der Körper doch egal. Da vergißt man doch sogar die Sexualität.«

Therapeutin: »Sicher, dennoch frage ich mich, inwieweit – wie soll ich sagen – Du zu Deinem Körper ›Ich‹ sagen kannst bzw. ihn als ›Ich‹ empfindest.«

Patientin (wie vom Donner gerührt): »Oh Mann!«

In dieser Vignette geht es also um das Phänomen des Staunens, bewirkt durch das antwortende Verhalten der Therapeutin. Doch daneben wird noch ein anderes Element deutlich, das in der institutionellen Suchttherapie vielleicht nicht so selten ist. So ist zu fragen, welche Bedeutung die in den therapeutischen Institutionen üblichen Kommunikationsformen für den Suchtkranken haben; in diesem Fall geht es dabei um das egalisierende Du als Kommunikationsform, die die hier gegebenen Schwierigkeiten möglicherweise verstärkt. Es stellt sich nämlich die Frage, warum bei der Behandlung von Suchtkranken auf das distanzmarkierende *Sie* häufiger verzichtet wird. Hier ist zu bedenken, daß Kranke, die auf die Ausschaltung des Fremden nicht verzichten können, natürlich auch die institutionelle Atmosphäre, in der ihre Behandlung stattfindet, entsprechend beeinflussen. Es wird Therapeuten, so möchten wir vermuten, wohl nicht leicht gemacht, sich als »der Fremde«, »der Andersartige« bemerkbar zu machen. Auf diese Weise kann sich eine Tendenz zur Egalisierung entwickeln, die ihren Ausdruck im Duzen findet, in der Kleidung, in Alltagsgewohnheiten verschiedener Art. Für die Therapeuten mag es dann schwierig sein, sich ihrerseits als abgegrenzt wahrnehmbar zu machen.

Ergebnis

Das Eingreifen und Wirksamwerden des dritten Objekts (im typischen Fall des Vaters) läßt die Mutter-Kind-Beziehung zu einer objektalen werden. Die lebensgeschichtliche Weiterentwicklung und Ausgestaltung dieser Beziehung führt im geglückten Fall zur Alteritätsbeziehung zwischen Mann und Frau.

Alterität ist die Befähigung, sich wechselseitig objektivieren zu können und sich auf der Grundlage dieser Beziehungsgestalt wechselseitig Objekthaftigkeit zugestehen zu können.

Falls das nicht gelingt, kann sich als Entgleisungskonfiguration ergeben: das andere Geschlecht als Gegenüber ist zu bedrohlich; es wird deswegen zum Verschwinden gebracht. Die dennoch bestehende Notwendigkeit der Präsenz und Existenz eines Fremden führt zur Ausgestaltung eines Bildes von ihm als etwas Bedrohlichem, grotesk Verzerrtem, läßt ihn zum Repräsentanten des absolut Bösen werden.

Das zunächst außen wahrgenommene Böse wird von einer großen Gruppe von Abhängigkeits- und Suchtkranken (wie auch von anderen Kranken mit strukturellen Störungen) entweder per Introjektion in die eigene Innenwelt eingeführt und dort abgespalten, abgekapselt und so eliminiert oder nach seiner Aufnahme ins Innere nach außen projiziert, womit gleichfalls eine Eliminierung erfolgt. Das zunächst außen erlebte Gute wird den Vorstellungen vom eigenen Selbst und von guten Teilobjekten zugeordnet; diese Teilobjekte werden wegen der an sie geknüpften lebenswichtigen Funktionen und Regulierungen durch Außenobjekte substituiert, die nunmehr diese Funktionen ausüben sollen und als Anteile des eigenen Selbst des Kranken erlebt werden. Falls diese Außensubstitute in der Ausübung der ihnen zugewiesenen Funktionen versagen, was regelhaft geschieht, tritt an ihre Stelle das Suchtmittel, das nunmehr der Regulierung von Reizschutz, der Herstellung von Sicherheit und allgemeinem Wohlbefinden, der Stabilisierung des Selbstwertes und der Gewährleistung von Triebbedürfnis-Befriedigungen zu dienen hat. Auch das Suchtmittel versagt in der Erfüllung dieser Funktionen, findet sich jedoch in der Regel in Reichweite, ist dem Zugriff jederzeit verfügbar oder wird mit allen Mitteln erreichbar gemacht und führt somit zu einer permanenten Abhängigkeit, zum klinischen Bild der chronischen Abhängigkeit und Sucht.

Die Marginalisierung, die Abstoßung von Abhängigkeit und Sucht von seiten der Gesellschaft könnte ähnlich verstanden werden. Unter dem Aspekt der therapeutischen Beeinflußbarkeit von Alteritätstoleranz sind als Elemente der psychoanalytisch-interaktionellen Therapie besonders die Einstellung des Respekts und die Interventionsform der authentischen Antwort als Möglichkeiten hervorzuheben, dem Kranken das dritte Objekt wahrnehmbar, erlebbar, verstehbar und reflektierbar werden zu lassen. Ist die Einleitung einer Beziehung in der anfangs definierten Form gelungen, kann bei genügend langer Fortführung der Therapie nicht nur Abstinenz, sondern Unabhängigkeit vom Suchtmittel erreichbar werden.

Literatur

ABELIN, ERNEST L. (1975): Some further observations and comments on the earliest role of the father. Int. J. Psycho-Anal. 56: 293-302.

ABELIN, ERNEST L. (1977): Triangulation, the role of the father and the origins of core gender identity during the rapprochement subphase. In: LAX, RUTH F.; BACH, SH.; BURLAND, J. ALEXIS (Hg.; 1980): Rapprochement. The Critical Subphase of Separation – Individuation. Jason Aronson, New York, S. 151-169.

BUCHHOLZ, MICHAEL B. (1990): Die Rotation der Triade. Forum Psychoanal 6: 116-134.

ERMANN, MICHAEL (1989): Das Dreieck als Beziehungsform. Prax. Psychother. Psychosom. 34: 261-269.

GIOVACCHINI, PETER L. (1967): The Frozen Introject. Int. J. Psychoanal. 48: 61-67.

KÖNIG, KARL; LINDNER, WULF-VOLKER (1991): Psychoanalytische Gruppentherapie. Vandenhoeck u. Ruprecht, Göttingen.

MAHLER, MARGARET S.; PINE, FRED; BERGMANN, ANNI (1975): Die psychische Geburt des Menschen. Fischer Verlag, Frankfurt a.M. 1982.

ROTMANN, MICHAEL (1978): Über die Bedeutung des Vaters in der »Wiederannäherungsphase«. Psyche 32: 1105-1147.

SCHULTZ-HENCKE, HARALD (1951): Lehrbuch der analytischen Psychotherapie. Georg Thieme Verlag, Stuttgart, 3. Aufl. 1981.

Karl König

Möglichkeiten und Grenzen psychoanalytischer Zugangsweisen

Eine Psychoanalyse, die allein als Tiefenpsychologie verstanden wird, eignet sich nicht für die Behandlung von Suchtkranken. Die Auffassung von Psychoanalyse als einer Psychologie der Tiefe stammt aus ihren Anfängen. Heute geht es schon lange nicht mehr nur um die Tiefe, um das Unbewußte eines Einzelnen, sondern um den Umgang von Menschen untereinander, der durch Unbewußtes mitbestimmt wird.

Aus der Psychoanalyse als Ein-Personen-Psychologie, in der sich ein Psychoanalytiker wie ein Archäologe um das Erkennen der Tiefenpersönlichkeit bemühte, ist also eine Mehr-Personen-Psychologie geworden.

Die Entwicklung der Ich-Psychologie hat die Psychoanalyse in Verbindung mit der allgemeinen akademischen Psychologie gebracht. Die Entwicklung der Gruppentherapie, insbesondere in der Form von FOULKES (1986, 1990) in Großbritannien und in Deutschland in der Form, die von HEIGL-EVERS und HEIGL (1973) initiiert wurde, brachte die Psychoanalyse in Verbindung mit der allgemeinen Sozialpsychologie.

Den Beziehungsaspekt, das sogenannte Interpersonelle, haben besonders die Objektbeziehungstheoretiker betont, die sich darum kümmerten, welche Spuren der Erinnerung Beziehungen zu anderen Menschen in unserer inneren Welt hinterlassen. In neuerer Zeit hat KERNBERG (1979) versucht, Ich-Psychologie und Objektbeziehungstheorie zu vereinen, was ein theoretischer Standpunkt ist, dem ich selbst nahe bin. Die Objektbeziehungstheorie erleichtert es uns, zu verstehen, inwiefern ein Suchtmittel durch seine euphorisierende Wirkung und in seiner, besonders beim Alkohol, meist ständigen Verfügbarkeit Erwartungen erfüllen und Bedürfnisse befriedigen kann, wie sie ein ganz kleines Kind an seine engsten

Beziehungspersonen richtet: Erwartungen und Bedürfnisse, die manche Menschen auch als Erwachsene behalten.

Spätestens seit ANNA FREUD (1956, 1974) Entwicklungs- und Konfliktpathologie unterschied, gilt das Augenmerk der Psychoanalytiker nicht mehr allein den Einflüssen der Tiefe auf das Ich und der Frage, wie das Ich mit den Einflüssen der Tiefe, aber auch mit der Außenwelt unter den Einflüssen der Tiefe umgeht, sondern auch den Störungen seiner Entwicklung. Das Ich entwickelt sich aus einem erbgenetisch bedingten Entwicklungspotential, aber auch aus Beziehungserfahrungen. Säuglingsbeobachtungen, die zum Beispiel von STERN (1985) und LICHTENBERG (1983) aufgenommen und konzeptualisiert wurden, weisen darauf hin, daß differenzierte Interaktionen zwischen Kind und Pflegeperson schon in den ersten Lebenswochen und Lebensmonaten stattfinden. Diese Interaktionen sind von herausragender Bedeutung für die Entwicklung der Persönlichkeit des späteren Erwachsenen. Die Persönlichkeitsstruktur (z.B. KÖNIG 1992) ist zum Teil angeboren, zum anderen Teil aber das Ergebnis von Interaktionen mit der Umwelt unter dem Einfluß des erbgenetisch Mitgebrachten, aber auch der bisher gemachten Erfahrungen.

Im Bereich der von Ärzten durchgeführten oder von Ärzten delegierten Psychotherapie wird zwischen analytischer Psychotherapie und tiefenpsychologisch fundierter Therapie unterschieden. Bei beiden handelt es sich um psychoanalytische Verfahren. Bei der analytischen Psychotherapie geht es mehr darum, Unbewußtes bewußt zu machen, besonders auch die in der Tiefe des Unbewußten verborgenen und erst in therapeutischer Regression an die Oberfläche kommenden Kernkonflikte eines Menschen. In der tiefenpsychologisch fundierten Psychotherapie geht es mehr um die davon abgeleiteten Konflikte, die unser Verhalten im Alltag direkter bestimmen.

Der zusammengesetzte Terminus »tiefenpsychologisch *fundiert*« ist – obwohl sprachlich nicht besonders schön – eine glückliche Formulierung insoweit, als er offenläßt, daß es neben dem unbewußten Tiefen auch um etwas anderes gehen kann, auch um das bewußte Alltägliche. Man entfernt sich nur streckenweise von den bewußten Erlebens- und Verhaltenszuständen, die ein Mensch im Alltag zeigt.

Wie allgemein akzeptiert wird und wie ich auch in meinem allgemeinen Lehrbuch der analytischen Psychotherapie (KÖNIG

1991a) dargelegt habe, ist nicht eine Psychoanalyse im klassischen Sessel-Couch-Setting, sondern eben eine analytisch orientierte oder tiefenpsychologisch fundierte Therapie für die Behandlung von Suchtkranken geeignet. In den psychoanalytisch orientierten Kursen des Gesamtverbandes für Suchtkrankenhilfe im Diakonischen Werk der Evangelischen Kirche wird eine solche Sichtweise vermittelt. In dieser Sichtweise berücksichtigen wir konkrete Alltagsrealitäten ebenso wie die Einflüsse des Unbewußten oder eine Entwicklungsstörung des Ich, sie sind gleichrangig.

In der modernen Psychoanalyse kommt es zu fruchtbaren und glücklichen Verbindungen zwischen der Allgemeinpsychologie, der sogenannten akademischen Psychologie und der allgemeinen Sozialpsychologie.

Dennoch hat eine psychoanalytisch orientierte Therapieform insoweit Grenzen, als bei manchen Patienten der Anteil des tiefenpsychologischen Verstehens gegenüber dem konkreten, pragmatisch-praktischen Umgang mit der Realität des Patienten und den Auswirkungen seines Handelns so weit in den Hintergrund treten muß, daß man den Eindruck haben könnte, sie spiele gar keine Rolle mehr. Jeder praktisch Tätige mit einer psychoanalytisch orientierten Weiterbildung kennt das aus seiner Alltagspraxis, zum Beispiel, wenn es darum geht, einen Patienten nach einem Rückfall (oder dem zweiten oder dritten Rückfall) zu entlassen. Man überlegt sich schon, welche Auswirkungen das auf die Psyche des Patienten und auf den weiteren Verlauf seiner Krankheit haben wird, bedenkt auch mit, welchen Einfluß es auf andere Patienten bezüglich ihrer Rückfallgefahr haben wird, wenn *keine* Sanktionen erfolgen. Die Form des Intervenierens hat aber mit psychoanalytischem Handeln im klassischen Sinne nur noch wenig zu tun. Wenn die Therapie bei einem Rückfall beendet wird, kann man das kaum noch als einen Parameter (Eissler 1953) bezeichnen, also als ein Handeln des Therapeuten, das nicht psychoanalytisch ist, später aber im weiteren Verlauf der Therapie bearbeitet werden kann. Wenn ein Patient mit einem Rezidiv entlassen wird, ist oft gar nicht sicher, ob er wieder in eine Therapie kommt.

Andererseits ist ein direktes Vorgehen, besonders eines, das die Grenzen des Settings einzuhalten hilft, indem etwa Übertretungen des Abstinenzverbotes mit Sanktionen belegt werden, oft notwendig, damit überhaupt psychoanalytisch orientierte Psychotherapie geschehen kann.

KERNBERG hat in seinem neuesten, zusammen mit Mitarbeitern verfaßten Lehrbuch der Borderline-Therapie (KERNBERG u.a. 1989) ein Beispiel gebracht, das mich sehr beeindruckte:

Eine jugendliche Patientin, die bei einer vorangegangenen Therapeutin die Gewohnheit gehabt hatte, im Wartezimmer sitzen zu bleiben und die Therapeutin jedesmal anzusprechen, wenn sie herauskam, um einen neuen Patienten zu holen, versuchte so, ihre Kontaktzeit mit der Therapeutin zu verlängern. Dieser Patientin wurde sinngemäß folgende Mitteilung gemacht: Nach der Stunde dürfen Sie nicht im Warteraum sitzenbleiben. Wenn Sie das dennoch tun, werde ich Leute rufen, die Sie hinausbringen. Wenn das dreimal gemacht werden müßte, ist die Therapie zu Ende. Ich werde das auch so Ihren Eltern mitteilen, damit die sich darauf einrichten können, daß diese Therapie von kurzer Dauer sein könnte.

Vielen Therapeuten, die ständig mit Abhängigen arbeiten, wird die Notwendigkeit, Grenzen zu setzen, wahrscheinlich nichts Neues sein. Mir übrigens auch nicht; dennoch hat mich das Vorgehen des Therapeuten in seiner Direktheit und Strenge verblüfft und ein wenig erschreckt. Ich machte mir dann aber klar, daß hier gleichzeitig ein prognostischer Faktor berücksichtigt wurde: Wenn die Patientin nicht in der Lage war, sich auf die Zeiten zu beschränken, die man ihr anbot, konnte man auch nicht damit rechnen, daß sie zwischen den Stunden allein zurechtkam, und dann war es vielleicht besser, nicht mehr analytisch psychotherapeutisch zu arbeiten, sondern die Therapie zu beenden und die Patientin wieder in eine psychiatrische Betreuung zu übergeben, wo nur beratend und eventuell auch mit Medikamenten gearbeitet wird. Das ist dann besser als das Weiterführen einer Therapieform, die nichts bringt.

Aber auch sonst setzen KERNBERG und seine Mitarbeiter offenbar feste Grenzen, und innerhalb dieser festen Grenzen scheint es ihnen dann möglich zu sein, viel stärker deutend zu arbeiten, als dies in der Bundesrepublik vielerorts üblich ist.

Neben den mehr frühgestörten suchtkranken Patienten, bei denen eine Schwächung der Ich-Funktionen bewirkt, daß sie mit Gefühlen, die sie empfinden, nicht anders als mit Hilfe eines Suchtmittels umgehen können, also eine Art Eigentherapie (KRYSTAL und RASKIN 1983) betreiben, die zum Beispiel Reizschutz ersetzt, die Frustrationstoleranz, die Angsttoleranz, die Toleranz für Aggressivität erhöht, gibt es viele suchtkranke Patienten, die Gefühle von Depressivität erleben, deren Ursachen sie nicht kennen.

Ähnliches gilt für Angstkranke (KÖNIG 1991b), die für ihre

Angstzustände die allgemeine politische Lage verantwortlich machen. Obwohl die Gefahr atomarer Katastrophen zur Zeit größer ist als vor der Auflösung der Sowjetunion, hat diese Art der Begründungen für Angst übrigens abgenommen; heute hat man mehr Angst vor dem Verlust des Arbeitsplatzes, die auch durch hinzuströmende Fremde verursacht wird. Diese Angst wandelt sich dann oft in Ablehnung oder gar Haß, ein Problem, mit dem wir zur Zeit zu tun haben.

Oft werden unveränderbare äußere Faktoren für Angstzustände verantwortlich gemacht. Tatsächlich sind es ja durch ihn allein nicht veränderbare Faktoren, mit denen es ein Patient zu tun hat, oft aber nicht die angeschuldigten unveränderbaren Faktoren. Mit »unveränderbar« meine ich also, daß der einzelne Mensch an neurotischen Ängsten nichts ändern kann, sondern nur in Zusammenarbeit mit anderen. Genausowenig wie jemand allein eine atomare Bedrohung verringern kann oder allein äußere Verhältnisse schaffen kann, die es erleichtern, weniger Angst vor Fremden zu haben, kann ein Mensch mit neurotischer Angst oder neurotischer Depression an dieser allein etwas ändern. In der Regel kann ein neurotisch Depressiver oder neurotisch Angstkranker deshalb mit seiner Angst oder seiner Depressivität nicht umgehen, weil ihm die Ursachen unzugänglich sind. Die Ursachen sind eben unbewußt.

Wie eine neuere Untersuchung in einer psychotherapeutischen Klinik, übrigens einer verhaltenstherapeutischen (Benos 1990), gezeigt hat, sind die Angstkranken unter den Alkoholabhängigen häufig; ähnliche vorläufige Ergebnisse erbrachte die sogenannte Niedersachsenstudie, die Poser (pers. Mitteilung) zusammen mit anderen durchführt. Auch der Abusus von Kopfschmerztabletten hängt häufig mit Angstkrankheit zusammen; beim Alkohol sind es vor allem die Ängste, die im Umgang mit Menschen auftreten, wo es dem Betreffenden dann wichtig ist, sich einfach Mut anzutrinken.

Nun hat jeder, der Angst im Umgang mit Menschen hat, Einblick in *einen Teil* der Entstehungsweisen dieser Angst. Er weiß zum Beispiel, daß seine Angst vor Menschen ihn davon abhält, Übung im Umgang mit Menschen zu erlangen und daß dieses Ungeübtsein wiederum Angst macht. Warum er primär Angst vor Menschen hat, kann er aber meist nicht sagen, oder seine Erklärungen sind falsch. Auch die bewußten Erinnerungen an das Elternhaus führen oft nicht weiter; viele Angstpatienten erinnern eine sehr harmonische und glückliche Kindheit, die aber doch dazu geführt hat, daß der

Betreffende nicht konfliktfähig wurde und auch nicht fähig wurde, Gefühle, die sich in der Familie nicht ausdrücken durften, um die Familienharmonie nicht zu stören, sozialadäquat in Handeln umzusetzen.

Was bei diesen Angstkranken auftritt, ist eine zu einem großen Teil unbegründbare Angst, die ein Patient dann zum Beispiel mit Alkohol »behandeln« kann. Eine Therapie dieser Patienten muß die unbewußte Quelle dieser Angst mitberücksichtigen, wobei sich nicht selten eine Kombination psychoanalytisch orientierter und verhaltenstherapeutischer Maßnahmen, zum Beispiel im Sinne eines Angsttrainings, als nützlich erweist, wie ich das in der Neurosenklinik Tiefenbrunn vor längerer Zeit eingeführt habe; es wird dort noch heute so praktiziert.

Die große Schwierigkeit, vor die sich ein Patient mit einer ihm unerklärlichen Angst gestellt sieht, ist, daß er naturgemäß nicht wissen kann, wie er mit dieser unerklärlichen Angst so umgehen soll, *daß sie beendet wird.* Bewußte Angst ist ja ein Signal, das uns zu einem bestimmten Handeln bringt, meist zum Angriff oder zur Flucht, während Depressivität in einer ausweglosen Situation den Sinn haben mag, die Beweglichkeit einzuschränken, wenn sich jemand in einer solchen ausweglosen Situation befindet. Die Grundzüge und biologischen Grundlagen unserer Psyche sind ja – das vergißt man oft – noch die der Jäger und Sammler; die gesellschaftliche Entwicklung ist der Entwicklung unserer psychischen Grundstrukturen weit vorausgeeilt. Wenn es nichts zu jagen oder zu sammeln gab, also keine Nahrung beschafft werden konnte, war es vielleicht am besten, wenn ein Mensch in einen depressiven Zustand der Antriebslosigkeit verfiel, statt die Nährstoffe, die er noch in seinem Körper gespeichert hatte, in unnützer Aktivität zu verbrauchen. In unserer bundesdeutschen Gesellschaft, wo zumindest keiner verhungern muß, hat Depressivität diese Funktion verloren.

Die Ursachen unerklärlicher Angst und unerklärlicher Depressivität sind also *unbewußt.* Es gibt aber auch andere Ursachen, zum Beispiel bei reaktiven Depressionen. Da sind die Ursachen bekannt, es handelt sich etwa um eine ausweglose *soziale* Situation. *Beide* Arten von Ursachen, die bewußten und die unbewußten, führen leicht zum Suchtmittelgebrauch, weil es sich hier um die einzige Möglichkeit handelt, das unangenehme Gefühl, sei es die Angst, sei es die Depressivität, zu beenden. Eine Therapie muß diese *beiden* Möglichkeiten berücksichtigen.

Es gibt natürlich auch Patienten, aus deren Gefühlen sich deshalb keine Handlungsanweisungen ergeben, weil die Gefühle undifferenziert sind. Statt zu Ärger oder Wut oder Angst kommt es bei diesen Patienten zu körperlichen Spannungsgefühlen oder diffusen Gefühlen des Unwohlseins, wobei der Patient nicht erkennen kann, ob es sich um Ärger oder um Wut, um Angst, um Enttäuschung, um Kränkungsaggression, um diffuse sexuelle Wünsche oder um noch etwas anderes handelt. Weil die eigenen Gefühlszustände nicht erkannt und benannt, sondern nur erlitten werden können, kann man nichts tun, um sie zu beenden. Auch hier bieten die Suchtmittel einen »Ausweg«.

In der psychoanalytisch-interaktionellen Therapieform des sogenannten Göttinger Modells (HEIGL-EVERS und HEIGL 1983; HEIGL-EVERS und STREECK 1985) haben wir es mit einem therapeutischen Verfahren für solche Ich-Entwicklungsstörungen zu tun. Mit Entwicklungsstörungen nämlich, die entweder dazu geführt haben, daß Gefühle nicht erkannt werden, oder daß erkannte Gefühle, deren Ursache nicht beseitigt werden kann, nicht toleriert werden; es fehlt zum Beispiel an Angst- oder Frustrationstoleranz, also an der Fähigkeit, Angst oder Frustration eine Zeitlang zu ertragen; oder es fehlen die sozialen Kompetenzen, die sich auf den interpersonellen Umgang beziehen, dazu gehören etwa die Ich-Funktionen der Antizipation, der Voraussicht der eigenen Wirkung auf andere in einer bestimmten sozialen Situation. Das kann wiederum zu Erlebnissen führen, die unangenehme Gefühlszustände erzeugen, zum Beispiel von Konflikten am Arbeitsplatz bis hin zum Verlust des Arbeitsplatzes etwa dann, wenn der Betreffende seine Arbeit behalten hätte, wäre er mit den Arbeitskolleginnen und -kollegen besser ausgekommen. Die Belastungen des Patienten sind dann real, nicht imaginiert; er hat sie aber herbeigeführt. Auch die Ich-Funktion der Realitätsprüfung ist notwendig für ein sozialadäquates Handeln. Sie wird oft durch sogenannte Abwehrmechanismen eingeschränkt, zum Beispiel durch Leugnung oder Idealisierung.

Die psychoanalytisch-interaktionelle Therapie *substituiert,* was dem Patienten noch fehlt, zum Beispiel Ich-Funktionen. Sie *fördert* die Entwicklung von Ich-Funktionen, indem sich der Therapeut als Modell darstellt, durch konkrete Beziehungsangebote, indem der Therapeut über sich selbst mehr sagt, als er es sonst tun würde. Durch Beziehungsangebote, die mehr den Alltagsbeziehungen, zum Beispiel auch in der Kindheit, entsprechen, wird auf der Basis einer diagnostischen Einstellung, die das gesamte Repertoire der psychoanalytischen Diagnostik verwenden kann, eine Nachreifung der Ich-Entwicklung gefördert. Indem der Therapeut seine eigenen Gefühle benennt, und indem er auch – man nennt das Affektklarifizierung – dem Patienten hilft, seine eigenen Gefühle zu benennen, hilft er ihm dabei, Handlungsanweisungen aus seinen, zunächst unklaren, Gefühlszuständen abzuleiten, die jene Gefühlszustände beenden können, so daß der Patient dazu nicht mehr auf ein Suchtmittel zurückgreifen muß. Sie hilft ihm aber auch, mit Menschen besser zurechtzukommen, damit er sich nicht mehr in belastende Beziehungssituationen bringt, in der Familie oder am Arbeitsplatz. Hier überschneidet sich diese Therapieform mit bewährten Verfahren der Verhaltenstherapie, die soziales Lernen fördern.

In der täglichen therapeutischen Arbeit stößt man natürlich auch mit einer psychoanalytischen Zusatzausbildung immer wieder auf Grenzen. Oft ist die Krankheit bereits zu weit fortgeschritten; bei vielen Patienten ist ja der zeitliche Raum zwischen einem Nicht-Motiviertsein zur Therapie und einem Zuspät zur Therapie eng. Bei vielen Patienten ist das Ausmaß einer neurotischen Störung mit den Mitteln, die einem Berater an einer Suchtberatungsstelle oder einem Suchtkrankentherapeuten in einer Klinik zur Verfügung stehen, nicht zu leisten. Hier möchte ich dringend zur Kooperation mit niedergelassenen Psychotherapeuten raten, die sich in den letzten Jahren vermehrt auch um Suchtkranke kümmern und Langzeittherapien machen, für die im Suchtberatungsbereich oft nicht die Möglichkeiten bestehen. Auch die Versorgungssysteme sollten sich nicht gegeneinander abschotten.

Die Aufgabe künftiger Entwicklungen stelle ich mir so vor, daß die Prävention verbessert wird. Das heißt, wir sollten herausfinden und dann auch immer daran denken, bei welchen psychischen Erkrankungen eine erhöhte Suchtgefahr besteht und wie das Eintreten einer Sucht zu verhindern ist.

Bei Suchtkranken wären die therapeutischen Möglichkeiten weiter zu verbessern, wobei Einseitigkeiten vermieden werden sollten. Ebensowenig wie eine *rein* auf dem Prinzip Deutung basierende Psychoanalyse für die Suchtkrankentherapie geeignet ist, erscheint mir eine *rein* auf dem Prinzip Antwort basierende Therapie im Sinne der psychoanalytisch-interaktionellen Therapieform immer angemessen. Ein Berater oder Therapeut sollte über ein breites Spektrum von Möglichkeiten verfügen, das Unbewußte durch Deuten bewußt zu machen, soweit es der Patient verträgt, oder zunächst die Ich-Entwicklung fördern, wenn der Patient es noch nicht verträgt. Aber auch bewährte Methoden der die äußere Realität beeinflussenden Sozialarbeit unter Berücksichtigung der Auswirkungen dieser Maßnahmen auf die bewußte und unbewußte Psyche des Patienten sollten angewendet werden. Der Therapeut sollte sich nicht auf eine dieser Einwirkungsmöglichkeiten (nur Deuten, nur Antworten oder nur Umgang mit der konkreten Lebenssituation) beschränken.

Gerade in einem Arbeitsfeld, wo die Zahl der Rezidive so groß ist, sollten alle, die mit Suchtkranken umgehen, akzeptieren lernen, daß ein Teil der Rezidive unvermeidlich ist, ein Teil sich aber verhindern läßt. Sie sollten Hilfen erhalten, mit den Frustrationen oder Kränkungen umzugehen, die durch die Rückfälle beim Therapeuten hervorgerufen werden. Es ist schlimm, wenn ein Therapeut sich sagen muß, daß ein Patient einen Rückfall erlitt, weil der Therapeut einen Fehler gemacht hat. Andererseits entlastet es aber, zu wissen oder zu erkennen, daß ein Rückfall unvermeidbar war. Die Nachbearbeitung von Rückfällen ist eine aktive Bewältigungsform von Schwierigkeiten in einem an Fehlschlägen reichen Beruf. Ein solches Nacharbeiten sollte nicht in fruchtlose Selbstvorwürfe und gegenseitige Vorwürfe ausarten. Andererseits sollte aber auch Verhinderbares nicht als unabwendbares Schicksal in der Diskussion hingestellt werden. Bei all dem zu helfen, ist sicher eine der Aufgaben von Supervision mit einer psychoanalytischen Orientierung.

Eine solche Supervision kann auch dazu beitragen, die negativen therapeutischen Resultate, mit denen jeder, der mit Suchtkranken umgeht, immer wieder einmal konfrontiert wird, in Beziehung zu den Eigenheiten seiner Persönlichkeit zu bringen. Es ist wichtig zu wissen, was einem leicht- und was einem schwerfällt – und das nicht nur im Umgang mit den guten und schlechten Ergebnissen von Therapien, sondern bereits im Umgang mit den Patienten selbst. Eine der wesentlichen Aufgaben und fruchtbaren Arbeitsfelder der Psychoanalyse im Suchtkrankenbereich ist ganz bestimmt die Bearbeitung von Gegenübertragung und somit ein diagnostisches Erkennen der ganz persönlichen Reaktionen des Beraters oder Therapeuten auf seine Klienten oder Patienten und der verarbeitende Umgang mit dem so Erkannten. Die Menschen sind bekanntlich verschieden. In der *Selbsterfahrung* haben sie Gelegenheit, diese Verschiedenheiten kennenzulernen, und dabei auch sich selbst.

Zusammenfassend sei gesagt, daß die Psychoanalyse für den Umgang mit Suchtkranken das zur Verfügung stellen kann und sollte, was sie im Laufe ihrer Entwicklung auch dadurch erworben hat und erwirbt, daß sie die Grenzen zu den Nachbargebieten akademische Psychologie, allgemeine Sozialpsychologie, in neuerer Zeit auch Systemtheorie (worauf ich in diesem Rahmen nicht eingehen kann) und bald wohl auch zur Erbgenetik überschreitet. Die Bedeutung der Erbgenetik für die Psychoanalyse könnte darin bestehen, daß die Fortschritte dieser Wissenschaft es uns besser ermöglichen werden, den erbgenetischen Anteil an den Schwächen einer Persönlichkeitsstruktur einzuschätzen, um ihn in einer Therapie zu berücksichtigen. Es könnte sich zum Beispiel herausstellen, daß bestimmte Therapieverfahren bei bestimmten erbgenetisch bedingten Schwächen in der Charakterstruktur den Patienten überfordern, während er in anderen Bereichen seiner Persönlichkeit besser belastbar ist und mehr Entwicklungsmöglichkeiten hat.

Abschließend sei noch der Hoffnung Ausdruck verliehen, daß die ökonomische Situation unseres Landes, aber auch die Einsicht unserer Politiker es weiter und in verstärktem Maße finanziell ermöglichen wird, das, was die Psychoanalyse im Suchtkrankenbereich heute anbieten kann, in die Praxis umzusetzen. Die gesundheitspolitischen Aufgaben sind groß: Die allgemeinpolitische Entwicklung in unserem Lande birgt die Gefahr, daß zusätzlich zu den langfristigen, nicht immer positiven Einflüssen der Sozialisation in Familie, Schule, Betrieb akute und aktuelle Einflüsse verstärkt auftreten, die über eine ausweglose reale Lebenssituation zum Suchtmittelgebrauch führen. Es wäre zu wünschen, daß die Entwicklung so beeinflußt werden könnte, daß Therapeuten, die sich mit Suchtkrankentherapie beschäftigen, nicht mit noch mehr Menschen arbeiten müssen, die wegen der massiven Probleme, mit denen sie durch ihre ökonomisch bedingten äußeren Lebensverhältnisse konfrontiert sind, in einen Suchtmittelgebrauch getrieben werden, durch den sie ihre *reaktive* Depressivität in *real* ausweglosen Situationen mit Suchtmitteln »behandeln«.

Literatur

BENOS, J. (1990): Führt Alkohol zu Angstsyndromen? Psycho 1: 15-23.

EISSLER, K. R. (1953): The effect of the stucture of the ego on psychoanalytic technique. J. Am. Psychoanal. Ass. 1: 104-143.

FOULKES, S. H. (1986): Gruppenanalytische Psychotherapie. Kindler, München [Engl.: Therapeutic group analysis. Int. Univ. Press, New York, 2. Aufl. 1977].

FOULKES, S. H. (1990): Group-analytic psychotherapy. Text and three tapes dictated by the author. Joint Publications Committee of the Institute of Group Analysis and the Group-Analytic Society, London.

FREUD, A. (1956): Die Diagnose von Borderline-Fällen. Die Schriften der Anna Freud Bd. VII, S. 1894-1907. Kindler, München, 1980.

FREUD, A. (1974): Entwicklungs-Psychopathologie aus psychoanalytischer Sicht. Die Schriften der Anna Freud Bd. X, S. 2679-2696. Kindler, München, 1980.

HEIGL-EVERS, A.; HEIGL, F. (1973): Gruppentherapie: interaktionell – tiefenpsychologisch fundiert (analytisch orientiert) – psychoanalytisch. Gruppenpsychother. Gruppendyn. 7: 132-157.

HEIGL-EVERS, A.; HEIGL, F. (1983): Das interaktionelle Prinzip in der Einzel- und Gruppenpsychotherapie. Zschr. psychosom. Med. 29: 1-14.

HEIGL-EVERS, A.; STREECK, U. (1985): Psychoanalytisch-interaktionelle Therapie. Psychother. Med. Psychol. 35: 176-182.

KERNBERG, O. F. (1979):. Borderline-Störungen und pathologischer Narzißmus. Suhrkamp, Frankfurt a.M., 3. Aufl.

KERNBERG, O. F. (1988): Innere Welt und äußere Realität. Verlag Internat. Psychoanalyse.

KERNBERG, O. F.; SELZER, M. A.; KOENIGSBERG, H. W.; CARR, A. C.; APFELBAUM, A. H. (1989): Psychodynamic psychotherapy of borderline patients. Basic Books, New York.

KÖNIG, K. (1991a): Praxis der psychoanalytischen Therapie. Vandenhoeck u. Ruprecht, Göttingen.

KÖNIG, K. (1991b): Angst und Persönlichkeit. Vandenhoeck u. Ruprecht, Göttingen.

KÖNIG, K. (1992): Kleine psychoanalytische Charakterkunde. Vandenhoeck u. Ruprecht, Göttingen.

KRYSTAL, H.; RASKIN, H. A. (1983): Drogensucht. Vandenhoeck u. Ruprecht, Göttingen.

LICHTENBERG, J. D. (1983): Psychoanalysis and infant research. Analytic Press, Hillsdale/London. [Dt.: Psychoanalyse und Säuglingsforschung. Springer, Berlin/Heidelberg/New York/London/Paris/Tokio 1991].

STERN, D. N. (1985): The interpersonal world of the infant. Basic Books Inc., New York.

Andreas Dieckmann und Hilmar Otto-Wulff

Ausgrenzung oder Rehabilitation »prognostisch ungünstiger« Suchtkranker?

Entwöhnungstherapie für Alkoholkranke in gut ausgestatteten Kliniken einerseits und vom Alkohol zerfressene menschliche Wracks an sozialen Brennpunkten andererseits – viele Psychotherapeuten wollen in diesen kaum noch aus dem Bewußtsein verdrängbaren Polen keinen sie betreffenden Zusammenhang erkennen. Die Realität des Süchtigen an öffentlichen Plätzen, Toiletten und Bahnhöfen würden wir Kliniker gern von unseren therapeutischen Bemühungen scheiden. Denn wir sehen im Alkoholismus eine Erkrankung, die wir über psychologische Determination zu erfassen und zu behandeln versuchen.

Wir mühen uns um die Behandlung der toxischen Regression auf infantile und archaische Verhaltensmuster, die durch spezifische Fixierungen verfestigt sind. Nur ungern akzeptieren wir, daß das Symptom der Erkrankung, das unkontrollierte Trinken, nicht nur als die Folge einer Entwicklungsstörung verstanden werden kann. Die Empirie hat uns gelehrt, daß dieses autodestruktive Leitsymptom weitere seelische Störungen hervorruft und festigt. Zudem wissen wir von dem allmählichen biologischen Zerfall des Körpers, etwa von den Rückwirkungen des hirnorganischen Psychosyndroms auf den psychischen Apparat.

Einen wesentlichen Stabilisierungsfaktor zur Aufrechterhaltung des akuten Krankheitsverlaufs nennen wir in der klinischen Praxis häufig in einem Nebensatz verharmlosend die »sozialen Folgen«. Wir bezeichnen damit aber eine Lawine psychischer Traumata, von denen jedes einzelne zum Auslöser einer Lebenskrise werden kann.

Was etwa der Verlust des Arbeitsplatzes bedeutet, erleben wir aktuell in der verbreiteten Depression bei vielen Menschen der ehemaligen DDR. Welchen Sturm eine Ehescheidung in das Selbstwertgefühl eines Menschen bringt und welche seelischen

Beschädigungen ihr folgen, ist bekannt. Und welchen Einschnitt in der Lebenslinie verursacht eine krankheitsbedingte Delinquenz mit anschließender Haft. Jedes einzelne Trauma hat wiederum Auswirkungen auf die Umgebung und unausbleibliche Rückwirkungen auf den Betroffenen.

Das Bündel von Kalamitäten, mit denen der Alkoholkranke konfrontiert ist, führt auch beim analytisch orientierten Behandler, der in der Neurosentherapie mit hoher Empathie Mikrotraumen zu differenzieren versucht, zu Schematisierungen und Klischierungen. Wir finden diese Entdifferenzierung in Arztbriefen und Krankengeschichten als unkontrollierte Vermischung psychopathologischer Befunderhebung mit Vorurteilen und mangelnder Kontrolle der Gegenübertragung des Therapeuten wieder.

Wir wollen im folgenden das Problem des therapeutischen Umgangs mit einer speziellen Gruppe von Alkoholkranken betrachten, die wir vor allem in den Zentren städtischen Lebens treffen und die dort eher ordnungspolitische als therapeutische Konsequenzen hervorrufen.

Auch wir analytisch arbeitenden Psychotherapeuten sind bei der Indikationsstellung für Suchtkranke nicht frei davon, das Paradigma des »Leidensdrucks« durch das der »Motivation« zu ersetzen – Rationalisierung der Ablehnung und Ausgrenzung. So kommt es häufig schon beim Erstkontakt zu einer veränderten therapeutischen Weichenstellung. Gerade wiederholt rückfällige Patienten geraten auf diese Weise leicht unter dem Auge des Fachkundigen, der gekränkt ob seiner gescheiterten Bemühungen den »Willen« zur Abstinenz anzweifelt, ins therapeutische Abseits. Selbst in der Praxis der Suchtkliniken spiegelt sich dies in rigiden Entlassungen bei einem Rückfall wieder.

Der Kliniker neigt an einem bestimmten Punkt zur Delegation an die Prothesenpsychiatrie. Gern überläßt er ihr das Feld auf diesem unwegsamen Gelände jenseits der Indikation zu analytisch orientierter Therapie, auf dem das psychische Elend in Enquêten, Fortschreibungen und Psychiatrieplanungen »vernetzt«, »verkettet« und »standardversorgt« wird, auf dem die Kompetenz des Sozialarbeiters übrigens allzuoft als Alibi mißbraucht und administrativ degeneriert wird. Dabei gerät unseres Erachtens seine eigentliche Aufgabe, das Extrapolieren der Möglichkeiten gesunder Anteile des Patienten in seine soziale Umgebung und die sinnvolle Nutzungsplanung gesellschaftlicher Angebote für die kranken Anteile des Patienten aus dem therapeutischen Prozeß heraus ins Hintertreffen.

Erster und nicht selten auch fruchtbarer Reflex des Analytikers auf unbekanntem Terrain und zu unbequemen Fragestellungen ist der Blick zurück zu SIGMUND FREUD. Er gibt zunächst Anlaß zur Hoffnung in *unserem* »kulturellen Unbehagen«. Der verunsicherte Analytiker beschäftigt sich mit Schriften wie »Die ›kulturelle‹ Sexualmoral und die moderne Nervosität«, mit »Massenpsychologie und Ich-Analyse« und anderen Veröffentlichungen. FREUD hat sich dem Konflikt zwischen den Triebwünschen und den Antipoden aus der gesellschaftlichen Bedingtheit und ihren kollektiven Wurzeln gestellt. Wie wir seither wissen, entsteht Kultur erst im Gefolge von Triebsublimierung und -verdrängung, in einer sozialen Kulturforderung, der sich das Subjekt fügen muß.

In der Zwickmühle zwischen intrapsychischem Triebgeschehen und den Anforderungen der Kultur hat die Neurose – als Schlüssel zur Ausgrenzung im soziologischen Horizont – ihren Geburtsort. Hier liegen die diskreten Wurzeln der gesellschaftlichen Verdrängung. Hier beginnt auch – wenn wir mit FREUD die wirtschaftlich-soziale Situation in die Psychodynamik und -genese einbeziehen – ein beeindruckendes Phänomen: Einerseits wird der Verstoßene eine intensive Feindseligkeit gegen die Mächtigen entwickeln, andererseits sieht er in ihnen sein Ideal, mit dem er sich in narzißtischer Weise identifiziert.

Die psychoanalytische Theorie ist in der Folge des Wandels zur Industriegesellschaft entstanden, die die bisherigen Normen radikal veränderte. Patriarchalische Strukturen zerfielen, der Vater war depotenziert. Die früher den Philosophen vorbehaltene Rückbesinnung von der kulturellen und sozialen Situation einer Gesellschaft auf die Seele des Individuums entwickelte FREUD in der Psychoanalyse nicht nur zu einem Theoriegebäude, sondern zu einer Heilbehandlung. Sie wurde partiell auch Ausdruck seiner Zeit. Daher konnte der Vater der Analyse die Hoffnung gar nicht erfüllen, unser zeitgenössisches Unbehagen aufzulösen. Die Entwicklung der Psychoanalyse hatte im Kontext des historischen Klimas der damaligen Zeit subversiven Charakter. Das neue provokative Wissen um den Menschen und seine Beziehungen löckt seitdem wider den Stachel.

Die Analytikersozialisation hat einen anderen Verlauf genommen. Denn in der Entfaltung der psychoanalytischen Wissenschaft verfolgen wir in diesem Jahrhundert sich adaptierende Parallelen zu sozialen, wirtschaftlichen, kulturellen und politischen Bedingungen – bis hin zu ihren beschämenden Stagnationen unter der Herrschaft der Nationalsozialisten und ihrer Verleugnung in vierzig Jahren real existierendem Sozialismus auf deutschem Boden.

Auch die Entwicklungen der Nachkriegszeit mit ihren hohen humanistischen und demokratischen Ansprüchen sind nicht ohne Einfluß auf das öffentliche Bewußtsein geblieben und haben in den gesellschaftlichen Strukturen und Hierarchien zu Veränderungen geführt, die sicher noch nicht endgültig verstanden und abgeschlossen sind. Allerdings empfinden wir die Folgen dieser Entwicklung als paradox, wenn wir in Kliniken, Beratungsstellen und Praxen mit einem tatsächlich zunehmenden psychischen, physischen und sozialen Elend konfrontiert werden. Wir beobachten Entwurzelungsprozesse, deren Konsequenzen für das kollektive Unbewußte wohl erst spätere Generationen verstehen werden. Als ein Indiz von gesellschaftlicher Überforderung des Individuums muß – nebenbei bemerkt – nicht selten eine reaktionäre politische Orientierung, die zur Stützung des wankenden Ich zwischen Es-Ansprüchen und Über-Ich-Befehlen dienen soll, angesehen werden.

Der naturgemäß immer hinter der Entwicklung herhinkende Diskurs hat aber schließlich doch zu der von PAUL PARIN (1980) zutreffend als so schwierig beschriebenen psychoanalytischen Offensive in die Öffentlichkeit geführt, wenn auch zunächst in Form einer Externalisierung hin zu den die Menschheit als Ganzes betreffenden brennenden Zeitproblemen: Fragen globaler Bedrohung durch die Atombombe oder Verschiebungen des ökologischen Gleichgewichts, wie H. E. RICHTER in zahlreichen Veröffentlichungen, H. DIECKMANN aus JUNGscher Sicht mit Publikationen und Vorträgen und andere es mit den Ärzten gegen den Atomkrieg (IPPNW) getan haben.

Stehen wir am Ende des 20. Jahrhunderts möglicherweise vor einem neuen grundlegenden Wandel der Neubesinnung psychoanalytischen Denkens und Verstehens? Werden die sozialen Bedingungen, die kulturellen Vermischungen, die veränderten Lebensbedingungen einen ähnlichen Einfluß auf Methodik und Theorieentwicklung haben, wie es das sehr nahe Problem der kassentechnischen Fragen ja durchaus hatte? Sind alte Grenzen gefallen, um doch wieder nur neue aufzurichten?

Wenden wir uns im folgenden dem konkreten, aus der klinischen

Empirie mit Alkoholkranken resultierenden Fragenkomplex zu. Seit Bestehen der Abteilung für Alkoholkranke in der Nervenklinik Spandau (Berlin) ist uns deutlich, daß die so homogen erscheinende Gruppe der Alkoholkranken aus Unterschicht und unterer Mittelschicht, die überwiegend unsere Klientel bilden, sehr divergierende Verläufe zeigt. Es läßt sich nämlich eine Gruppe von Patienten herausfiltern, die sich den am Individuum ausgerichteten (und insofern ohnehin fragwürdigen) Prognosekriterien entzieht.

Da unsere Abteilung mit 155 Betten über zwei Aufnahmestationen zur klinischen Detoxikation verfügt, eine psychoanalytisch orientierte stationär-ambulante Entwöhnungstherapie anbietet und einen ebenfalls psychoanalytisch orientierten rehabilitativen Bereich mit 57 Behandlungsplätzen vorhält, können wir die Patienten bei diesem breiten Therapiespektrum in einem jahrelangen Verlauf in den verschiedenen Krankheitsstadien verfolgen.

Mehr als die Hälfte der Alkoholabhängigen, denen es gelingt, ihre Krankheit zum »Stillstand« zu bringen, entgiften ambulant und stabilisieren sich mit der Hilfs-Ich-Funktion der Selbsthilfegruppen. Ein weiterer Teil geht diesen Weg nach einer stationären Entgiftung oder nach einer anschließenden Entwöhnungstherapie. Daneben beobachten wir eine größere Gruppe von Patienten, die wiederholt unserer Entgiftungsstation bedürfen oder für einige Monate auf den rehabilitativen Stationen im Setting »Therapeutischer Gemeinschaft« sowohl psychotherapeutisch als auch soziotherapeutisch, ergotherapeutisch und mit kognitiven und körperbetonten Verfahren behandelt werden.

Ein anderer Kreis von Patienten, dem wir in den letzten Jahren übrigens zunehmend häufiger begegnen, sind junge Menschen, deren Primärfamilien zerstört sind und die weder eine eigene berufliche noch eine sekundärfamiliäre Identität entwickeln konnten. Sie sind ohne einen gesellschaftlichen Status, der eine gewisse Kompensation defizitärer Ich-Funktionen darstellen könnte.

Schließlich kommen jene Patienten zur Aufnahme, mit denen wir uns im Rahmen des Beitrags näher beschäftigen wollen. Bei ihnen nimmt die Krankheit einen spezifischen Verlauf. Penner, Dissoziale und von jeglichen gesellschaftlichen Bezügen Gelöste lassen sich aufgrund des Versorgungsauftrags einer Nervenklinik aus rechtlichen und ethischen Gründen nicht mehr als infauste Patienten ablehnen. Auch nach einer Entwöhnungskur müssen solche Patienten immer wieder stationär aufgenommen werden.

Diese Beobachtung läßt sich sicher nicht mit einer Realitätsprüfung erklären, zu der Patienten nach Abschluß einer Entwöhnungsbehandlung durch erneuten Alkoholkonsum tendieren, um die Endgültigkeit einer lebenslangen Erkrankung zu begreifen. Auch die Suche nach spezifischer Psychogenese oder »früher Störung« bleibt unbefriedigend. Unser Augenmerk muß sich also zunehmend auch auf die soziale Erscheinung des Alkoholkranken richten, auf die spezifische Entwicklung der Alienation von Gesellschaft und Therapie.

Allmählich kristallisiert sich nämlich heraus, daß es sich um eine Klientel handelt, die offenbar eine unsichtbare, semipermeable *normative Grenze sozialer Akzeptanz* unterschritten hat. Nach unseren Beobachtungen kommt es bei ungünstigem Krankheitsverlauf an einer bestimmten Stelle zu einem Paradigmenwechsel, der für den Kranken und seine Behandler im weiteren Verlauf von entscheidender Bedeutung sein wird.

Eine Fallvignette könnte das Problem skizzieren:

Der unverheiratete 48jährige homosexuelle T. stammt aus einer Zahnarztfamilie, in der sich die Erziehungsstile gegenseitig kompromittierten. Neben der ängstlichen, häufig mit dem Vater im Streit liegenden Mutter übernahm eine Halbschwester aus erster Ehe des Vaters wesentliche Erziehungsfunktionen. Die Geburt stand unter dem Trauma der Asphyxie, der noch »Anfälle« bis ins dritte Lebensjahr gefolgt sein sollen. Als im zwölften Lebensjahr eine claustro- und agoraphobische Symptomatik eintrat, wurde er ausgeschult und Hausunterricht erteilt. Nach einer Gartenbaulehre gelang sogar das Sozialarbeiterstudium, in dessen Verlauf ein Alkoholabusus einsetzte, der sich spätestens im Alter von 24 Jahren zur Krankheit manifestierte. Herr T. bevorzugte Einsatzstellen mit Klienten in ähnlichen Situationen, denen er sich nach und nach assimilierte. Im Verlaufe diverser Therapien und Rehabilitationsversuche mit durchaus erkennbaren Nachreifungsschritten und Zugewinnen im Bereich der Ich-Funktionen verlor er schrittweise über Arbeitsbeschaffungsmaßnahmen und Zeitverträge die berufliche Identität, die materielle Existenzgrundlage, die Wohnung, den Kontakt zu den Eltern, Freunden und ehemaligen Kollegen. Seit Jahren scheitern Versuche rehabilitativer Maßnahmen trotz inzwischen bescheidener Ziele. Über dreißig stationäre Aufenthalte allein in unserer Klinik haben in der Folge gelegentliche Teilansätze sozialer Stabilisierung scheitern lassen, weil die teilweise kontraproduktive Verzahnung von Hilfsangeboten den Spannungsbogen des Patienten überforderte und er den Weg auf die Straße und in den Alkohol »wählte«, von dem er sich durch gelegentliche stationäre Entgiftungen erholt.

Zunächst entwickelt sich die Erkrankung aus einer prämorbiden Persönlichkeit, die sich in einer Belastungssituation mit dem Griff zum Alkohol in den Zustand der Spannungslosigkeit zu versetzen sucht, um der subjektiven Unerträglichkeit der Realität zu entgehen. Während sich der Alkoholkranke in den Zustand artifizieller Regression begibt, bestehen die Anforderungen seiner sozialen Realität unvermindert fort. Die Spannung, der er mit dem Wunsch der »regressiven Bewegung hin zum Mutterschoß« (SCHÖFFLER 1990) ausweichen wollte, wächst an und führt zu einem unausweichlichen Circulus vitiosus, in dem sich die Wirklichkeit des Patienten und seine Entlastungsphantasien weiter und weiter voneinander entfernen. Der Verlaufsbeobachter gewinnt bei solchen schwer rehabilitierbaren Patienten – wie wir sie noch unpräzise bezeichnen – zunehmend den Eindruck, daß die Krankheitserhaltung ihre wesentliche Nahrung aus der Makrosozialisation direkt bezieht.

Anfänglich bewirkt die entstandene Krankheit die Dissozialität. Der enthemmt Trinkende löst sich von seinen Bindungen in Familie und zwischenmenschlicher Kommunikation, von den Strukturen und Normen der Arbeitswelt, entfernt sich von den Gepflogenheiten, die die soziale Existenz sichern, wie etwa die regelmäßige Entrichtung der Miete. Er gerät so in den Sog von Delinquenz und gesellschaftlicher Ächtung. Schließlich hält die Ausgrenzung von der gesellschaftlichen Akzeptanz die akute Krankheit als eigenständiger Motor in Gang.

Die Suchterkrankungen sind für das Individuum schon aufgrund ihrer Symptomatik sozial destabilisierend: Psychotherapie schafft zwar Raum zur Erarbeitung ausreichend stabiler Ich-Funktionen, das Ausmaß sozialer Desintegration verhindert jedoch die extramurale Nutzung der erfahrenen Nachreifung. Der Verlust mehrerer Statussymbole wird von der Gesellschaft nicht toleriert. Es gibt hier ganz offensichtlich eine Grenze sozialer Akzeptanz, die einen »point of no return« markiert. Das Überschreiten dieser Schranke wird mit Verbannung aus den sozial anerkannten Bezügen geahndet. Es handelt sich nicht um einen politisch und gesetzgeberisch gewollten Prozeß, sondern um einen »unbewußten« sozialpsychologischen Schutzreflex. An dieser Grenze wandeln sich auch die Funktionen des sozialen Netzes und wenden sich, gleichsam als Abwehr kollektiver Depression, gegen das betroffene Individuum.

Gelingt es also nicht, den erwähnten Teufelskreis zu durchbrechen, so vollzieht sich ein wechselseitiger Prozeß zwischen dem Individuum und der sozialen Gemeinschaft. Die gesellschaftliche

Zuschreibung der Existenz als Alkoholiker führt dann über kurz oder lang zur Identifikation mit dieser Rolle. Schon damit ist ein unumkehrbarer Schritt vollzogen, denn selbst als trockener Alkoholiker findet er seine Identität nur noch im Kreise der Abstinenzverbände. Er ist Fremder in seinem sozialen Heim geworden.

Die eigene Akzeptanz der Krankheit bewegt den Betroffenen zu Verhaltensänderungen gegenüber seiner bisherigen Sozialisation, die dann zu weiteren Normverletzungen führen. Schließlich identifiziert er sich in einer Weise mit der Gruppe der Abgeschobenen, wie man es beispielsweise bei Strafgefangenen beobachtet: Unabhängig von ihrer Herkunftsschicht assimilieren sie sich in kürzester Frist an das vorherrschende System mit den filigranen Verästelungen der Organisationsformen und Rangordnungen in der Haftanstalt. Den Ort seiner Kommunikation sucht der Alkoholkranke oft schon weit vor dem Verlust aller existentiellen Säulen unterhalb seines sozialen und intellektuellen Niveaus.

Dieses Milieu hält die Seinen insofern recht stabil zusammen, als von hier zwar eine Rückkehr in die gesellschaftlichen Normen mit verschiedenen Initiationsriten noch möglich ist. Die Erkenntnis, den »Tiefpunkt« erreicht zu haben, erfordert aber persönliche Bekenntnisse, die öffentliche Bankrotterklärung und Demütigungen, ohne die der freie Fall in die Nicht-Existenz nicht aufzuhalten ist. Genauer ausgedrückt, der sozial und seelisch schwer gestörte Alkoholkranke muß die größte psychische Leistung seines Lebens zu einem Zeitpunkt erbringen, an dem seine gesamte Existenz den höchsten Grad der Labilisierung erreicht hat.

Gelingt dieser psychische und soziale »Bußgang« aus der schier unendlichen Ohnmacht (von »es geht nur mit Alkohol« zu »es geht nur ohne«) in Therapie oder Selbsthilfegruppen nicht, so wird sich die aggressive projektive Stigmatisierung des Betroffenen fortsetzen. Er ist als Außenseiter kenntlich geworden und mit zusätzlichen Sanktionen belegt. Das Objekt solcher Etikettierung muß dann bald zur Identitätssicherung gegenüber dem immensen Druck sein abweichendes Verhalten intensivieren. Nach KRYSTAL und RASKIN erlebt das Individuum diesen unbewußten Prozeß als unentwirrbare Mischung aus Angst, Schmerz und Depression.

Seinen Umgangskodex, seine Kulturtechniken, seine soziale Kompetenz opfert er der Anpassung an die »peer group« der Alkoholkranken. Gleichzeitig weicht er den Spannungen durch Steigerung seines Alkoholkonsums aus, um schließlich mit der

Kontrollreaktion oder der Ausgrenzung aus der Solidarität der Gesellschaft belegt zu werden, nämlich der Einweisung in eine psychiatrische Klinik, die sich ordnungspolitisch weit in ihre Therapie hereinregieren lassen muß. Fazit: Der Prozeß der Normabweichung des Kranken setzt sich fort.

Wie spiegelt sich dieser Prozeß in der sozialen Situation des Süchtigen wider? (Die Entwicklung der Krankheit in ihrer ersten Phase wird als bekannt vorausgesetzt.) Mitunter wird aber auch schon die erste Phase von diskreten Sanktionen begleitet, die jedoch noch auf ein gewisses soziales Verständnis stoßen, weil der Gebrauch von Genußmitteln wie Nikotin und Alkohol »als Zeichen von Reife, Maskulinität, Unabhängigkeit und gesellschaftlicher Zuwendung in einem Ausmaß eingebürgert« ist, »daß es der Rollenerwartung des Erwachsenen entspricht, sich dieser ›Verpflichtung‹ nicht zu entziehen«, wie STROTZKA (1972) sagt. Der Trinkende fühlt sich in den Hierarchien seines Wertesystems fest verankert.

Aber spätestens dann, wenn zwei Säulen materieller Existenz zerstört sind (Arbeitsplatz, Wohnung, Familienstand oder Schuldenlosigkeit), distanziert sich die Gesellschaft von dem betroffenen Kranken. Unabhängig von der aktuell verschärften Situation ist der doppelte soziale Einbruch in der Regel nicht mehr kompensierbar. Nicht nur die kritische Betrachtung eines Wohnungslosen durch die Arbeitgeber und die hoffnungslose Wohnungssuche eines Mittellosen auf dem freien Markt spiegeln die prekäre Lage, auch die sozialen Netze sind in der Regel nur auf eines der Defizite eingestellt.

Wer schuldenbelastet eine Arbeit aufnimmt, wird bis auf den Sozialhilfesatz gepfändet und kann sich eine Wohnung nicht leisten. Wer einen Wohnberechtigungsschein für eine Sozialwohnung beantragt, muß so geringe Einkünfte haben, daß er den erforderlichen Mietzins nicht mehr aufbringen kann. Ein Teufelskreis entsteht: Ohne Wohnung keine Arbeit, ohne Arbeit keine Wohnung.

Es ließen sich noch zahlreiche Beispiele finden zum Beweis der Regelhaftigkeit, daß am unteren Ende des Subsidiaritätsprinzips alle Weichen auf Ausgrenzung gestellt sind. So wundert es nicht zu lesen, daß 100 000 psychisch kranke und suchtkranke Menschen nur noch deshalb in Nervenkliniken leben, weil es für sie keine Wohnungen gibt (SPIEGEL, Nr. 6, 1992). Dabei wären Eigentumswohnungen für therapeutische Wohngemeinschaften von den Kostensätzen der klinischen Behandlungsplätze her rasch erwirtschaftet, wie wir immer wieder sehen. Der Leiter der Sozialen Wohnhilfe im Sozialamt Spandau hat errechnet, daß der Kauf eines Hauses für die Beherbergung der wohnungslosen Klienten in diesem Bezirk schon über Jahresfrist von den Unkosten für sogenannte Läusepensionen finanziert werden könnte.

Es sei wiederholt: Wir können davon ausgehen, daß die Ausgrenzungen über die feinen Verstrickungen des sozialen Netzes nicht politische Absicht sind, sondern ein kollektiver Abwehrvorgang zum Schutze des Systems. Die Äußerung eines Bürgerdeputierten während einer Anhörung vor dem bezirklichen Gesundheitsausschuß in Spandau, man solle doch in die depravierten Suchtkranken kein Geld investieren, weil »die ja gar nicht wollen«, zeigt wohl eher das Äquivalent einer kollektiven Latenz, des sogenannten »gesunden Volksempfindens«. Wenn der Schutz durch Ausgrenzung ein sozialpsychologischer Mechanismus ist, wird man ihm nicht einmal einen Vorwurf machen können. Man wird die Spaltung dann als gesunde Abwehr im Dienste des soziologischen »Ich« verstehen müssen.

Gleichwohl erweisen sich die gesellschaftlichen Spaltungsvorgänge augenfällig durch die Diskrepanz zwischen administrativem Alltag der das Elend verwaltenden überforderten Behörden mit Zuständigkeitslücken zwischen den Ressorts Soziales und Gesundheit einerseits und den vielversprechenden politischen Programmen und Regierungserklärungen seit der Gesellschaftsfähigkeit des Themas (Diskussion der damals schon viele Jahre alten Psychiatrieenquête der Bundesregierung Anfang der 80er Jahre im Bundestag) andererseits.

Eine aufwendige Rehabilitation täuscht mithin nur das humane Funktionieren der sozialen Ordnung und der gesellschaftlichen Verantwortung vor. Für den Patienten bedeutet das Scheitern der illusionären Reintegration eine zusätzliche narzißtische Traumatisierung. Das Symptom der Erkrankung, das hemmungslose Trinken mit Kontrollverlust, transportiert damit nicht nur den intrapsychischen Konflikt in die soziale Umgebung und führt wie bei anderen seelischen Fehlentwicklungen zu neurotischen Lösungsversuchen, die (bei milderen Verläufen von Zwangserkrankungen) gelegentlich sogar gesellschaftlich honoriert werden, sondern entfaltet das Elend im Einklang mit gesellschaftlichen Abläufen als primäre Folge auf körperlichem, seelischem und sozialem Gebiet.

Haben wir das Problem mit seinen soziologischen und patientenbezogenen Komponenten verstanden und erfahren, daß Therapie auf diesem Feld nur ein Baustein der Prolongierung geheimer gesellschaftlicher Mechanismen der Ausgrenzung ist, dann wird nun auch nach den Gegenübertragungsmechanismen der Psychoanalyse gefragt werden müssen.

Wir klinischen Psychotherapeuten sehen uns in unserer Kompetenz mit einer Klientel von Patienten jenseits der Entwöhnungstherapie in Frage gestellt und finden uns im Einklang mit der Gesellschaft, die diese Menschen ausgrenzt. Die Trennung des Patienten von Gesellschaft und Therapie läßt sich bei dieser Behandlungsklientel nicht übersehen und bringt den Psychotherapeuten in arge Bedrängnis, wenn er sich nicht in einem Netz des Agierens verstricken will.

So wird also das Thema von den einen tabuisierend abgewehrt, von den anderen institutionell verwaltet. Auf der Ebene der Gruppentheorie in der psychoanalytisch orientierten Psychotherapie kann eine solche Konfliktdynamik neu erkannt und ausgehandelt werden. Dabei wird jedoch die reale soziale Situation bewußt dispensiert. Dennoch ist zu fragen, ob das in humanistischer demokratischer Tradition fußende »Göttinger Modell« nicht jenseits des gruppentherapeutischen Ansatzes zur Grundlage einer Diskussion über eine neue Kulturtheorie zwischen Sozialpsychologie und Psychoanalyse in der Dimension gesellschaftlicher Konflikte werden kann. Noch führen die projektiven gesellschaftlichen Zuweisungen beim Patienten zu einer Identifikation, die im Diskursiven deutlich werden kann, die aber die sozialen Interessenkonflikte nicht nur nicht tangiert, sondern ungelöst läßt.

Spätestens in diesem Stadium begeben wir uns in der Behandlung auf eine neue Stufe mit dem Patienten, den wir zwar weiterhin analytisch orientiert auf seinem Weg begleiten, dies aber in einer viel näheren Identifikation mit seinem Problem tun, ohne uns als analytische Psychotherapeuten aufzugeben. Wir geraten gemeinsam mit dem Patienten im Verlauf der Behandlung in eine Konfliktsituation, die weit über die individualneurotische Bearbeitung hinausgeht und uns vor Realprobleme der Verelendung in den verschiedenen Lebensbereichen stellt. Das Erkennen von paralleler Ich- und Sozialtraumatisierung erfordert über die individuelle auch die soziale Empathie mit dem Patienten. Unsere Wahrnehmung der Zange von Projektion des Patienten und Identifikation des Therapeuten erleben auch wir als gefährliche Bedrohung unseres Selbstverständnisses.

Mit Wut und Empörung bemerkt der Therapeut, daß er in den offenbar unvermeidlichen Sog mit hineingezogen ist. Im therapeutischen Prozeß kristallisiert sich bei der Trennung von Projektion und Übertragung gegenüber realen sozialen Interessenkonflikten eben zunehmend heraus, daß Projektion und Interessenkonflikte über weite Strecken identisch sind, sich der Deutung und Interpretation entziehen. Muß sich der Therapeut nun verstricken in den Netzen des Agierens, von denen er aus leidvoller Erfahrung weiß, daß sie jede analytische Therapie aushöhlen? Bleibt er sich treu, so bedarf es der Verschärfung empathischer Wahrnehmung, der intensiveren Beachtung der Gegenübertragungsvorgänge und der Wahrung der therapeutischen Haltung bei der Notwendigkeit der intensiven Identifizierung mit dem Patienten. Das Ausmaß der Identifizierung sei am Beispiel der Anträge für die Übernahme der Krankenhauskosten nur angerissen, wenn mit Begründungen haarscharf am Rande der Delinquenz der freie Fall eines Patienten verhindert werden muß, weil die beschriebenen Stolpersteine des sozialen Netzes ausgelegt sind.

Wir befinden uns damit auf einer Ebene »kommunikativen Handelns«. Die Konflikte und Interessen müssen jeweils neu erkannt und quasi anwaltlich im realen und sozialen Sinne ausgehandelt werden. Hier könnten nun Überlegungen einsetzen, ob die soziale Auseinandersetzung nicht wenigstens sozialpsychiatrisch delegiert werden kann. Im Wechsel zwischen Diskursivem (Psychoanalyse) und Kommunikativem (soziale Auseinandersetzung) müssen wir die Trennung aus der Sicht des klinischen Psychotherapeuten eindeutig ablehnen: Die Spaltung von Diskurs und Handeln führt zu einer für den Patienten unerträglichen Spaltung des Objekts im Rahmen therapeutischen Umgangs. Dies können wir ernsthaft nicht in Kauf nehmen.

Denn wenn wir eines bieten können, so eben nicht die Amalgamierung mit diesen und jenen Theoriekonstrukten, sondern die Fokussierung unseres Verständnisses im Dschungel der sozialen Umwälzungen. Und das heißt auch hier: Der Patient braucht *ein* Objekt mit allen seinen Versagungen, damit sich seine Ich-Funktionen bilden oder regenerieren können.

Die anfängliche Frage nach einer neuen Psychoanalyse beantwortet sich zunächst also (mit einer Mischung aus Trauer und innerer Befriedigung) in der Feststellung, daß ungewohnte therapeutische Situationen die Konzentration auf die analytische Theorie hervorrufen, auch wenn Sollbruchstellen der Analyse zu akzeptieren sind. Ausgrenzung beginnt im therapeutischen Selbstverständnis, Integration in der konsequenten analytischen Haltung. Die alten Grenzen des Terrains sind also zu nutzen, damit neue nicht aufgerichtet werden können.

Literatur

BÖHLE, A. (1992): Stationäre Gruppenpsychotherapie von Alkoholkranken. Berlin (noch unveröffentlichtes Manuskript).

BÜCHNER, U. (1993): Sucht als artefizielle Ich-Funktion (Ich-psychologische Suchttheorien). In: BILITZA, K. (Hg.), Psychoanalytisches Grundwissen für Sozialtherapeuten und Suchttherapeuten. Göttingen.

DAHMER, HELMUT (Hg., 1980): Analytische Sozialpsychologie, 2 Bde., Frankfurt a.M.

FREUD, SIGMUND: Die Zukunft einer Illusion. In: Studienausgabe. Bd. IX, Frankfurt a.M. 1974.

–: Massenpsychologie und Ich-Analyse, ebd.

–: Das Unbehagen in der Kultur, ebd.

–: Die ›kulturelle‹ Sexualmoral und die moderne Nervosität, ebd.

–: Trauer und Melancholie, Bd. III, Frankfurt a.M. 1974.

HABERMAS, J.; LUHMANN, N. (1971): Theorie der Gesellschaft oder Sozialtechnologie. Frankfurt a.M.

HEIGL-EVERS, A. (1978): Konzepte der analytischen Gruppenpsychotherapie. Göttingen.

KRYSTAL, H.; RASKIN, H. (1983): Drogensucht. Göttingen.

LORENZER, A. (1974): Die Wahrheit der psychoanalytischen Erkenntnis. Frankfurt a.M.

ORBAN, PETER (1976): Subjektivität. Reihe: Theorie u. soziale Praxis. Wiesbaden.

– (1973): Sozialisation, Reihe: Theorie u. soziale Praxis. Wiesbaden.

PARIN, P. (1980): Warum die Psychoanalytiker so ungern zu brennenden Zeitproblemen Stellung nehmen. In: DAHMER (Hg.), S. 647-662.

REIMANN, BRUNO W. (1991): Der Gesellschaftsbezug der Psychoanalyse. Darmstadt.

SCHÖFFLER, E. (1990): E. A. Poe und das Rätsel der Sphinx. Gedanken zum Thema der Angst bei E. A. Poe. Berlin (Ref. am religionswiss. Institut der FU Berlin).

SPIEGEL, DER (1992): Massen-Obdachlosigkeit droht, Nr. 6, 46 Jg., Hamburg.

STROTZKA, HANS (1972): Einführung in die Sozialpsychiatrie. Hamburg.

Mario Wernado

Suchtkranke aus oberen und unteren Gesellschaftsschichten

Als vor einigen Jahren Ärzte einer Moskauer Klinik eine Fachklinik im damaligen West-Deutschland besichtigten, stellten sie später im kleineren Kreis die Frage: »Wo sind eigentlich Eure richtigen Alkoholiker?«

Die von ihnen vorgefundenen Patienten in gutem Allgemein- und Ernährungszustand unterschieden sich von denen, die in einer Moskauer Psychiatrischen Klinik behandelt wurden. Wenn in einer Klinik gleichzeitig 6000 Menschen behandelt werden müssen, fällt es leicht sich vorzustellen, wo die Quellen eines solchen Unverständnisses liegen könnten. Dies zeigt drastisch die Relativität des Bildes von einem Alkoholkranken in einer Klinik und bestätigt einen bekannten Befund: Krankheit ist eben nicht gleich Krankheit, neben dem objektivierbaren Stand einer Entwicklung (zum Beispiel Frühphase eines Kontrollverlustes) treten der gesellschaftliche Status des Patienten und das Verständnis für diese Krankheit in der Gesellschaft.

Patienten aus oberen Gesellschaftsschichten

Die Krankheit Abhängigkeit ist mit den Faktoren Sozialstatus und gesellschaftliche Akzeptanz oder gesellschaftliche Ausgrenzung verknüpft. Das läßt sich an den nachfolgend aus dem Jahrbuch zur Frage der Suchtgefahren aus dem Jahr 1990 zusammengestellten Zahlen zeigen:

Vor allem Manager, die ihren Aufgaben nicht gewachsen sind, flüchten sich in Alkohol oder andere Drogen. Nicht diskretes Wegschauen, sondern nur direkte

Ansprache und offenes Bekämpfen des Alkoholismus können helfen. Immerhin leidet etwa 1/3 aller Führungskräfte unter Alkohol und Medikamentenmißbrauch, in der Gesamtbevölkerung sind das 5 Prozent.

Bei einer Untersuchung in der Schweiz an 600 Schweizer Führungskräften ergab sich, daß 30 Prozent der Befragten Passivität, Resignation, Alkohol und Nikotinmißbrauch angaben. 14,5 Prozent leiden unter bedeutsamen psychosomatischen Beschwerden, bei 55 Prozent dominiert Optimismus und Arbeitszufriedenheit, so daß Alkohol dann kein Thema ist.

30 Prozent ist eine eindrucksvolle Zahl: Die Frage sei erlaubt, inwieweit die zum Zeitpunkt der Befragung Zufriedenen sich später unter den 30 Prozent wiederfinden werden und inwieweit »Zufriedenheit« nicht dadurch mitbedingt ist, daß es diese 30 Prozent gibt. Unter dem Blickwinkel des Konkurrenzdruckes und der Psychohygiene ist das ein bedenkenswerter Faktor.

Diese 30 Prozent sind, je nach dem Verständnis von Abhängigkeit, entweder Patienten oder Klienten. Unter dem Blickwinkel eines betriebswirtschaftlich organisierten Klinikunternehmens sind sie jedoch potentielle Kunden. Die unterschiedliche Möglichkeit der Betrachtung (Klient, Patient, Kunde) und die daraus resultierenden Konsequenzen einer solchen Betrachtung lassen sich an Anzeigen aus der Zeitschrift »Die Zeit« vom 21. August 1991 darstellen. Unter den Überschriften »Kreativurlaub« und »Ärztlich geleitete Sanatorien und Kliniken« findet sich hier folgendes:

> **ALKOHOLPROBLEME?**
>
> 1- bis 2wöchiger
>
> **Urlaub auf Mallorca**
>
> seit Juni 1991 möglich
>
> i. V. m. Sensibilitätstraining und Kreativ-Lern-Seminaren unter psychologisch-pädagogischen Gesichtspunkten zur Aufrechterhaltung bzw. zur Erlangung von Abstinenz. Partnerteilnahme erwünscht, aber nicht Bedingung. Betreuung durch erfahrenen Psychologen (Ex-User).
>
> Nähere Info unter Telefon (02 21) 23 54 89 oder schreiben Sie an:
> B.S.B.B., Herrn E. Pütz, Hohe Straße 113, 5000 Köln 1

In dieser Anzeige wird von einem Alkoholproblem gesprochen, was sachlich nicht falsch ist, aber im Kontext insofern auffällt, als hier ein Ex-User und Psychologe den in diesem Zusammenhang eher kränkenden Begriff der Krankheit umgeht. Das spricht natürlich ein spezifisches Publikum an, und da es eine Anzeige ist, sollen diejenigen auch angesprochen werden, die von einer solchen Vorstellung ausgehen, daß Probleme unter südlicher Sonne sich angemessener und leichter lösen lassen als in von Nebel und schlechtem Wetter umgebenen Fachkliniken in Eifel, Sauerland oder Bayerischem Wald, und die sich das auch leisten können.

Da nicht von Krankheit die Rede ist, wird konsequenterweise auch nicht von Therapie gesprochen, sondern eben von Kreativurlaub. Wie gesagt – eine solche Annonce kann nur dann einen Sinn haben, wenn ein Publikum darauf anspricht, also ein Bedürfnis danach besteht, und ein Kreativurlaub ist für jemanden, der unter der Last des Alkoholproblems beinahe zusammenzubrechen droht, doch eine Verheißung. Bei Urlaub denkt man an Abschalten, an Erholung, daran, nicht weiter arbeiten zu müssen, und das ist hier verbunden mit der Verheißung, durch eigene kreative Anteile die Lösung des Abhängigkeitsproblemes bewirken zu können. Es ist nicht bekannt, ob sich die katamnestischen Ergebnisse bei diesem Kreativurlaub von denen in Beratungsstellen oder Fachkliniken unterscheiden; bekannt ist jedoch, daß zwischen dem, was hilft, und dem, was eigentlich richtig und notwendig wäre, durchaus Unterschiede bestehen können.

Auf der gleichen Seite finden wir unter der Rubrik »Ärztlich geleitete Sanatorien und Kliniken« folgende Anzeige:

Schnelle Hilfe bei Überlastungs- und Streßschäden

Wer unter Leistungsdruck steht, kann seelisch-körperlich (psychosomatisch) krank werden. Gesundheitsstörungen und Erschöpfungszustände treten auf, bringen Druck und Not mit sich und können in Abhängigkeiten, aus denen man allein nicht herausfindet, abgleiten.
Die Oberberg-Kliniken bieten Hilfe: Schnell, kurz (4-8 Wochen), individuell, effizient, umfassend und diskret. Keine Vorbedingungen. Beihilfefähig. Hilfe bei Kostenregelung. Fordern sie ggf. unser Infomaterial an.

Die Oberberg-Kliniken
für psychosomatische Medizin

Klinik Süd:
Oberberg 1, 7746 Hornberg
im Schwarzwald
Tel.: 07833/792-0

Klinik Nord:
Brede 29, 4923 Extertal
im Weserbergland
Tel.: 05754/87-0

Wir stellen fest, daß hier den angesprochenen Patienten der Schutz einer Klinik und eines Krankheitsverständnisses geboten wird, das sich kurz charakterisieren läßt: Der Leistungsdruck (mit dem der Patient den von außen verbindet – und eben nicht den von innen) läßt das Krankheitsmodell eines Trichters entstehen, wo oben viel an Streß und Konflikten durch die Notwendigkeit beruflichen Erfolges hinein- und deshalb unten ein Mißbrauch beziehungsweise eine Abhängigkeit herauskommt. Das paßt in die Vorstellung eines Menschen, der sich als Opfer sieht und fühlt. Zugleich entsteht die Notwendigkeit, bei sozial Erfolgreichen (die ja definitionsgemäß gewohnt sind, ihre eigenen Probleme lösen zu können) das Kränkungspotential gering zu halten. Dann sind Begriffe wie »Krankheit« und »Klinik« durchaus wieder hilfreich. Wenn wir diesen Text weiter verfolgen, stellen wir fest, wie die die Therapie charakterisierenden Adjektive gut in die Lebenswelt der Erfolgreichen passen: »schnell, kurz, effizient, umfassend«. Bei diesen Worten bildet sich die Bescheidenheit eines Therapeuten kaum ab, wie etwa in der Möglichkeit zu sagen: angemessen schnell, angemessen kurz, angemessen effizient. Es liegt nahe, hinter diesen Adjektiven mehr zu vermuten als eine nur zufällige Ansammlung. Kurz, schnell, effizient, umfassend – das paßt natürlich zu kapitalistischen Verwertungsgesichtspunkten, denn prinzipiell scheint sich alles beschleunigen, bessern und schneller gestalten zu lassen. Ein lineares Fortschrittsglaubensbild mag dahinterstecken, die Idee von Grenzenlosigkeit einer Entwicklung, wie sich Reichtum und Erfolg ja auch grundsätzlich als grenzenlos vermehrbar denken lassen. Wer eine Million besitzt, kann auch zwei Millionen besitzen, wer zwei Millionen besitzt, auch vier. So scheint die Menge des Reichtums und des Erfolges unendlich vermehrbar und dagegen steht die Endlichkeit der persönlichen Entwicklung mit der Einschränkung durch die Krankheit Abhängigkeit.

Bekanntlich kann die Beschleunigung mancher Prozesse pathologisch wirken. Wie und auf welche Weise ist einer solchen Gefahr – in der sich alle therapeutisch Tätigen befinden – zu entgehen? Sind solche Kliniken Orte, die die soziale Wirklichkeit außer Kraft setzen können, »damit sich die eigentliche Dynamik des Unbewußten manifestieren kann«, wie CREMERIUS (1990) das, bezugnehmend auf CASTEL, gefragt hat? Das ist mit Sicherheit nicht so und muß Probleme aufwerfen.

Durch encounterähnliche Techniken werden Oberklassen-Patienten Lösungstechniken zur Bewältigung sozialer Ängste und kommunikativer Mängel (die in engem Zusammenhang zu dem Sozialstatus zu sehen sind) geboten, also Verfahren, die Beziehungssurrogate für diejenigen bieten, »die von sich aus (wegen ihrer Lebensbedingung) befriedigende Objektbeziehungen nicht herstellen können« (SCHÜLEIN 1978, hier nach MERTENS 1981, S. 15).

Im Gegensatz dazu, abgrenzend, ausgrenzend und trennend, läßt sich darüber nachdenken, ob nicht Mittelklasse- und Unterklassepatienten eher mit identitätsstützenden Verfahren versorgt werden, die ihnen ein günstigeres Selbstbild vermitteln können, Abgrenzungskompetenzen suggestiv verstärken und gruppensituative Stabilität erreichen (nach MERTENS 1981, S. 16). Diese Qualitäten wären Grundlagen zur sozialen Funktionstüchtigkeit.

Natürlich ist keiner dieser Aspekte an sich schlecht oder kritikwürdig. Das Problem ist die Art der Balance und wie sie hergestellt wird: In unserem Falle durch Konkurrenz, von der der Betriebswirt behauptet, sie belebe das Geschäft. Dann stehen Therapeuten in Gefahr, sich überwiegend bis ausschließlich durch sogenannte Effizienz definieren zu lassen und bei mangelhaften Anpassungsleistungen der Patienten an die Gesellschaft sich von dieser wieder als therapeutisch insuffizient bezeichnen lassen zu müssen.

Bei SIGMUND FREUD, der oft sozialer Blindheit gescholten wird, findet sich eine sehr klare Aussage zu dieser Thematik, die auch Geltung für das Problem der Abhängigkeitserkrankung hat:

Die Gesellschaft muß sich im Widerstande gegen uns befinden, denn wir verhalten uns kritisch gegen sie; wir weisen ihr nach, daß sie an der Verursachung der Neurosen selbst einen großen Anteil hat. Wie wir den einzelnen durch Aufdeckung des in ihm Verdrängten zu unserem Feinde machen, so kann auch die Gesellschaft die rücksichtslose Bloßstellung ihrer Schäden und Unzulänglichkeiten nicht mit sympathischem Entgegenkommen beantworten. (FREUD 1910)

Ein Problem des Therapeuten lautet somit: Er muß sich mit den Verwertungsinteressen an den Ergebnissen der therapeutischen Arbeit auseinandersetzen. Nun ist die Konfrontation mit diesen Verwertungsinteressen keinesfalls nur schlecht oder verdammenswert. Sie setzte eine ganze Reihe von Ressourcen frei und entfaltete Möglichkeiten, die bis vor kurzem kaum denkbar schienen: So ist die Entwicklung der Suchtversorgung durch die Initiative von privaten Investoren in den letzten 15 Jahren wesentlich geprägt und eindeutig verbessert worden.

Doch kehren wir zu den Annoncen aus der Zeitschrift »Die Zeit« zurück, wir finden hier ein für unser Thema Ein- und Ausgrenzung wichtiges Adjektiv, nämlich das Wort »diskret«.

Diskretion gehört zu den Säulen ärztlichen Handelns, die Schweigepflicht ist eine entscheidende Grundlage für die Zusammenarbeit zwischen Patient und Arzt. Bei der Problematik einer sozialen Erkrankung (und Abhängigkeit ist eben durch das für ihre

Genese geltend gemachte Suchtdreieck auch durch eine soziale Komponente definiert) hat Diskretion eine problematische Kehrseite: Die Frage ist nämlich, ob sie ein Angebot darstellt, bei den Verheimlichungsstrategien der Abhängigen mitzuwirken und somit die Mißbrauchsseite der Diskretion ausgenutzt wird, oder ob unter dem Schutz einer solchen Diskretion Entwicklungsschritte möglich sind, die öffentlich nicht denk- und entwickelbar gewesen wären.

Diskret bedeutet vom Wortsinn her »fähig zu unterscheiden«. Sofern die Verschwiegenheit hier die Folge der Fähigkeit zur Unterscheidung wäre, wäre das ja akzeptabel.

In dem Prospekt der Oberberg-Klinik findet sich unter deren »Essentials«: »Bis zur Anonymität reichende Diskretion für Patienten und Angehörige«. Bei der Lektüre kann die Phantasie entstehen, daß sowohl Patienten als auch Angehörige mit Bart und Brille in einer verdunkelten Limousine an- und zu einem späteren Zeitpunkt auch wieder abreisen. Der Anonymitätsbegriff ist in der Suchtszene durch die Anonymen Alkoholiker besetzt. Anonym bedeutet namenlos, aus meiner eigenen Erfahrung im Umgang mit Anonymen Alkoholikern glaube ich zu wissen, daß dies in dem Sinne verstanden wird, wie rücksichtslos Alkohol und Suchtmittel bezüglich Namen und Persönlichkeiten sind; insofern ist Anonymität hier der Ausdruck von Demut vor dem Suchtmittel und beschreibt eine Zweierbeziehung, nämlich die zwischen Patient und Suchtmittel. Die angebotene Diskretion dieser Klinik zielt jedoch auf sozialen Schutz und beschreibt eigentlich eine Dreiecksbeziehung.

Denkbar ist auch, daß beide Adjektive (diskret, anonym) benutzt werden, um die Schwellenangst herabzusetzen, mit der Vorstellung, auf dieser Grundlage zu einem späteren Zeitpunkt ein biographisch angemessenes Coming-out zu ermöglichen. Dann allerdings stellt sich die Frage, ob diese Vorleistungen nicht einen Etikettenschwindel darstellen, nach dem Motto: Komm erstmal ... dann sehen wir schon.

Das Benutzen von Begriffen, die auch zur Verschleierung taugen, ist in der Suchtszene nicht ungewöhnlich; eine nicht geringe Anzahl von Kliniken nennt sich »psychosomatisch«, obwohl bekannt ist, daß Abhängige behandelt werden. Das ermöglicht dem Suchtkranken eine Mimikry, bei der unter dem Begriff »psychosomatisch« seine Krankheit behandelt werden kann, ohne daß er zugleich auch diagnostisch stigmatisiert würde. Hier gibt es ein weites Spektrum vom Schutz, der angemessen ist, bis zur Komplizenschaft, die verschleiert. Schließlich gelten auch ganz realistische Gesichtspunkte, Patienten nahezulegen, ihre Korrespondenz mit Behörden nicht aus einer Fachklinik heraus erkennbar zu führen. Nicht in allen Fällen sind sie geschützt davor, daß Ordnungsamt oder Straßenverkehrsbehörden durch die Information »Brief aus einer Fachklinik« auf die Diagnose schließen und so der eventuell für die berufliche Existenz notwendige Führerscheinerwerb problematisch werden kann oder der noch besessene Führerschein gefährdet ist.

Kliniken bieten den Patienten neben Schutz auch Komfort; sie verheißen dieses auf hochglanzgefertigten Hausprospekten, wobei sie in dem professionellen Design der Bilder und Texte durchaus mit Werbeprospekten für Urlaubszielgebiete der Tourismusindustrie konkurrieren können. Hier wird dann nicht nur der Patient angesprochen, sondern eben auch der Kunde (und zwar mit Hinweis auf den Menschen, der außer einer abhängigen Seite noch andere Eigenschaften und Bedürfnisse hat). Dem Sozialstatus dieser Kundenseite wird hierbei gehörig Tribut gezollt:

Geschmackvolle, großzügige Aufenthaltsräume, die Sauna und nicht zuletzt die ausgezeichnete Küche runden das Bild eines Hauses für gehobene Ansprüche ab. (Privatklinik Landhaus Sonnenberg)

Sie umfaßt 60 Betten in großzügig eingerichteten Einzelzimmern (Dusche, WC). Diese sind, sobald die medizinische Situation es erlaubt, mit TV und Telefon ausgestattet. Die Klinik hat ein Hallenbad (15 x 8 Meter), Gymnastik-, Sport- und Therapieräume, zudem stehen Solarien und eine Sauna zur Verfügung. Billardräume und eine weitläufige Außenanlage mit Tennisplätzen und Außenschach ergänzen das Ambiente. (Oberberg-Klinik Extertal)

Man kommt dem Patienten als Kunden entgegen: In den Prospekten sind als »Werbeantwort« gestaltete Postkarten beigelegt, in denen nur noch anzukreuzen ist, was man benötigt: Einzelzimmer mit Balkon, Dusche, Bad und Telefon, möglichst in der Zeit von .... bis .... (Stillachhaus Oberstdorf).

Manche berufliche oder private Situation läßt nur eine Behandlungszeit von 4-8 Wochen zu. Eine Intervallbehandlung zu einem späteren Zeitpunkt kann dann eine zusätzliche Unterstützung bei der Genesung bewirken. [...] Wir entlassen jeden Patienten mit einem konkreten Vorschlag zur Nachbehandlung. Dies kann die Teilnahme an unseren *eigenen Nachsorgegruppen* [im Originaltext gesperrt gedruckt, d. Verf.], an anderen Selbsthilfegruppen (z. B. AA, Blaues Kreuz, Freundeskreise, Guttempler, Kreuzbund, Suchtberatungsstellen), im Einzelfall Einzel-, Partner-, Familien- oder Gruppentherapie oder eine Kombination von verschiedenen Maßnahmen sein.

Ehemalige Patienten und auch ihre Partner oder Angehörigen sind eingeladen und aufgefordert, sich jederzeit – auch nach Therapieende – mit uns telefonisch oder persönlich in Verbindung zu setzen.
Zur Festigung, zur Klärung einer persönlichen Problemsituation oder auch bei einem Rückfall ist für jeden Patienten eine kürzere oder längere Wiederaufnahme in unserem Hause möglich. (Therapiekonzept Privat-Klinik Landhaus Sonnenberg)

Diese gebotene Bereitschaft, stationär, ambulant und langfristig zur Verfügung zu stehen, kann ein gewaltiger Vorzug solcher Kliniken sein: Sie können individuell und sehr flexibel die persönliche Situation berücksichtigen und sind Beratungsstellen und Fachkliniken insofern überlegen, da sie beide Funktionen an dieser Stelle in sich vereinen können. Das setzt bei dem Patienten Mobilität voraus und die Bereitschaft, gegebenenfalls auch kurzfristig über größere Entfernungen zu einem Gesprächstermin anzureisen. Sogenannte Ehemaligen-Treffen von Fachkliniken sind dazu natürlich keinerlei Alternative.

Ganz so exquisit geht es bei den Kliniken, die Patienten der Arbeiterrentenversicherungen oder der BfA behandeln, natürlich nicht zu. Dennoch bemühen auch sie sich mitzuhalten: Sie beschreiben in ihren Therapiekonzepten Schwimmbad, Sauna, Kegelbahn, gute Luft, was auch immer gerade sich an Vorzügen eignet, und selbst das alte EKG findet, sicher zu seiner eigenen Überraschung, noch lobenswerte Erwähnung. Nicht konkurrieren kann das »normale« Versorgungssystem mit dem Angebot freigestalteter Intervallbehandlung sowie ambulanter Betreuung durch die Klinik. Das ist durch die Aufteilung des Versorgungssystems in ambulant/stationär verhindert.

Was bekommt der Patient für seinen Pflegesatz?

Pflegesätze

Fachklinik Fredeburg (1991):

Allgemeiner Pflegesatz:	DM	152,35
Selbstzahler:	DM	181,–

Landhaus Sonnenberg, Privatklinik:

27 Tage Therapie:	DM	8.618,50
entspricht einem Tagessatz von:	ca. DM	320,–

Oberberg-Klinik Hornberg:

Pflegegrundkosten:	DM	293,–

Die ärztlichen, therapeutischen und diagnostischen Leistungen werden gesondert abgerechnet; in der Information zur Behandlung wird ausgesagt, daß sich »erfahrungsgemäß durchschnittliche Kosten von ca. DM 500,– pro Tag« ergeben.

In der Fachklinik Fredeburg bekommt der Selbstzahler zwar eine höhere Rechnung, aber folgende Information aus dem Therapiekonzept: »Selbstzahler genießen gegenüber anderen Patienten keinerlei Privilegien«.

Für den normalen Pflegesatz gehört zum Therapieprogramm in der Fachklinik, sich an Spül- und Reinigungsdiensten zu beteiligen und im Winter Schnee zu schippen. Man kann diesen Diensten unter manchen Gesichtspunkten einen therapeutischen Sinn abgewinnen. Interessant ist, daß andere Rehabilitationskliniken (zum Beispiel psychosomatische) solche umfangreichen Dienstleistungen von ihren Patienten nicht erwarten. Dieses Thema ist umfassend und vielgestaltig, zwei Gesichtspunkte sind erwähnenswert: Alles, was Patienten selbst tun, kostet kein Geld; zum anderen gehörte zu der klassischen Tradition der Behandlung von »haltlosen Trinkern«, sie wieder an das Arbeiten zu gewöhnen. Von den drei A der Versorgung von Abhängigen aus früheren Jahrzehnten, nämlich Abstinenz, Abgeschiedenheit und Arbeit, wirkt dieses A, die Arbeit betreffend, sicher gelegentlich noch nach.

An der Pflegesatzgestaltung scheiden sich natürlich die Möglichkeiten der stationären Behandlung von Abhängigen; doch es gibt Kliniken, die wegen ihrer Preisgestaltung von den Rentenversicherungsträgern nicht akzeptiert werden. Es schließt sich dann der Kreis: Denn nur ein exklusives Publikum kann sich einen solchen Aufwand zur Behandlung leisten und wird, wie wir inzwischen wissen, auch zielgerichtet daraufhin angesprochen.

Hier wird nun, um das Marktsegment voll auszuschöpfen und

sich an diesem Markt auch behaupten zu können, die bereits zitierte Aussage aus dem Jahrbuch der Suchtgefahren für potentielle Kunden übersetzt: »Bei Managern in exponierter Stellung, bei Selbständigen, leitenden Beamten und den Angehörigen dieser Gruppen ist die Streßbelastung groß und führt oft zu körperlichen Beschwerden auf dem Weg über die Verbindung von Seele und Körper (Psychosomatik)«. (Oberberg-Klinik, Hornberg)

Bei Abhängigen wird darauf verwiesen: »Es entstand eine gezielte, individuell abgestimmte, hochqualifizierte und intensive Therapie. Sie ist um so erforderlicher, als diese Menschen alle unter Zeitdruck stehen.« (Oberberg-Klinik Extertal). Der Zeitdruck, angeblich pathogen, wirkt auch auf den Therapierahmen. Da dieser, unter Zeitdruck, sehr effizient sein muß, rechtfertigt dies – natürlich – den Preis.

Bertolt Brecht hat gegenüber der Psychoanalyse einmal eine Bemerkung über das Verhältnis von Geld und Therapie gemacht, die auch hier gelten mag: »Freilich verschafft die Psychoanalyse ein anderes Vergnügen, nämlich das, möglichst viel Geld für die eigene Person auszugeben.« (Brecht 1977)

Da der Patient bei diesen Privatkliniken der Auftraggeber ist (und eben nicht der Rentenversicherungsträger), stellt sich hier natürlich der Patient die Frage: Was bin ich mir selbst wert? Und welches Outfit halte ich für unverzichtbar – schließlich kann ich es mir doch leisten.

Die Preisgestaltung zielt auf den Auftraggeber Patient/Kunde und wirft folgerichtig Probleme auf: Wird das therapeutische Personal nicht als »Personal« gedacht, das sich auf die Bedürfnisse der Kunden einstellen muß? Darf der eigentliche Konflikt benannt werden oder gilt es, mehr das Klagen und Anklagen und Beschuldigen zuzulassen, ohne die entscheidende Frage zu stellen: Was haben sie selbst zur Entstehung ihres Unglücks denn beigetragen? Eine solche Ausstattung und Umgebung – steht sie nicht in Gefahr, zu einer stillen Übereinstimmung zwischen Personal und Kunden zu führen, die sich als unschuldige Opfer verstehen und eine reparative Schonzeit, sozusagen psychosoziales Fitnesstraining für die freie Wildbahn draußen, benötigen?

Ein Patient sucht eine für ihn angemessene Klinik. Er entstammt einem uralten Adelsgeschlecht, das über erheblichen sozialen Einfluß und ausgedehnten Grundbesitz verfügt; er hat den statusnotwendigen Sozialisationsweg hinter sich, ein abgeschlossenes Volkswirtschaftsstudium, um die Güter und Reichtümer zu verwalten. Er kommt, da seine jüngere Schwester ihn sehr drängte, etwas zu tun; sie hat ihn auch telefonisch bei mir angemeldet. Das Anamnesegespräch ergibt, daß er keinen wirklichen Leidensdruck hat; er ist gelegentlich durch Kontrollverluste während offizieller Einladungen und Festessen aufgefallen, hat das eine oder andere Mobiliar dabei zerstört, wobei er darauf verweist, daß ihm auch das Begleichen größerer Schäden ja keine wirklichen Probleme bereiten würde.

Körperliche Schäden sind noch nicht ausgeprägt; als Therapieziel nennt er, so trinken zu können, daß es nicht immer zu diesen, überwiegend für andere, peinlichen Sachbeschädigungen käme. Er ist über die Notwendigkeit, im Falle der Abhängigkeitserkrankung totale Abstinenz zu üben, wohl informiert; sie leuchtet ihm jedoch erkennbar nicht eigentlich ein. Sachbeschädigungen, zum Beispiel beim Schützenfest oder in der Neujahrsnacht, bezeichnet er eher als »zünftig«, als daß Bedrohniserlebnisse davon ausgehen.

Schon der Versuch, eine Therapie zu beginnen, die die persönlichen Konflikte bearbeitet, wäre gleichbedeutend mit dem Versuch, die soziale Identität des Patienten zu erschüttern oder gar zu gefährden.

Von solchen Patienten werden Gespräche gesucht, weil sie beruhigen und Beschwerden mildern. Gesucht wird also der Feind der Heilung, nämlich die Besserung. Und hier kann etwas gelten, was Therapeuten gelegentlich so formulieren: Weil du reich bist, mußt du länger trinken und leiden; der Weg zum Wendepunkt wird dir durch deine sozialen Ressourcen verlängert.

Therapieziele

Das Therapieziel wird in den Privatkliniken und Sanatorien in anderer Weise festgelegt und bestimmt als in Rehabilitationskliniken; das liegt daran, daß der Auftraggeber in Privatkliniken der Patient, in den Rehabilitationskliniken der Rentenversicherungsträger ist.

Ein Satz des Analytikers Arno Gruen (1984) ist für das Verständnis der Problematik von reichen Abhängigen hilfreich: »Ein Selbstwert, der lediglich auf Macht basiert, läßt Entwicklungen kaum zu«. Die problematische Vermischung von Macht und Selbstwert setzt der Entwicklungsnotwendigkeit vielleicht sogar sinnvolle Grenzen, denn Akzeptanz und Anpassung an Realität ist auch in diesen Fällen ein lebensnotwendiges Essential. Genauso notwendig ist jedoch die Möglichkeit, Grenzen zu überschreiten, wenn sie sinnlos einengen. Von diesem Problem sind nicht nur die Privatkliniken, sondern auch die Rehabilitationskliniken, wenngleich in anderer Weise, betroffen: Sie können definitionsgemäß etwas nicht tun, was naheliegt: Der Anteil chronisch arbeitsloser Abhängiger ist hoch, so daß ein erheblicher Anteil dieser Patienten mit großer Wahrscheinlichkeit nie wieder in den Arbeitsprozeß wird zurückkehren können (Schwere und Dauer der Erkrankung, fortgeschrittenes Lebensalter, Dauer der Arbeitslosigkeit). Ein Wandel des Blickwinkels ist nicht möglich, hin zum Beispiel zu der Perspektive: Was ist auf der Grundlage von ›nie wieder Alkohol‹ und ›nie wieder arbeiten können‹ eigentlich noch möglich? Eine solche Perspektive läßt sich durch den Arbeitsauftrag der Rehabilitation kaum entwickeln.

Umgekehrt steht eine Rehabilitation in Gefahr, als eine Befreiung von Skrupeln begriffen zu werden (»Befreiung« vom Suchtmittel = Befreiung von Skrupeln), wenn Ehrgeiz verstärkt und Bereitschaft zur Auseinandersetzung im Wettbewerb zum Erwerb von Macht, wie zum Beispiel Bewerbungstraining für einen Arbeitsplatz, trainiert werden.

Rehabilitation und Grenzen

In der Alltagsarbeit geraten wir in Gefahr, uns die therapeutische Nische als die eigentliche Quelle der Veränderung zu denken und den Aspekt des Rehabilitationsauftrages nicht angemessen zu sehen: Schließlich enthält er eine Kränkung und Entwertung insofern, als Therapeuten erkennen müssen, daß sie Instrumente zum Erreichen eines Rehabilitationszieles sind.

Auf der anderen Seite wird der Rehabilitationsauftrag zu leicht verkürzt auf die Dimension, von der BRECHT (1977) behauptet hat: »Allerdings verschwindet die Neurose, höre ich, wenn der Patient eine Anstellung bekommt.« BRECHT bezieht diese Auseinandersetzung auf die Psychoanalyse und setzt fort: »Der Psychoanalytiker wird arbeitslos, wenn der Patient Arbeit bekommt.«

Der letzte Gesichtspunkt wird in der Klinik dann deutlich, wenn Therapeuten sich wundern, wenn trotz guter sozialer Bedingungen ein Patient rückfällig wurde und sich nicht selten tiefes Unverständnis aufdecken läßt, dem die Phantasie zugrunde liegt, durch angemessene Reparatur der sozialen Problematik hätten sich die inneren Konflikte und Widersprüche von allein lösen müssen. Mit dem Blick auf dieses innere menschliche Leid hat Rost (1987) darauf hingewiesen, daß mit dem Verschwinden des Symptomes und sozialer Integration innere Konflikte eben noch längst nicht bewältigt sein müssen. Dieses tiefere Verständnis der Krankheit Abhängigkeit hat inzwischen dazu geführt, daß Suchtkliniken sich auch Gedanken über psychosomatische Folgeerkrankungen ihrer Patienten machen und für Suchtkranke spezifisch zu konzeptualisieren versuchen (zum Beispiel Furth im Wald).

Doch zurück zu den vermeintlich Reichen in den Kliniken: Um mit Arno Gruen zu sprechen: »Die tiefen Verletzungen, die zu Gefühlen unakzeptabler Hilflosigkeit und Angst führen, können in einer Therapie, die der Ideologie der Herrschaft und Macht verhaftet ist, nicht wirklich berührt werden«.

Das Scheitern als unabweisbare Kategorie des abhängig Gewordenen in seiner tiefen Bedeutung wird entwertet, manchmal sogar übersehen; Ortega y Gasset hat das folgendermaßen ausgedrückt: »Das Leben ist seinem inneren Wesen nach ein ständiger Schiffbruch. Aber schiffbrüchig sein heißt nicht ertrinken ... Das Gefühl des Schiffbruches, da es die Wahrheit des Lebens ist, bedeutet schon Rettung. Darum glaube ich einzig an den Gedanken Scheiternder.« (zitiert nach Arno Gruen).

Wie paßt nun eine solche Dimension in eine Gesellschaft, in der Erfolg der Maßstab und Bedeutung des Menschen am Erfolg gemessen wird – und eben nicht an seiner Fähigkeit zu lachen, zu spielen oder zärtlich zu sein. In der Aufteilung zwischen öffentlich und privat gelten lachen, spielen und zärtlich sein zu können als Quellen der Kraft, im öffentlichen Beruf oder beruflichen Leben zu bestehen. Das Scheitern – in der Sprache der Alkoholiker der Tiefpunkt – paßt so gar nicht in die Mentalität von »they never give up« und die Ideologie, auch alle Möglichkeiten zu verwerten.

Ein erfolgreicher Immobilienmakler entdeckte in einer Phase seiner Therapie die Möglichkeit, durch Abstinenz seinen Konkurrenten bei den Besäufnissen im Rahmen so gesehener sozialer Verpflichtungen über zu sein; nüchtern könnte er sehr viel gezielter andere ausfragen und zu Informationen kommen, die man bei eigener Intoxikation so kaum hätte erhalten und verwerten können. Dieser Gesichtspunkt war ein häufiges Motiv zur Abstinenz. Vom Rehabilitationsauftrag her ist das nicht schlecht: Statt zu leiden und leidfähig zu sein, arbeitet er nun, und zwar erfolgreich.

Sie finden sich in allen Kliniken, die Macher, Manager, die sozial erfolgreich waren und zur Aktivitätssteigerung oder Spannungsreduktion Amphetamine, Alkohol oder auch Kokain benutzten; Journalisten, Manager, freiberuflich Tätige, bei denen alles klar wäre, wenn sie nur andere Entspannungstechniken oder Aktivitätstrips finden würden. Deshalb kommen sie und suchen. Und der Therapeut weiß von der Gefahr, daß von der Abhängigkeitstherapie und der Forderung nach Abstinenz auch eine Erschütterung des sozialen Erfolges ausgehen kann.

Die gesamten rehabilitativen Perspektiven mit Abhängigen stehen unter der Last des Satzes: »Um in unserer Kultur erfolgreich zu sein, mußt du lernen, vom Versagen zu träumen«. Der Verzicht soll zum positiven Wert werden, was letztlich nur dann gelingen kann, wenn er nicht einer Nachahmung oder Trivialanpassung entspricht, sondern einer durchgegorenen Auseinandersetzung mit der eigenen Lebensgeschichte. Das kann schwierig werden in curricularen Therapieveranstaltungen, wenn diese lediglich als Verfahren zur Bewältigung von Lebensproblemen und als triviale Hilfsmittel zum Erreichen eines Rehabilitationszieles mißverstanden werden. Hier zeigen sich dann die Grenzen, Schwierigkeiten und Bruchstellen, wenn es gilt, Patienten von einer historischen zu einer narrativen Wahrheit zu führen, wo sie selbst sich als Gestalter ihrer eigenen Geschichte, als Subjekt ihres Lebens nicht nur zu verstehen, sondern auch zu respektieren lernen.

Wie einfach ist es, einem Patienten die guten Gründe für den Besuch einer Selbsthilfegruppe zu erläutern. Erfahrungsgemäß ist es aber ausgesprochen schwierig, mit ihm die subtilen Widerstände zu bearbeiten, die sich gegen eine solche Einsicht entwickeln. Nur im Respekt vor dem Widerstand kann schließlich therapeutische Arbeit geschehen, und eben nicht in der Aufforderung zur Anpassung.

Es sollen einige Aspekte folgen zum Thema des Umgangs mit solchen Menschen (denn bisher wurden strukturelle und prinzipielle Gesichtspunkte betrachtet) unter dem Blickwinkel der sich begegnenden Subjekte; den Menschen aus oberen, natürlich auch aus unteren sozialen Schichten, begegnet ein Therapeut, in aller Regel Angehöriger des Mittelstandes.

Mit zahlreichen Problemen muß sich nun dieser Therapeut herumschlagen: Mit seinen Phantasien von den faulen Reichen, die auf vielleicht unverdiente Art und Weise zu ihrem Reichtum gelangt sind; Neidgefühle werden angesprochen, heftig aktiviert und müssen bearbeitet werden; die Bedeutung des Sozialstatus wird, je nach der Entwicklungsgeschichte des einzelnen Therapeuten, entweder über- oder unterbewertet. Und sofern der Therapeut für seine eigene berufliche Entwicklung große Opfer bringen mußte, kann es kaum verwundern, wenn er den Reichen für einen Ausbeuter hält und ihn zu mißachten beginnt. Die klassenspezifischen Leiden werden leicht ignoriert, über- oder unterschätzt. Ein Gefühl dafür, daß, je höher oben, Menschen oft um so einsamer sein müssen, stellt sich nur schwer ein. Die »Personalattitüden« solcher Patienten lösen nicht selten heftige Gegenübertragungsaggressionen und Feindseligkeiten aus, da sie kaum als sozialisationsbedingt und rollenspezifisch, sondern sehr viel mehr als Persönlichkeitsmerkmal wahrgenommen werden. Schließlich besteht auch die Möglichkeit, daß der Therapeut unreflektiert die Rolle des Elternteils übernimmt, der als konstantes Objekt in der Geschichte dieses Menschen nicht ausreichend präsent und empathisch war. Dann läuft die Therapie über weite Strecken »gut«, bis die Grandiositätsphantasien des Therapeuten etwa in einer Supervision freigelegt werden und die spezifische Pathologie erkennbar wird.

Das sehr viel breitere Spektrum an Möglichkeiten zu agieren statt zu leiden, auf der Grundlage ausgedehnter ökonomischer Ressourcen zum einen und auf der Grundlage sozialisationstypischer Moral und Wertvorstellungen erschwert den Zugang zu solchen Menschen, um sie aus ihren eigenen Entstehungsbedingungen heraus zu verstehen (Gedanken von Wahls, hier nach Cremerius 1990, S. 256).

Die Ausgrenzung der Masse der Bevölkerung von Produktionsmitteln und Macht durch sogenannte Reiche kehrt sich in subtiler Weise im therapeutischen Verfahren häufig unbemerkt um: Wir können uns in die Lebenswelt dieser Menschen nicht einfühlen, und damit den Dreischritt der therapeutischen Arbeit nicht vollziehen, nämlich sich einfühlen, sich davon entfernen, um zu versprachlichen, um danach klären und erklären zu können. Wir identifizieren uns zwar, wehren aber eine Identifikation mit den Tätern ab. Dadurch besteht aber die Gefahr, daß diese Patienten in eine aussichtslose Opfersituation geraten und wir sie ausgrenzen, der sie ihrerseits durch Agieren und Ausnutzen ihrer sozioökonomischen Kompetenzen zu entfliehen suchen. Dann wäre der Kreislauf geschlossen.

Alkoholkranke in sozialen Brennpunkten; Obdachlose in Einkaufszonen, an Bahnhöfen, der grausame Endpunkt der Krankheit Abhängigkeit mit völliger sozialer Entwurzelung, Obdachlosigkeit und meist schwersten körperlichen Begleit- und Folgeschäden.

Alkoholkranke mit ausgeprägten hirnorganischen Psychosyndromen, mit Einschränkung der Kritikfähigkeit; von Ich-Funktionen wie Planung, Vorhersehen und Unterscheiden ist nichts oder fast nichts mehr erhalten. Lediglich noch ein dünner Faden parasitärfordernder Genügsamkeit verbindet diese Menschen mit uns. Erfahrungsgemäß stehen an der jeweiligen Seite des Suchtdreiecks die dafür repräsentativen Berufsgruppen und verweisen auf die jeweils andere: Der Arzt auf den Sozialarbeiter und die Gesellschaft, insbesondere den Richter, der nicht zur Pflegschaft oder Vormundschaft solcher Patienten bereit ist, der Sozialarbeiter auf den Arzt, der sich nur um »bessere« Abhängige kümmert und solche nicht, insbesondere auch auf das Gesundheitsamt, das ja »Hausbesuche« bei Obdachlosen bekanntlich gar nicht machen kann; der Richter belehrt Sozialarbeiter und Arzt, daß die Freiheit eines Christenmenschen ihm die Möglichkeit läßt, auch Suchtmittel bis (fast) zum Ende einzunehmen.

Für diese Probleme gibt es, natürlich, keine einfache Lösung: Aber Erfahrungen können reflektiert werden, die aus der gemeindenahen Versorgung von defekt-schizophrenen Patienten gewonnen werden konnten: Erst als im gemeindenahen Behandlungskonzept diese Patientengruppe nicht nur als krank, sondern eben auch als Personen aus der Gemeinde verstanden worden sind, als sich Ärzte dann auch bemüht haben, diese Patienten eindeutig als krank zu definieren, und sich konsequent für die Krankheit auch verantwortlich fühlten, somit neben die Diagnose einer zum Defekt führenden Entwicklung einer Schizophrenie das Engagement von Menschen trat, die ein handhabbares Instrumentarium entwickelten (Klinik, Wohnheim, niederschwelliges Versorgungsangebot, verbunden mit der Bereitschaft, sich dieser Patienten immer wieder, und zwar auch langfristig, anzunehmen) waren deutlich erkennbare Verbesserungen in der Versorgung zu verzeichnen.

Hier scheinen realistische Chancen einer Reintegration zumindest eines Teiles dieser Patienten dann vorzuliegen, wenn die Medizin diese Patienten auch eindeutig als Patienten nicht nur definiert und diagnostiziert, sondern anderen Bereichen auch hilft zu begründen, warum durchaus offensive therapeutische Verfahren, zum Beispiel Pflegschaft und Entmündigung, in solchen Fällen lebenserhaltend sein können. Die sogenannte G-Struktur der Gesundheitsämter, ihre Möglichkeit, die Schwelle des Patienten auch zu überschreiten, um seinen Intimbereich zu betreten, wäre, richtig gewendet, ein solches Instrument und enthält eine solche Chance.

Mißverständnisse nach der Art der Moskauer Kollegen gibt es überall, auch mitten unter uns: Ein Patient, obdachlos, erkennbar alkoholkrank und abgebaut, der zur stationären Aufnahme gebracht wird, wird sofort an den zuständigen Psychiater verwiesen. Übersehen wurde, daß dieser Mensch zum Zeitpunkt der Aufnahme bereits komatös gewesen ist. Dies ist ein Beispiel dafür, wie therapeutischer Nihilismus den diagnostischen Blick nicht nur trübt, sondern sogar verstellt.

Aussicht

Die Spannweite vom Gesundheitsamt bis zur Privatklinik beschreibt die Bandbreite der sozial unterschiedlichen Ausprägung der Krankheit Abhängigkeit. An beiden Polen gibt es Ärgernisse, durch beide Pole entstehen Spannungen, Widersprüche und Herausforderungen. Diese gehen weit über das sonst gängige Problem des Verständnisses von Krankheit hinaus, einfach wegen des »süchtigen Dreiecks«, das von dem Verständnis der multifaktoriellen Genese der Krankheit zu einer multifaktoriellen Theorie, Diagnostik und Therapie fortschreiten muß.

Deshalb steht jeder therapeutisch Tätige vor dem Dilemma, daß er auf der einen Seite sich seinen Segmentkuchen herausschneiden will und muß (sonst kann er kaum zufrieden arbeiten), auf der anderen Seite stellt sich natürlich die Frage, ob vor dem Rest berechtigterweise die Augen verschlossen werden oder, um mit Basaglia zu sprechen: Wir müssen die Widersprüche unserer Arbeit auf uns nehmen – oder wir arbeiten eben nicht.

Literatur

BRECHT, B.: Notizen über die Zeit. In: Gesammelte Werke 20, Werksausgabe Edition Suhrkamp, Frankfurt a.M. 1977.
CREMERIUS, J. (1990): Vom Handwerk des Psychoanalytikers: Das Werkzeug der psychoanalytischen Technik, Band 2. Friedrich Frommann-Verlag.
FREUD, S. (1910): Die zukünftigen Chancen der psychoanalytischen Therapie. In: Studienausgabe Ergänzungsband, Fischer Wissenschaft, Frankfurt a.M. 1975.
GRUEN, A. (1984): Der Verrat am Selbst. Causa.
Jahrbuch 1990 zur Frage der Suchtgefahren. Neuland 1989.
MERTENS, W. (1981): Psychoanalyse. Kohlhammer, München.
ROST, W. D. (1987): Psychoanalyse des Alkoholismus. Klett-Cotta, Stuttgart.

Die Zeit Nr. 32 v. 2. August 1991

Therapiekonzepte:
Fachklinik Fredeburg, 57392 Schmallenberg
Landhaus Sonnenberg, 64711 Erbach-Erbuch
Oberberg-Klinik für psychosomatische Medizin, 32699 Extertal-Laßbruch
Oberberg-Klinik, 78132 Hornberg
Sierra Tuscon Klinik Garmisch, 82467 Garmisch-Partenkirchen
Stillachhaus, 87561 Oberstdorf

II

Verhaltenstherapie

Heinz C. Vollmer

Therapie als kontinuierlicher Entscheidungsprozeß

Nicht wenige Therapeuten sind der Meinung, daß eine Therapie oder eine bestimmte Intervention nicht schaden kann. Diese Auffassung ist mit einiger Wahrscheinlichkeit nicht zutreffend. Eine Intervention kann zu einer vorzeitigen Beendigung der Behandlung führen, obwohl der Patient noch weitere therapeutische Hilfe nötig gehabt hätte. Es kann zum Rückfall kommen, der für den Patienten und dessen Bezugspersonen langfristig negative Folgen hat, oder es kann zu sonstigen durch die Therapie ausgelösten falschen Verhaltensweisen des Patienten kommen (z.B. Berufswechsel, Partnertrennung, bzw. kein Berufswechsel, keine Trennung), die sich ungünstig auf die Zukunft des Patienten auswirken. Daß eine Therapie oder eine bestimmte Intervention nicht schaden kann, ist eine verständliche Schutzbehauptung von Therapeuten. Mißerfolge während einer Behandlung sind für Therapeuten in der Regel sehr belastend. Der Rückfall eines Patienten kann bei einem Therapeuten zu Schuldgefühlen, Selbstvorwürfen und depressiven Verstimmungen führen (Herder u. Sakofski 1988).

Eine der häufigsten Bewältigungsstrategien bei einem Rückfall ist die »Distanzierung«: Der Therapeut sieht sich nicht selbst für den Rückfall verantwortlich, sondern der Patient hat mit dem Rückfall eine eigene Entscheidung getroffen (Körkel, Back u. Gehring 1989). Einstellungen wie »eine Therapie kann nicht schaden« sind als vorbeugende Bewältigungsstrategien für potentielle Mißerfolge zu interpretieren. Weitere Beispiele für vorbeugende Bewältigungsstrategien sind folgende Einstellungen: »Der Patient hat eine geringe Motivation«; »Der Patient ist für das Gelingen der Therapie selbst verantwortlich«; »Abstinenz ist nicht das alleinige und entscheidende Therapieziel«. Edelwich und Brodsky (1980, zitiert aus Körkel et al. 1989) vermuten, daß erfahrene Therapeuten im Vergleich zu Berufsanfängern ein geringeres Anspruchsniveau gegenüber ihren Patienten haben. So gehen Therapeuten mit größerer Berufserfahrung und besserer Qualifikation mit dem Therapieziel Abstinenz flexibler um (HERDER u. SAKOFSKI 1988).

Daß Therapeuten mit zunehmender Berufserfahrung Einstellungen entwickeln, durch die unangenehme Gefühle wie Schuld, Hilflosigkeit, Versagen als Folge von therapeutischen Mißerfolgen reduziert werden, läßt sich nach dem Prinzip der operanten Konditionierung erklären (s. Abb. 1).

a) Verhaltenskette eines Berufsanfängers

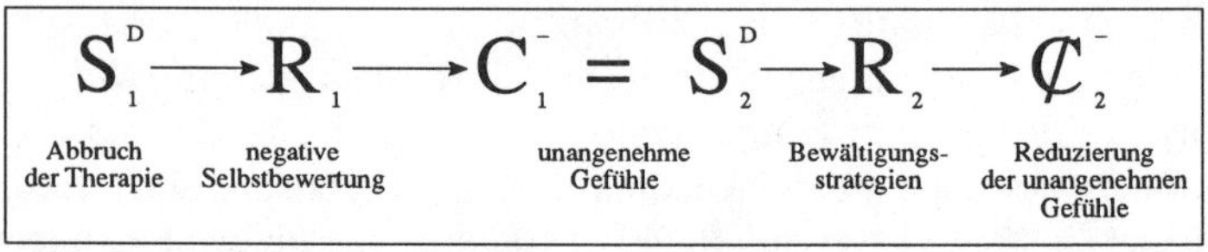

b) Verhaltenskette eines erfahrenen Therapeuten

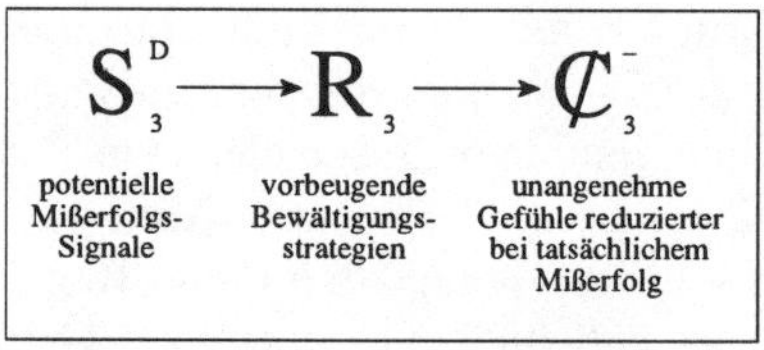

Abbildung1: Erwerb von kognitiven Bewältigungsstrategien

Therapeutische Mißerfolge (S_1^D) führen bei einem Berufsanfänger zu einer starken negativen Selbstbewertung (R_1) (z.B. »Ich habe Fehler gemacht«) und anschließend zu kognitiven Bewältigungsstrategien (R_2) (z.B. »Der Patient ist für die Therapie verantwortlich«), wodurch die unangenehmen Gefühle (z.B. Schuld) ($\not{C}_2^-$) reduziert werden. Der erfahrene Therapeut setzt diese Bewältigungsstrategien schon vorbeugend ein (R_3), um durch tatsächliche Mißerfolge weniger belastet zu werden ($\not{C}_3^-$). Für die Psychohygiene des Therapeuten sind Strategien zur Bewältigung von therapeutischen Mißerfolgen notwendig (HERDER u. SAKOFSKI 1988). Sie bergen aber die Gefahr, daß therapeutische Fehler nicht ausreichend erkannt und somit für zukünftige Patienten nicht behoben werden.

Eine Balance zwischen belastungsreduzierenden Bewältigungsstrategien und Analysen potentieller Therapiefehler ist für einen Therapeuten langfristig die beste Lösung. Nach MARLATT (1985) sollen Patienten lernen, einen Rückfall nicht als Katastrophe oder totales Versagen zu bewerten, sondern als einen Fehler, aus dem man lernen kann. Das Gleiche trifft auf Therapeuten zu.

Aus Fehlern kann man häufig mehr lernen als aus Erfolgen (KENDLER 1964, zitiert nach MARLATT 1985). Im Widerspruch dazu steht, daß es nur sehr wenige Veröffentlichungen über therapeutische Mißerfolge und deren Ursachen gibt, da es sich hier lange um ein Tabuthema handelte. Wie die folgenden Ausführungen zeigen werden, lassen sich Fehler in einer Therapie nicht vermeiden. Dies trifft auf alle Therapieformen zu. FOA und EMMELKAMP veröffentlichten 1983 ein Buch über Mißerfolge in der Verhaltenstherapie, COLEMAN 1985 über Mißerfolge in der Familientherapie und ROBERTIELLO und SCHOENEWOLF publizierten 1987 ein psychoanalytisch orientiertes Buch mit dem Titel »Hundertundeins übliche therapeutische Fehler«. Therapiefehler werden von allen in der Gesundheitsversorgung tätigen Berufsgruppen verursacht, von Sozialpädagogen, Ärzten, Arbeits- und Beschäftigungstherapeuten sowie von Psychologen, vom Krankenpflegepersonal und so weiter. Therapiefehlern liegen häufig ungewollte falsche Entscheidungen zugrunde.

Dieser Beitrag soll einige Anregungen geben, wie Therapiefehler reduziert werden können. Dazu wird dargestellt, in welchen Bereichen therapeutische Entscheidungen anliegen, wodurch die Entscheidungen beeinflußt werden und welche Möglichkeiten es gibt, unerwünschte Einflüsse im Entscheidungsprozeß zu reduzieren. Dies geschieht auf Grundlage der psychologischen und psychotherapeutischen Literatur unter Einbeziehung eigener Erfahrungen als Psychotherapeut, Weiterbildungstrainer und Supervisor.

Da im folgenden vorwiegend kritische Anmerkungen zur Therapie gemacht werden, soll, um Mißverständnissen vorzubeugen, klargestellt werden, daß sich die Betreuung Abhängiger in Westdeutschland quantitativ und qualitativ im Vergleich zu anderen Industrienationen auf einem sehr hohen Niveau befindet. So werden zum Beispiel in der Behandlung sowohl der Alkohol- wie der Medikamenten- als auch der Drogenabhängigen inzwischen Erfolgsquoten erreicht (siehe HERBST 1992, JUNG u. BÜHRINGER 1989, KÜFNER, FEUERLEIN u. HUBER 1988), die vor 15 Jahren noch nicht vorstellbar waren. Dies bedeutet natürlich nicht, daß es von der Gesundheitsversorgung anderer Nationen nichts zu lernen gibt und daß nicht insgesamt weitere Verbesserungen anzustreben sind. Die Auseinandersetzung mit therapeutischen Entscheidungsprozessen kann Hinweise für weitere Verbesserungen in der Betreuung Abhängiger geben.

Therapeutische Entscheidungen während einer Therapie

Von Beginn bis zum Ende einer Behandlung trifft ein Therapeut in jeder Sitzung eine Vielzahl von Entscheidungen über sein therapeutisches Handeln. Dies trifft sowohl auf die ambulante als auch auf die stationäre Beratung, Betreuung oder Therapie zu. Es werden im folgenden drei Entscheidungsebenen getrennt dargestellt, obwohl alle drei Bereiche sich gegenseitig überschneiden und miteinander in Wechselwirkung stehen.

Die Identifizierung von Interventionen (störungsbezogene Indikation)

Mit welcher Therapie und welchen Interventionen kann einem Patienten am besten geholfen werden? Dies ist die klassische Indikationsfrage, wie sie teilweise in der Medizin erfolgreich beantwortet werden kann, aber nicht in der klinischen Psychologie. Die Diagnose »Alkoholabhängigkeit« erlaubt keine zwingende Ableitung bestimmter therapeutischer Interventionen. Auch die Bildung weiterer Unterkategorien der Alkoholabhängigkeit ermöglicht keine Auswahl von geeigneten therapeutischen Maßnahmen. Die Ableitung einer Intervention geschieht nicht durch eine einzige Entscheidung des Therapeuten (Diagnose A [z.B. Alkoholabhängigkeit] erfordert Intervention B [z.B. »Antabus«-Behandlung]), sondern durch eine Vielzahl von Entscheidungen, die sich häufig über einen längeren Zeitraum erstrecken.

Am Beispiel einer stationären Entwöhnungsbehandlung für Alkoholiker in einer Fachklinik sollen einige typische Entscheidungssituationen aufgezeigt werden (s. Abb. 2).

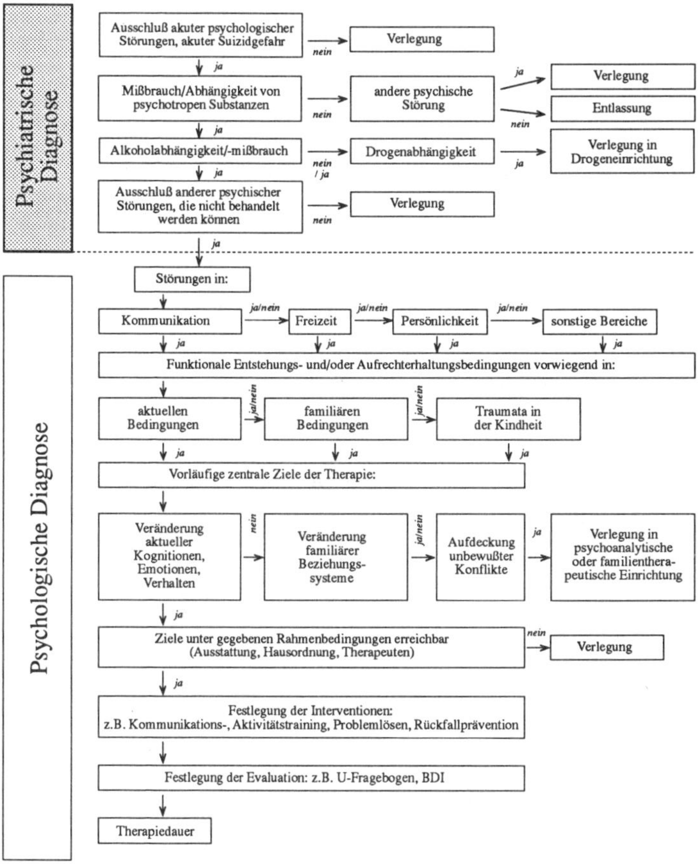

Abbildung 2: Entscheidungsbaum in einer stationären Verhaltenstherapieeinrichtung für Alkoholabhängige (vereinfachte und verkürzte Darstellung)

Bei der Aufnahme eines Patienten ist abzuklären, ob eine Selbst- oder Fremdgefährdung vorliegt, die eine sofortige Verlegung des Patienten in eine andere Einrichtung oder auf eine andere Station erfordert. Steht eine andere Diagnose als Alkoholabhängigkeit im Vordergrund (z.B. Drogenabhängigkeit oder Major Depression), so ist in der Regel auch eine Verlegung in eine andere Einrichtung indiziert. Im Rahmen der psychologischen Diagnostik wird entschieden, welche Fertigkeiten und Störungen bei dem Patienten vorliegen. Gerade Abhängigen sind die eigenen Problembereiche häufiger nicht bewußt, so daß es die Aufgabe des Therapeuten ist, Probleme des Patienten zu erkennen. Auch die durch die Problematik hervorgerufenen Einschränkungen sind vielen Patienten manchmal nicht klar, so daß es teilweise im Entscheidungsbereich des Therapeuten liegt, eine Gewichtung der Problembereiche vorzunehmen. Ein Patient, dem sein unangemessenes Kommunikationsverhalten nicht bewußt ist, wird erst durch die gezielten Fragen des Therapeuten erkennen, welche nachteiligen Auswirkungen sein Kommunikationsstil auf Familienmitglieder, Freunde und Bekannte hat. Dazu muß der Therapeut die Entscheidung fällen, daß das Kommunikationsverhalten des Patienten a) als problematisch und b) als therapiebedürftig einzuschätzen ist. Es erfolgt dann eine funktionale Analyse der vorläufig als wichtig ausgewählten Problembereiche mit dem Ziel, Entstehungs- und Aufrechterhaltungsbedingungen zu identifizieren. Auch die funktionalen Bedingungen ihres Problemverhaltens sind den meisten Patienten unklar. Es ist wiederum die Aufgabe des Therapeuten, potentielle Ursachen des Problemverhaltens zu erkennen und deren Bedeutung für das zukünftige Verhalten des Patienten abzuschätzen. Unangemessenes Kommunikationsverhalten kann unter anderem Folge einer mangelnden Gefühlswahrnehmung und/oder starker irrationaler Kognitionen und/oder allgemeiner Selbstunsicherheit sein. Auf der Grundlage der gefundenen Problembereiche und deren funktionalen Bedingungen werden Therapieziele definiert. Viele Patienten haben sehr globale Zielvorstellungen. Sie möchten irgendwie ohne Alkohol in ihrer Partnerschaft, im Beruf und in der Freizeit zufrieden sein. Diese globalen Ziele werden mit dem Patienten zusammen operationalisiert. So werden zum Beispiel aus dem globalen Ziel »Zufriedene Partnerschaft« folgende Unterziele definiert: Gefühle erkennen, unangenehme Gefühle angemessen äußern, bei Streit sich vorübergehend zurückzuziehen, Gefühle der Zuwendung häufiger äußern und so weiter. Neben der Unterstützung bei der Zielfindung hat der Therapeut zu entscheiden, inwiefern die Ziele realistisch sind, ob Nachteile durch Bezugspersonen entstehen können und ob es zu einer Symptomverschiebung kommen kann.

Erst nachdem Problembereiche, Entstehungs- und Aufrechterhaltungsbedingungen der Symptome und die Zielbereiche annähernd definiert sind, kann über die therapeutischen Maßnahmen entschieden werden. Dazu gehört einerseits die Frage, ob die Einrichtung bezüglich ihrer personellen, medizinischen und psychologischen Ausstattung und sowie sonstiger therapeutischer Rahmenbedingungen (z.B. Hausordnung, Durchschnittsalter der anderen Patienten) für den Patienten geeignet ist. Weiterhin ist zu entscheiden, ob die in der Einrichtung angebotene Therapieform für den Patienten geeignet erscheint oder ob ihm durch eine andere Therapie (z.B. psychoanalytische Behandlung) wesentlich besser geholfen werden kann. Verbleibt der Patient in der Einrichtung, so wird festgelegt, welche Interventionen zur Erreichung der Therapieziele dienen und in welcher Reihenfolge sie durchgeführt werden sollen. Dazu gehören zum Beispiel die Exploration irrationaler Kognitionen in Konfliktsituationen, Rollenspiele zur Äußerung von unangenehmen und angenehmen Gefühlen, Rückfallpräventionstraining. Die letzte Entscheidung des Therapeuten betrifft die Therapiedauer, das heißt, die Festlegung des Zeitpunktes, ab wann die Therapieziele erreicht sind und der Patient ambulant weiterbetreut werden kann oder in der Lage ist, in Selbstkontrolle weitere Ziele zu erreichen.

Zum besseren Verständnis ist die Therapie hier als ein linear verlaufender Prozeß dargestellt. Dies entspricht nicht der Komplexität der therapeutischen Realität. In Wirklichkeit überschneiden sich die einzelnen Bereiche (z.B. Identifizierung der Problembereiche und Zielbestimmung), und bei einer falschen Entscheidung über eine Intervention beginnt der Prozeß wieder von vorne. Der gesamte in Abbildung 2 dargestellte Entscheidungsprozeß des Therapeuten kann sich sowohl innerhalb einer 50minütigen Sitzung (z.B. der Therapeut führt in der ersten Therapiesitzung eine Intervention wie ein einfaches Rollenspiel durch) als auch über mehrere Wochen erstrecken.

Der Therapeut als Entscheidungsträger

Für die einzelnen Entscheidungen gibt es keine objektiven Kriterien, die der Therapeut zu Rate ziehen kann. Empirisch abgesicherte Kriterien, die eine Zuweisung zu einer psychoanalytischen versus verhaltenstherapeutischen Behandlung erlauben, zu einer ambulanten versus stationären Therapie, zu einer Einzel- versus Gruppenbehandlung, zu einer ausführlichen Analyse der Kindheit versus der aktuellen Situation, sind unbekannt. Das bedeutet, daß Therapeuten auf der Basis unvollständiger Informationen und ohne objektive allgemeinverbindliche Entscheidungsregeln bei einem einzigen Patienten eine Vielzahl von Entscheidungen fällen müssen. Angestrebt wird, daß die Entscheidungen gemeinsam mit dem Patienten getroffen werden. In der Realität der Behandlung Abhängiger sind häufiger, als dies in der Literatur eingestanden wird, Entscheidungen des Therapeuten notwendig, die der aktuellen Meinung des Patienten widersprechen. Beispiele dazu sind, wenn ein Patient glaubt, er habe keine Probleme, sondern die Umwelt sei an seinem übermäßigen Alkoholkonsum schuld; Probleme, die er in der Therapie hat, seien auf eine unrealistische Hausordnung zurückzuführen; ein Besuch in seiner alten Stammkneipe bedeute keine Rückfallgefährdung; kontrolliertes Trinken sei für ihn möglich. In diesen Situationen entscheidet sich der Therapeut vorerst stillschweigend gegen die Meinung des Patienten mit dem Ziel, den Patienten nicht zu überreden, sondern durch verschiedene Interventionen die Reflexionsfähigkeit des Patienten zu erhöhen, um später dessen Einverständnis einzuholen. Oder es kann auch geschehen, daß der Therapeut seine »heimlich« gefaßte Entscheidung revidieren muß. Eine Therapie lebt von den Meinungsverschiedenheiten zwischen Patient und Therapeut und von den vorläufigen Entscheidungen, die der Therapeut fällt, ohne den Patienten darüber zu informieren. Der Patient erfährt dadurch eine andere Sichtweise seiner Probleme, und es eröffnen sich für ihn neue Lösungsmöglichkeiten. Die Kunst der Therapie besteht darin, trotz der »heimlichen« Entscheidungen gegen die Einstellung des Patienten, psychotherapeutische Basisfertigkeiten wie Echtheit und Empathie zu verwirklichen und im Entscheidungsprozeß flexibel zu bleiben.

Übernahme von Entscheidungen

Bei der Vielzahl der während einer Therapie notwendigen Entscheidungen und dem Fehlen von objektiven Entscheidungskriterien sind falsche Entscheidungen unvermeidbar. Eine Möglichkeit, dem Entscheidungsdruck zu entgehen, ist für den Therapeuten die Übernahme von bereits vorliegenden Entscheidungen durch Institutionen (Kostenträger, Ausbildungsinstitute), Kollegen, Berufs- und Leitungsgruppen. In folgenden Bereichen kommt es manchmal zu einer (unkritischen) Übernahme von Entscheidungen:

1. Die Einweisungsdiagnose wird übernommen, ohne noch einmal eine diagnostische Klärung vorzunehmen. Dies trifft besonders auf unklare Diagnosen zu (z.B. »Politoxikomanie«, »Borderline-Patient«). Die Ungenauigkeit dieser Begriffe fördert deren Beibehaltung.
2. Dadurch, daß der Patient in die Therapieeinrichtung vermittelt/aufgenommen wurde, wird vermutet, daß die Therapie der Einrichtung für den Patienten indiziert ist. Dies mag für die meisten Patienten zutreffen, aber nicht für jeden aufgenommenen Patienten. »Eine der besten therapeutischen Techniken ist die Überweisung« (A. LAZARUS, mündliche Mitteilung, zit. aus ZIMMER 1983, S. 12). Nur 0,6 Prozent der Drogenabhängigen und 1,3 Prozent der Alkoholiker werden in eine andere Einrichtung verlegt (SIMON u. SCHULZE 1991). Daß die angebotene Therapieform für 99,4 Prozent der Drogenabhängigen und 98,7 Prozent der Alkoholiker geeignet ist, dürfte trotz guter Vermittlungsarbeit der Beratungsstellen sehr unwahrscheinlich sein.
3. Therapeuten einer Einrichtung handeln nach für alle Patienten verbindlichen Modellen bezüglich a) der Ursachen der Abhängigkeit, b) der Therapieziele und c) der therapeutischen Interventionen. Daß die Entwicklung einer Abhängigkeit bei den

meisten Patienten auf ein Erklärungsmodell zurückzuführen ist, dürfte unwahrscheinlich sein. Ursachen einer Abhängigkeit können sowohl in der Kindheit als auch in familiären Bedingungen oder in aktuellen situativen Bedingungen zu finden sein. So sind bei jedem Patienten in der Analyse der Genese, in den Therapiezielen und in den therapeutischen Interventionen andere Schwerpunkte zu setzen. Dies bedeutet kein eklektisches Vorgehen, sondern größtmögliche Flexibilität innerhalb eines theoretischen Modells. Eine Analyse aktueller Ursachen ist für die Psychoanalyse ebensogut möglich und sinnvoll wie für die Verhaltenstherapie eine Analyse der Kindheit.

4. Es werden in einigen Einrichtungen standardmäßig Breitbandprogramme angeboten, die für alle Patienten verpflichtend sind. In verhaltenstherapeutisch orientierten Einrichtungen sind dies häufig Selbstsicherheitstraining, Kommunikationstraining, Entspannungstraining, Rückfallprävention. In vielen Fachkliniken für Alkoholiker ist die Teilnahme an AA-Gruppen, an Partner-Seminaren oder an anderen Veranstaltungen verpflichtend. Solchen Standardprogrammen liegt die Annahme zugrunde, daß die meisten der angebotenen Interventionen für alle Abhängigen indiziert sind. Falls ein Abhängiger anderer Meinung ist, wird er als wenig motiviert eingestuft, und falls die Intervention wirklich nicht indiziert sein sollte, kann eine Teilnahme nicht schaden. Die Anwendung nichtindizierter Interventionen führt verständlicherweise zu einer geringeren Mitarbeit des Patienten, die auf die indizierten Interventionen generalisieren kann.

Trotz dieser kritischen Anmerkungen können vom einzelnen Patienten unabhängige Entscheidungsregeln für den Therapeuten eine wesentliche Arbeitserleichterung darstellen und sind daher in beschränktem Umfang sinnvoll. Andererseits ist zu beachten, daß eine Entscheidungsregel, die für die Mehrzahl der Alkoholabhängigen vor zehn Jahren zutraf, heute – bedingt durch einen veränderten Wissensstand – falsch sein kann. Allgemeinverbindliche Entscheidungsregeln sollten daher regelmäßig hinterfragt werden. Voraussetzung dazu ist, daß dem Therapeuten durch Institutionen, Kollegen oder Verbände definierte Entscheidungsregeln bewußt sind und daß sie, auch wenn sie (vorübergehend) zutreffen, nicht die Form von »Glaubensbekenntnissen« annehmen.

Identifizierung von Therapiephasen (motivationsbezogene Indikation)

Bei der störungsbezogenen Indikation wurde davon ausgegangen, daß der Patient zur Therapie motiviert ist; das heißt, der Patient ist einverstanden mit den (gemeinsam) erarbeiteten Problembereichen, den funktionalen Bedingungsmodellen, den Therapiezielen und den daraus abgeleiteten Interventionen. Angenommen, die vielen Entscheidungen, die der Therapeut getroffen hat, waren richtig, das heißt, die vorgeschlagenen Interventionen sind indiziert und werden für den Patienten hilfreich sein, dann werden beide mit Begeisterung und Erfolg die Interventionen durchführen. Allerdings ist der Ablauf einer Therapie wesentlich komplizierter. Denn für den Therapeuten gibt es neben der Frage »welche Interventionen sind aufgrund der psychischen Störungen des Patienten indiziert?« ein zweites Entscheidungsfeld mit der Fragestellung »welche Interventionen sind aufgrund der Therapiephase, in der sich der Patient befindet, notwendig?« Dies soll an einem Beispiel einer stationären Entwöhnungsbehandlung für Drogenabhängige erklärt werden.

Ist ein Therapeut zu der »richtigen« Entscheidung gelangt, daß für einen Patienten ein Rückfallpräventionstraining mit den Schwerpunkten »Training von Verhaltensfertigkeiten in der Ablehnung von Drogenangeboten und von Kontakten zu alten Drogenfreunden« notwendig ist, kann es trotzdem möglich sein, daß die Durchführung dieser Maßnahme zum momentanen Zeitpunkt kontraindiziert ist, das heißt, dem Therapieverlauf schaden würde, und eventuell sogar eine vorzeitige Therapiebeendigung oder einen Rückfall fördern könnte. Die Kontraindikation ist darin begründet, daß der Patient nicht bereit ist, aktiv zu handeln. Nach den Phasen von PROCHASKA und DICLEMENTE (1983) befindet er sich noch nicht in der Handlungsphase, sondern in einer Phase vor der Handlung. Je nach Veränderungsphase, in der sich der Patient befindet, gibt es für den Übergang in die nächste Phase unterschiedliche Prozesse der Veränderung. In der Absichtsphase überwiegen kognitive und affektive Prozesse, in der Handlungs- und Aufrechterhaltungsphase Verhaltensprozesse. Für die Therapie bedeutet dies, daß die Interventionen auf die Veränderungsphase, in der sich der Patient befindet, abgestimmt sein sollten. Bei einem Patienten, der sich in der Phase »Absicht« befindet, sind Interventionen indiziert, die bei ihm die kognitive und affektive Ebene ansprechen, wie zum Beispiel

Informationsvermittlung, Verhaltensanalyse, motivierendes Interview. Handlungsorientierte Verfahren wie zum Beispiel Rollenspiele zur Ablehnung von Drogenangeboten, würden zu einer Erhöhung des Widerstandes gegen die Therapie führen. Bei Abhängigen, die in eine stationäre Behandlung aufgenommen werden, kann nicht davon ausgegangen werden, daß sich bereits alle in der Handlungsphase befinden. Es ist die Aufgabe des Therapeuten einzuschätzen, in welcher Phase der Veränderung sich ein Patient befindet, um dann entsprechende Interventionen abzuleiten und Interventionen, die auf die Störungen des Patienten bezogen sind (z.B. Ablehnungstraining), vorläufig zurückzustellen.

Motivationsbezogene Entscheidungen fallen nicht nur für den Bereich Abhängigkeit an, sondern für alle Störungsfelder des Patienten wie zum Beispiel Defizite in der Kommunikation, Probleme mit den Eltern oder Selbstunsicherheit. In jedem dieser Bereiche kann sich der Patient in einer anderen Phase befinden (s. Abb. 3).

Erfahrungsgemäß befinden sich die meisten Drogenabhängigen, die eine stationäre Therapie beginnen, im Bereich Opiat- und/oder Amphetaminabhängigkeit in der Phase »Absicht«, während sie sich bezüglich des Mißbrauchs oder der Abhängigkeit von Cannabis und/oder Kokain in der Phase »kein Änderungswunsch« befinden. Auch wenn der Therapeut glaubt, der Konsum von Cannabis wird bei einem Patienten mit hoher Wahrscheinlichkeit zum Opiatrückfall führen, wäre es falsch, mit Interventionen zu beginnen, die den Cannabiskonsum betreffen. In der Regel ist es günstig, mit den Störungsfeldern zu beginnen, bei denen sich der Patient kurz vor oder in der Handlungsphase befindet. In diesen Bereichen sind Erfolge wahrscheinlicher, die sich dann motivationsfördernd auf die anderen Bereiche auswirken können.

Eindeutige Kriterien zur Identifizierung der Phasen der Veränderung und zur Ableitung von Interventionen gibt es nicht. Ebenso wie bei der störungsbezogenen Indikation trifft der Therapeut seine Entscheidungen im Kontext der Ungewißheit. Eine Wiederholung der Entscheidungsprozesse ist häufig notwendig, da sich ein Patient während der Behandlung bezüglich seiner Veränderungsphase sowohl verbessern als auch verschlechtern kann.

Im Gegensatz zu der störungsbezogenen Indikationsfrage kann der Patient in den Entscheidungsprozeß bezüglich der Veränderungsphasen kaum einbezogen werden. Es ist zum Beispiel nicht

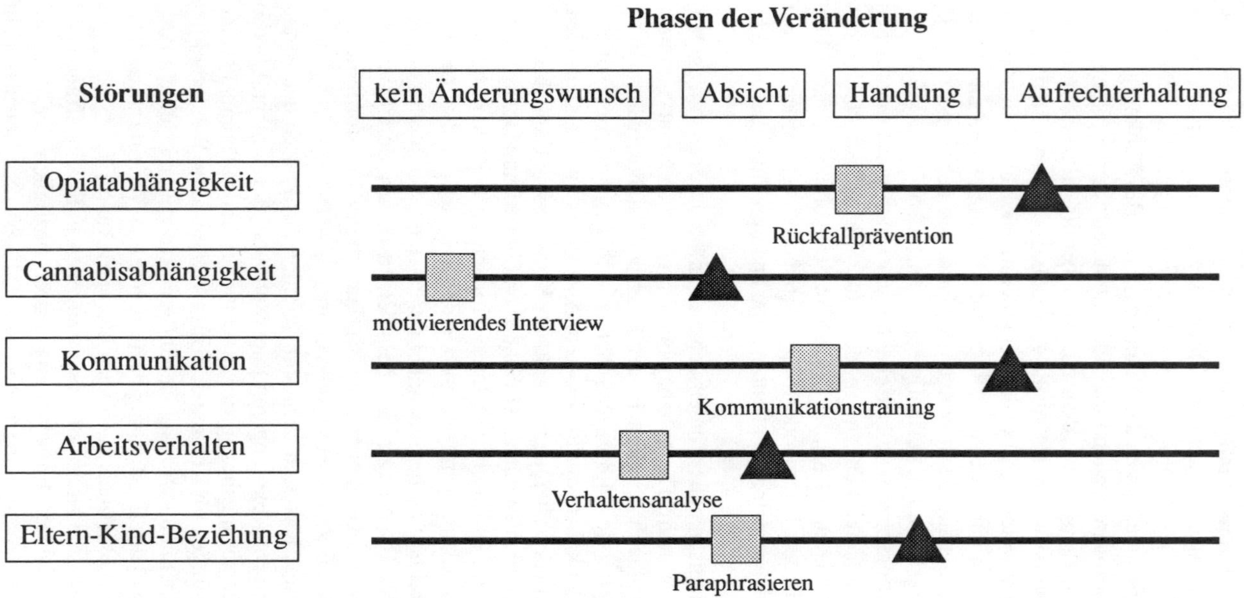

Abbildung 3: Phasen der Veränderung bei einem Drogenabhängigen und indizierte Interventionen zum Zeitpunkt:
▢ 3 Monate nach Therapiebeginn
▲ Stand des Patienten bei Beendigung der Therapie

möglich, daß der Therapeut dem Patienten erklärt, in welcher Phase der Veränderung er sich befindet und daß er jetzt mit ihm ein motivierendes Interview durchführen möchte. Die erwünschte Wirkung des motivierenden Interviews wäre damit aufgehoben. Der Therapeut muß also seine Entscheidungen alleine fällen, gestützt durch Fallbesprechungen mit Kollegen und durch Supervision.

Obwohl sich in der alltäglichen Praxis die störungs- und die motivationsbezogene Indikation überschneiden und manchmal schwer voneinander zu unterscheiden sind, ist es auf Grundlage des obigen Modells sinnvoll, beide Indikationsbereiche ebenso wie die einzelnen Störungsfelder, soweit es möglich ist, getrennt zu betrachten. Eine Vermischung der beiden Indikations- und/oder der Störungsbereiche, wie es zum Beispiel durch die Verwendung der Begriffe Motivation oder Politoxikomanie geschieht, dürfte zu einer Zunahme falscher Entscheidungen führen. Entscheidungsprozesse werden transparenter und weniger fehlerbelastet, wenn bei der Beurteilung von Patienten anstatt der Diagnose Politoxikomanie zum Beispiel die Diagnosen Abhängigkeit von Opiaten und Mißbrauch von Kokain und Cannabis verwendet werden, und wenn anstatt des Begriffes Motivation Begriffe wie starker/schwacher/überhaupt kein Wunsch des Patienten, sich zu verändern, benutzt werden, klar getrennt für die einzelnen Störungsbereiche, zum Beispiel Mißbrauch von Cannabis: kein Änderungswunsch (Ziel des Patienten: reduzierter Konsum); Abhängigkeit von Opiaten: starker Änderungswunsch (Abstinenz).

Nebenbei sei angemerkt, daß die Erreichung der Aufrechterhaltungsphase für alle veränderungsbedürftigen Störungsbereiche ein unrealistisches Kriterium für eine erfolgreiche Beendigung einer Therapie darstellt. Es ist vollkommen ausreichend, wenn ein Patient in nur wenigen Bereichen die Handlungs- oder Aufrechterhaltungsphase erreicht. In Abbildung 3 ist gekennzeichnet, in welcher Phase sich Opiatabhängige bei Abschluß einer stationären Entwöhnungsbehandlung erfahrungsgemäß befinden. Ein solcher Therapiestand ist ausreichend, da die Patienten in Selbstkontrolle, teils mit Unterstützung einer Nachsorge- oder ambulanten Behandlung, weitere Veränderungen selbst anstreben können. Voraussetzung dazu ist, daß der Patient bezüglich seiner Hauptstörung wenigstens in der Handlungsphase ist und daß ihm allgemeine Selbstkontrollstrategien vermittelt worden sind. Die Vermittlung subjektiver Selbstkompetenz (Bandura 1979) und von Selbstkontrollstrategien des Patienten sind neben der Behandlung der einzelnen Störungsfelder allgemeine Therapieziele der Verhaltenstherapie und eine Voraussetzung für die Erreichung weiterer Ziele nach Abschluß der Entwöhnungsbehandlung.

Identifizierung von Erwartungen, Einstellungen, Persönlichkeitsmerkmalen des Patienten (Indikation bezüglich der Therapiegestaltung)

Neben der Entscheidung, welche Interventionen zu welchem Zeitpunkt für einen Patienten hilfreich sind, trifft ein Therapeut Entscheidungen über die Gestaltung der Interventionen. Dies beinhaltet äußere Bedingungen der therapeutischen Situation und verbale und nichtverbale Verhaltensweisen des Therapeuten. Zu den äußeren Bedingungen gehören die Gestaltung des Therapieraumes, die Sitzordnung, die äußere Erscheinung des Therapeuten und anderes. Die Bedeutung des Einflusses äußerer Bedingungen wird von Therapeuten nicht selten unterschätzt. Eine gelegentliche Reflexion der in diesem Bereich getroffenen Entscheidungen sollte nicht vergessen werden. Entscheidungen bezüglich seiner verbalen und nichtverbalen Verhaltensweisen trifft der Therapeut bewußt und unbewußt während einer therapeutischen Sitzung fast im Minutenabstand. Dies soll in Anlehnung an GOODMAN und DOOLEY (1976) an einem Beispiel einer ambulanten Behandlung eines Alkoholabhängigen verdeutlicht werden (s. Tab. 1).

Nachdem der in einer vorherigen Sitzung eindeutig als alkoholabhängig diagnostizierte Patient äußert, daß der Konsum von Alkohol eigentlich für ihn kein Problem darstelle, muß sich der Therapeut in der Gesprächssituation innerhalb weniger Sekunden entscheiden, ob er bei dem Thema Alkoholabhängigkeit bleibt oder auf andere Problembereiche des Patienten eingeht. Die zögernde Ausdrucksweise des Patienten führte in diesem Fall dazu, daß sich der Therapeut für das Thema Alkoholabhängigkeit entschied. Es gibt wenigstens sieben Möglichkeiten, wie der Therapeut, nachdem die Vorentscheidung über das Thema gefallen ist, auf die Äußerung des Patienten reagieren kann. Mehrere Reaktionsmöglichkeiten des Therapeuten können gleichermaßen richtig sein. Ebenso können sich einige der in Tabelle 1 aufgelisteten Reaktionen ungünstig auf den weiteren Therapieverlauf auswirken. Konfrontation oder

Tabelle 1: Reaktionsmöglichkeiten eines Therapeuten in einem motivierenden Gespräch mit einem Alkoholiker

Patient äußert: »Der Alkoholkonsum ist eigentlich kein Problem für mich.«
Therapeut entscheidet zwischen den beiden Themen: andere Probleme vs Alkohol
Therapeut entscheidet zwischen folgenden Strategien:

STRATEGIE:	BEISPIEL:
Fragen	Warum glauben Sie, daß der Alkoholkonsum kein Problem für Sie darstellt? ... Haben sich durch den Konsum von Alkohol Nachteile für Sie ergeben?
Ratschlag	Ich denke, erst wenn Sie Ihren Alkoholkonsum ganz einstellen, werden Sie die anderen Probleme angehen können.
Schweigen	(fragender Blick des Therapeuten)
Interpretation	Ich habe den Eindruck, Sie möchten vermeiden, über Ihren Alkoholkonsum zu sprechen, aus irgendwelchen Befürchtungen.
Reflexion	Es wäre Ihnen wohler, wenn wir über andere Probleme als Ihren Alkoholkonsum sprechen.
Selbst-Offenbarung	Ihre Bemerkung erinnert mich daran, daß ich manchmal auch dazu neige, durch Vorschieben anderer Probleme unangenehmen Themen aus dem Weg zu gehen.
Konfrontation	Sie haben mir vorhin erzählt, daß sie Ihren Führerschein wegen Alkohol verloren haben, und jetzt sagen Sie, Alkohol ist kein Problem für Sie!

Schweigen wird bei einem unsicheren Patienten zu einem inneren Rückzug führen, bei einem reflektierten, selbstsicheren Patienten dagegen zu selbstkritischen, therapeutisch erwünschten Äußerungen. Auch die beiden Strategien, die am häufigsten richtig sind

(Fragen und Reflexion), können unter bestimmten Bedingungen in eine Sackgasse führen. Berufsanfänger entgehen dem Entscheidungsdruck manchmal dadurch, daß sie den Patienten einfach reden lassen. In einer Weiterbildung befindliche Berufsanfänger neigen zum gegenteiligen Fehler. Zur Einübung einer Intervention überhäufen sie den Patienten mit einer bestimmten Strategie und engen ihn dadurch ein.

Eine hohe Flexibilität des Therapeuten in den verschiedensten Strategien und deren individuell auf die Person des Patienten und die situativen Bedingungen abgestimmte Anwendung ist wünschenswert. Ein gehemmter, passiver Patient erfordert anfangs einen aktiven, ausdrucksstarken, strukturierenden Gesprächsstil und umgekehrt (BERZINS 1977).

Bei einem Patienten, der der Therapie abwehrend gegenübersteht oder bei einem aggressiven Patienten ist ein nicht-direktiver Gesprächsstil notwendig. Ein direktiver Stil führt bei diesem Patienten zu vermehrter Abwehr oder Aggression (ASHBY et al., 1957). Extern kontrollierte Patienten verbessern sich eher bei einem direktiven Gesprächsstil und internal kontrollierte Patienten eher bei einem weniger direktiven Gesprächsstil (ABRAMOWITZ et al., 1974; SCHWARTZ u. HIGGINS 1979). Gleichzeitig hat die Phase der Veränderung, in der sich der Patient befindet, einen Einfluß auf die Entscheidung bezüglich der Therapiegestaltung. Zu Beginn einer Behandlung, und wenn sich der Patient in der Phase vor der Absicht befindet, ist in der Regel ein positives, akzeptierendes, nicht-direktives Verhalten des Therapeuten indiziert. Befindet sich der Patient in der Phase der Handlung und besteht eine gute therapeutische Beziehung, dann ist häufiger ein direktives und in seltenen Ausnahmen sogar ein konfrontatives Verhalten notwendig.

Wie diese Beispiele verdeutlichen, sind bei der Vielzahl der Entscheidungen während einer therapeutischen Sitzung auch für erfahrene Therapeuten Fehlentscheidungen nicht vermeidbar. Denn objektive, in Weiterbildungen leicht vermittelbare Kriterien für Entscheidungen über die Gestaltung der Therapie gibt es nicht. Therapeutische Erfahrung, Menschenkenntnis (KANFER, REINECKER u. SCHMELZER 1990), die Reflexionsfähigkeit eigener emotionaler und kognitiver Prozesse und des eigenen Verhaltens sind Variablen, die den Entscheidungsprozeß beeinflussen. Der Kontext der Ungewißheit, in dem der Therapeut seine Entscheidungen fällt, ist in diesem Indikationsbereich besonders groß. Als Trost sei darauf hingewiesen, daß in der Regel erst eine Häufung von Fehlentscheidungen zu einer Störung der therapeutischen Beziehung führen und sich negativ auf die Therapie auswirken.

Therapie als Problemlösungsprozeß

In der Psychotherapie ist das medizinische Modell nur bei sehr wenigen eng umgrenzten Störungen anwendbar, wie zum Beispiel bei einfachen Phobien oder selbstunsicheren Verhaltensweisen, wenn keine anderen Störungen vorliegen (z.B. die Diagnose »Phobie vor Hunden« führt zur Intervention »Systematische Desensibilisierung«). In der alltäglichen klinischen Praxis sind solche Bedingungen sehr selten vorzufinden. Eine Abhängigkeit wird meistens als Ursache und/oder Folge begleitet von anderen Störungen wie etwa Selbstunsicherheit, depressive Verstimmungen, Partnerkonflikte, Eltern-Kind-Probleme. Für jeden einzelnen Patienten ist eine individuelle Therapieplanung notwendig, für die es keine klaren objektiven Entscheidungsregeln gibt. Alternativen zur medizinischen Diagnostik hinsichtlich der Auswahl erfolgversprechender Interventionen wurden von KANFER und SASLOW (1969), SCHULTE (1974) sowie GRAWE und DZIEWAS (1978) entwickelt. Nach dem Modell des diagnostisch-therapeutischen Prozesses (SCHULTE 1974, VOGEL u. SCHULTE 1991) werden während der gesamten Therapie ständig Entscheidungen getroffen, die kontinuierlich überprüft und verbessert werden (s. Abb. 4). Der Therapeut stellt kontinuierlich Hypothesen über Entstehungs- und Aufrechterhaltungsbedingungen der Störungen, über indizierte Interventionen und deren Gestaltung auf und überprüft die Hypothesen durch Beobachtung des Therapieverlaufs. Verändert sich der Patient in die erwartete Richtung, so werden die Hypothesen und Interventionen verfeinert und ausgebaut. Verändert sich der Patient nicht, so werden die Hypothesen verändert oder verworfen, es werden neue Informationen gesammelt, Fehlerquellen gesucht und neue Hypothesen aufgestellt. Dieser Prozeß wiederholt sich ständig, bis die Therapieziele annähernd erreicht sind. An einem Beispiel soll das Vorgehen nach diesem Modell verdeutlicht werden.

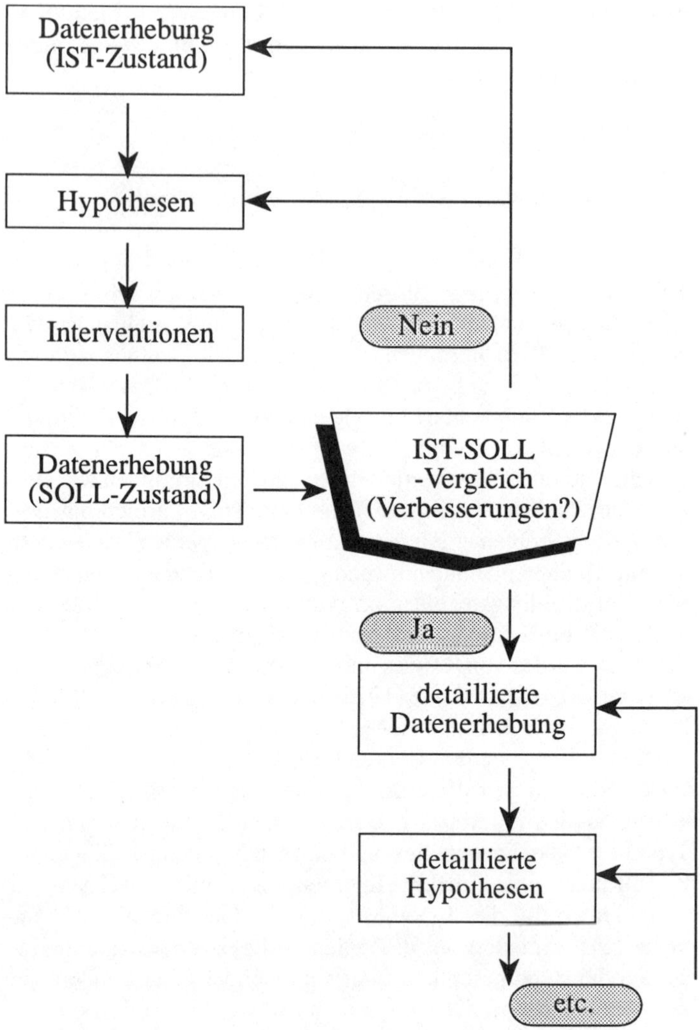

Abbildung 4: Modell des diagnostisch-therapeutischen Handelns (nach SCHULTE 1974)

Datenerhebung
Explorationen und Verhaltensbeobachtungen ergaben, daß sich ein Patient häufig unangemessen aggressiv verhielt. Außerdem äußerte er anderen Personen gegenüber keine unangenehmen Gefühle.

Hypothesen
Der Therapeut stellte die Hypothesen auf, daß die Aggressionen durch das Nichtäußern unangenehmer Gefühle gefördert werden und daß eine Erklärung der Zusammenhänge und konkrete Ratschläge, wie der Patient Gefühle angemessen äußern könne, zu einer Reduzierung der Aggressionen führen würde.

Interventionen
Der Therapeut erklärte dem Patienten die Zusammenhänge, gab ihm konkrete Ratschläge und vereinbarte mit ihm, diese in seiner natürlichen Umgebung umzusetzen.

Datenerhebung
Der Patient berichtete in der nächsten Sitzung von Situationen, in denen er seinen Ärger geäußert hatte und in denen er unangemessen aggressiv reagiert hatte.

IST-SOLL-Vergleich
In der Häufigkeit und Intensität waren kaum Änderungen aggressiver Verhaltensweisen eingetreten.

Datenerhebung
Eine genauere Analyse ergab, daß der Patient in Situationen, in denen sich der Therapeut geärgert hätte, keinen Ärger verspürt hatte.

Hypothese
Der Therapeut stellte die Hypothese auf, daß der Patient Schwierigkeiten hat, unangenehme Gefühle wahrzunehmen, und daß ausführliche Explorationen von Ärger provozierenden Situationen und Vorstellungsübungen zu einer Verbesserung der Gefühlswahrnehmung und langfristig zur Reduzierung der Aggressionen führen werden.

Um diesen Fallbericht abzukürzen: Der Patient veränderte sich zwar nach Verhaltensbeobachtungen des Therapeuten während der Therapiesitzungen, indem er entspannter wirkte, die Aggressionen in seinem natürlichen Umfeld nahmen aber nicht ab. Eine erneute Datenerhebung ergab, daß der Patient Angst vor durch den Therapeuten ausgelösten persönlichen Veränderungen hatte. Der Therapeut war bisher zu direktiv vorgegangen und gestaltete jetzt seinen Gesprächsstil nondirektiver. Außerdem analysierte er die Ängste des Patienten vor der Therapie und vor persönlichen Veränderungen und leitete Interventionen dazu ab, bevor er sich wieder verstärkt dem Problem Aggression zuwandte.

Einflußfaktoren des Entscheidungsprozesses

Durch eine fortwährende Modifizierung des Therapieverlaufs nach dem obigen Modell des diagnostisch-therapeutischen Handelns werden die Therapieziele schließlich langsam erreicht. Wieviele Fehlentscheidungen ein Therapeut während des Problemlöseprozesses fällt, hängt von verschiedenen Faktoren ab. Dazu gehören

1. fachliches *Hintergrundwissen* als inhaltliche Grundlage für eine Entscheidung,
2. die Art und Weise, wie ein Therapeut verschiedene Alternativen auf ihre Richtigkeit prüft (Rationalitätsprüfung),
3. Therapeutenmerkmale (z.B. Motivation des Therapeuten) und
4. externe Faktoren wie zum Beispiel gesellschaftliche Normen.

Hintergrundwissen

Ein Therapeut fällt seine Entscheidungen auf folgenden Grundlagen:

– *Empirisch-experimentelle Befunde der Therapieforschung*
  Ergebnisse der empirisch experimentellen Forschung erlauben Schlußfolgerungen für die alltägliche therapeutische Praxis. Beispiele dazu sind: Drogenabhängige, die länger als acht Monate an einer stationären Therapie teilnehmen, leben nach der Therapie eher drogenfrei (HERBST 1992); bei einer individuellen Therapieplanung schließen mehr Patienten die Behandlung erfolgreich ab (VOLLMER; FERSTL u. ELLGRING 1992).
– *Theorien der Psychologie und Nachbardisziplinen*
  Ebenso lassen sich aus theoretischen Erkenntnissen Schlußfolgerungen für die therapeutische Praxis ableiten. Beispiele sind: Durch Rollenspiele und In-Vivo-Übungen steigt die Kompetenz und eine Immunisierung gegenüber Rückfällen stärker als durch Gespräche (sozialkognitive Lerntheorie von BANDURA 1979; kognitiv behaviorales Rückfallmodell von MARLATT u. GORDON 1985, siehe DRECKMANN in diesem Band).
– *Subjektives Wissen des Therapeuten*
  Unter subjektivem Wissen wird die Summe der beruflichen und persönlichen Erfahrungen des Therapeuten verstanden, die er

durch empirisch-experimentelles Vorgehen nach dem obigen Modell des diagnostisch-therapeutischen Prozesses, auf dem Hintergrund empirischer und theoretischer Forschungsbefunde, gesammelt hat. Hinzu kommt das subjektive Wissen anderer Fachleute, unter der Bedingung, daß es theoretisch und empirisch-experimentell fundiert ist (s. Abb. 5). Der Begriff subjektiv wird hier im Sinne »zu einer Person gehörend« (und *nicht* als »voreingenommen«, »befangen«) verstanden. Unter Wissen wird hier die Kenntnis über etwas verstanden, so daß man zuverlässige Aussagen machen kann (im Gegensatz zum »Glauben« im nicht religiösen Sinn). In anderen Worten, der Therapeut ist in der Lage, seine Entscheidungen für eine Intervention auf der Grundlage seiner für andere Personen nachvollziehbaren Erfahrungen sachlich, ohne demagogische Mittel und ohne emotionales (Über-)Engagement plausibel zu begründen.

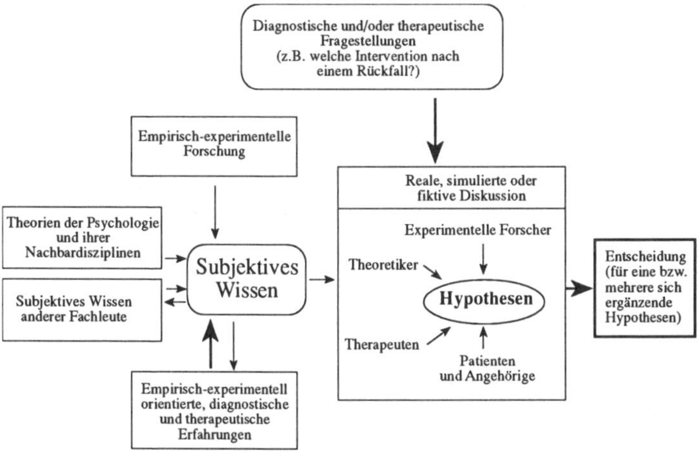

Abbildung 5: Einflußfaktoren des Entscheidungsprozesses: Hintergrundwissen und Rationalitätsprüfung (in Anlehnung an WESTMEYER 1987)

Ein Beispiel dazu: Wir haben in der Therapieeinrichtung Aiglsdorf versucht, mit Rückfällen zu arbeiten. Patienten, die während der stationären Therapie einen Rückfall mit Alkohol, Haschisch oder Opiaten hatten, wurden nicht entlassen, sondern es wurden Verhaltensanalysen durchgeführt und individuelle therapeutische Interventionen abgeleitet. Nach Einführung dieser Maßnahme stieg die Anzahl der rückfälligen Patienten und die Anzahl der Rückfälle pro Patient. Verhaltensanalysen ergaben, daß die rückfälligen Patienten Modellfunktion hatten und bei den Patienten die Einstellung bestand: »Einen Rückfall kann ich mir erlauben, ohne entlassen zu werden«. Eine Begrenzung der Arbeit mit Rückfällen auf Alkoholrückfälle ergab keine Reduzierung der Rückfallquote. Auf der Grundlage dieser empirisch-experimentell orientierten Erfahrungen lautet unsere Entscheidungsregel zur Zeit: Bei einem von Therapeuten entdeckten Rückfall wird der Patient entlassen. Bei einem von einem Patienten oder durch andere Patienten berichteten Rückfall, der nicht von den Therapeuten entdeckt worden wäre, erfolgt keine Entlassung, sondern eine therapeutische Bearbeitung des Rückfalls. Die Anzahl der rückfälligen Patienten hat sich nach Einführung dieser Entscheidungsregel reduziert. Die Prüfung der Intervention »Arbeit mit Rückfällen« erfolgte nach dem Modell des diagnostisch-therapeutischen Prozesses. Vor Einführung der derzeitigen Entscheidungsregel wurden noch alternative Hypothesen aufgestellt und erprobt (z.B. Rückfallanalysen in der Gruppe), die aber nicht erfolgreich waren. Diese Erfahrung muß nicht gleichermaßen auf andere Therapieeinrichtungen zutreffen. Bei stationär behandelten alkoholabhängigen Frauen ist zum Beispiel die Arbeit mit Rückfällen während der Therapie möglich (WATZL 1986). Das subjektive Wissen der Therapeuten der Einrichtung Aiglsdorf kann aber eine Anregung für die Formulierung von Hypothesen in anderen Therapieeinrichtungen sein.

Für alle drei Bereiche (empirisch-experimentelle Befunde, Theorien, subjektives Wissen) trifft zu: Was heute an Erkenntnissen wahr und als Entscheidungsgrundlage richtig ist, muß nicht in zehn Jahren noch wahr sein. Es ist zum Beispiel gut vorstellbar, daß die Entscheidungsregel der Therapeuten in Aiglsdorf in einigen Jahren falsch sein wird, wenn neue Theorien oder empirische Befunde zum Modellernen oder zum Craving (ausgelöst durch Rückfälle anderer Patienten) vorliegen werden. Alle drei Bereiche beeinflussen den Entscheidungsprozeß. Eine eindeutige objektive Ableitung von Entscheidungen aus einem der drei Bereiche ist in der Regel nicht möglich wegen der begrenzten Allgemeingültigkeit der empirischen, theoretischen und subjektiven Befunde. Eine therapeutische Intervention, die nach einer amerikanischen Studie oder die nach den Erfahrungen der Therapeuten der Bayerischen Einrichtung A erfolgreich war, muß nicht gleichzeitig in Behandlungseinrichtung B erfolgreich sein, da sich die Einrichtungen in relevanten, aber auf den ersten Blick nicht erkennbaren Merkmalen bezüglich der Patienten, Therapeuten oder Rahmenbedingungen unterscheiden können (VOLLMER 1991). Da es in Deutschland kaum empirisch-experimentelle Therapiestudien zur Abhängigkeit gibt, die Ergebnisse amerikanischer Studien nur begrenzt übertragbar sind, basieren die meisten therapeutischen Entscheidungen auf theoretischen Befunden und subjektivem Wissen.

In Relation zur Bedeutung des letzteren Bereiches wäre eine Verbesserung des Austausches von subjektivem Wissen auf Tagungen und in Fachartikeln wünschenswert, ohne den Anspruch auf Allgemeingültigkeit und Wissenschaftlichkeit, aber in klarer Abgrenzung von unsystematisch gesammelten therapeutischen Eindrükken. Wöchentliche Fallkonferenzen am Arbeitsplatz, monatliche externe Supervision von Therapien und die Fallpräsentation im Rahmen von Fortbildungen sind Hilfestellungen, auf die Therapeuten nicht verzichten sollten. Bei wichtigen und schwierigen Entscheidungen wären Satellitenkonferenzen ideal unter Beteiligung von Therapeuten anderer Einrichtungen und von Wissenschaftlern. Letztere Maßnahme ist derzeit unrealistisch, so daß sie nur in Fallkonferenzen in der Einrichtung simuliert werden kann. Zur kritischen Prüfung einer Entscheidung oder zur Sammlung von Hypothesen vertreten die Teammitglieder, entsprechend dem Vorschlag von WESTMEYER (1987), verschiedene Rollen in der Fallkonferenz wie Theoretiker, Therapieforscher, Therapeuten anderer Einrichtungen, Patienten und deren Angehörige. Jedes Teammitglied bringt seiner Rolle entsprechend Pro und Kontraargumente in die Diskussion ein. Dies führt zu kreativen Lösungsmöglichkeiten bei therapeutischen Problemen und eher zu Entscheidungen, die gemessen am aktuellen Forschungs-, Wissens- und Erfahrungsstand richtig sind. In der alltäglichen Praxis sind Therapeuten mit ihren Entscheidungen häufig auf sich alleine gestellt. Um die Wahrscheinlichkeit für richtige Entscheidungen zu erhöhen, kann ein Therapeut einen fiktiven Dialog durchführen (WESTMEYER 1987). Der Therapeut diskutiert dabei seine Hypothesen und Entscheidungen in der Vorstellung mit Theoretikern, Therapieforschern, Therapeuten und Patienten und prüft dabei seine Hypothesen auf Rationalität. Voraussetzung für die Teamdiskussion und für den fiktiven Dialog ist die Kenntnis des aktuellen Standes der wissenschaftlichen, theoretischen und empirischen Forschung.

Der Aufwand für eine Entscheidung ist abhängig von den (nicht nur finanziellen) Kosten, die bei der Durchführung der zur Wahl stehenden Interventionen entstehen, von den Konsequenzen der Entscheidung für Patienten und deren Angehörige und von Merkmalen der Situation. Für die Entscheidung, ob zu einem aktuellen Problem des Patienten Rollenspiele oder gesprächspsychotherapeutische Verfahren durchgeführt werden sollen, ist eine kurze fiktive Diskussion des Therapeuten ausreichend. Eine für einen Patienten als belastend vermutete Analyse der Kindheit erfordert hingegen wenigstens eine ausführliche fiktive oder eine reale Diskussion im Team. Für die Aufstellung eines Therapieplans oder für Interventionen nach einem Rückfall sind Diskussionen notwendig, in denen Teammitglieder verschiedene Rollen (z.B. Theoretiker, Therapieforscher) simulieren. Bei solchen Themen handelt es sich aus kognitionspsycholgischer Sicht um komplexe, vernetzte, intransparente und dynamische Situationen (DÖRNER 1989). *Komplex,* da zum Beispiel ein Rückfall die Folge von mehreren sich wechselseitig beeinflussenden Variablen ist. Dazu gehören etwa Kommunikationsdefizite des Patienten, Verlangen nach Alkohol, Alkoholgespräche von Mitpatienten, Fehler des Therapeuten. *Vernetzt,* da sich eine Intervention gleichzeitig auf mehrere Variablen auswirkt. Das Ausbleiben von Sanktionen nach einem Rückfall wirkt sich zum Beispiel positiv auf die therapeutische Beziehung und auf die Offenheit des Patienten aus, fördert aber die Rückfallwahrscheinlichkeit anderer Patienten. *Intransparent,* da dem Therapeuten (und dem Patienten) nicht ausreichend bekannt ist, welche Variablen den Rückfall beeinflußten. Außerdem wird dem Therapeuten häufig verschwiegen, wieviele Rückfälle bereits vorhergegangen sind und wieviele andere Patienten beteiligt waren. *Dynamisch,* da sich die rückfälligen und nichtrückfälligen Patienten nicht in einem statischen Zustand befinden, sondern sie sind aktiv und handeln. Es kann zum Beispiel zu weiteren Rückfällen kommen, oder andere Patienten werden hineingezogen, wenn nicht kurzfristig therapeutisch gehandelt wird. Komplexe, vernetzte, intransparente und dynamische Situationen sind in der Therapie nicht selten, in therapeutischen Wohngemeinschaften (für Drogenabhängige) sogar sehr häufig anzutreffen. Sie erfordern die (lernbare) Fähigkeit, strategisch zu denken, indem zum Beispiel Fern- und Nebenwirkungen von Entscheidungen berücksichtigt werden. (DÖRNER 1989). Die Prüfung der Handlungsalternativen auf Rationalität, sei es in Form eines fiktiven Dialoges oder in simulierten oder realen Diskussionen mit verschiedenen Experten, führt dazu, daß Situationen transparenter, Vernetzungen und die Eigendynamik besser erkannt werden und somit eher richtige Entscheidungen getroffen werden können.

Relativ unbeeinflußt von externen Faktoren und Therapeutenvariablen könnten Entscheidungen gefällt und in die Tat umgesetzt werden, wenn eine Intervention eindeutig für eine objektiv zu identifizierende Störung als erfolgreich nachgewiesen ist. Durch das Abfragen vorgegebener Kriterien würde der Therapeut zur Diagnose gelangen und sich der nach experimentellen Therapiestudien als richtig erwiesenen Entscheidung, Intervention A einzusetzen, anschließen. Entscheidungsbäume, beginnend mit klinischen Symptomen, würden über Entstehungs- und Aufrechterhaltungsbedingungen, über Differentialdiagnosen schließlich zur indizierten Intervention führen. Der Therapeut müßte nur die vorgegebenen Fragen stellen und Antworten des Patienten dem betreffenden Ast des Entscheidungsbaumes oder der Antwortkategorie des Computerprogramms zuordnen. Therapeutenvariablen haben hier kaum einen Einfluß auf den Entscheidungsprozeß. Unabhängig von der Stimmung des Therapeuten, von seiner beruflichen und persönlichen Situation oder von seinen Fertigkeiten, die indizierten Interventionen anzuwenden, wird er zur gleichen Intervention kommen. Auch der Einfluß externer Faktoren ist gering. Klinikleitung, Justizbehörden, Kostenträger und andere könnten kaum gegenteilige Vorschläge oder Vorgaben machen, da die Entscheidungen auf der Grundlage der experimentellen Therapieforschung objektiv nachvollziehbar sind. Dieses dem medizinischen Modell entsprechende Vorgehen ist für die Verhaltenstherapie und auch für andere Psychotherapien wie Psychoanalyse und Familientherapie unrealistisch. Eindeutige Zuordnungen zwischen Störungen und Interventionen auf empirisch-experimenteller Grundlage gibt es in der Psychotherapie kaum. Das subjektive Wissen des Therapeuten ist die wichtigste Informationsquelle für therapeutische Entscheidungen. Entscheidungsprozesse finden im Kopf des Therapeuten und nicht im Computer statt und werden daher durch die Behandlungskompetenz des Therapeuten beeinflußt, durch seine persönliche und berufliche Situation und durch externe Faktoren (GAMBRILL 1990) (s. Abb. 6).

Die Behandlungskompetenz des Therapeuten umfaßt kognitive, emotionale, motivationale und Verhaltensfaktoren.

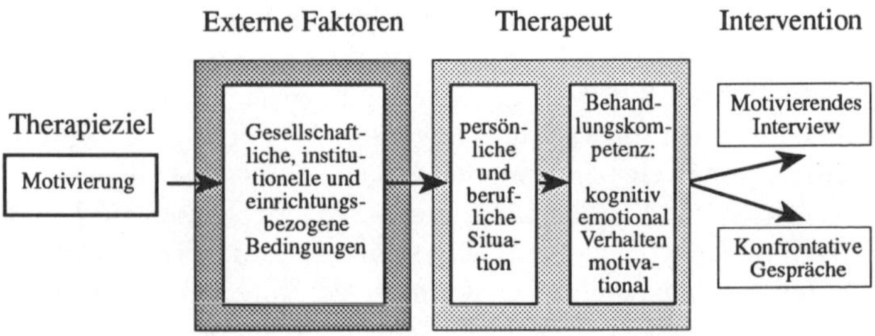

Abbildung 6: Einflußfaktoren des Entscheidungsprozesses: Potentielle Störvariablen

Kognitive Faktoren

Das theoretische Wissen über psychische Störungen (Entstehungs-, Aufrechterhaltungs- und Rückfallbedingungen), die Kenntnis von psychologischen Veränderungsmodellen und von Interventionen und deren empirisch-experimenteller Grundlage, das Wissen über psychologische Beurteilungsfehler, die Fähigkeit, strategisch zu denken, sind Bereiche, die auch zu dem kognitiven Faktor gehören. Ein Therapeut, der zum Beispiel das 7-Stufen-Modell von KANFER und GRIMM (1980), das Veränderungsmodell von PROCHASKA und DICLEMENTE (1983) oder ähnliche Modelle nicht kennt, wird bei einem wenig motivierten Patienten eher zu einer vorzeitigen Therapiebeendigung als zu motivierenden Interventionen neigen. Ist einem Therapeuten die Intervention »motivierendes Interview« (VAN BILSEN u. VAN EMST 1986) unbekannt, so kann er sich für diese Intervention überhaupt nicht entscheiden. Die Kenntnis von Beurteilungsfehlern (z.B. selektive Wahrnehmung, Positionseffekte, Attribuierungsfehler; siehe KANFER et al. 1990) ist eine Voraussetzung, ihnen nicht zu erliegen. Die Fähigkeit, strategisch zu denken (z.B. Fern- und Nebenwirkungen von Handlungsalternativen zu berücksichtigen), reduziert die Wahrscheinlichkeit von Fehlentscheidungen (DÖRNER 1989).

Emotionale Faktoren

Beurteilungsfehler werden häufig durch die Emotionen des Therapeuten beeinflußt, so daß das reine Wissen über Beurteilungsfehler zur Reduzierung von Fehlentscheidungen nicht ausreicht. Zum Beispiel kann es trotz Kenntnis der Beurteilungsfehler »illusionäre

Korrelationen« und »selbsterfüllende Prophezeiung« geschehen, daß ein Therapeut, der sich sehr darüber ärgert, daß ein Patient nur durch äußeren Druck (z.B. drohende Scheidung, Kündigung oder gerichtliche Auflage) eine Therapie beginnt, folgende Fehler macht: Im kurzen Zeitabstand brechen zufällig drei Patienten mit starker Fremdmotivation die Behandlung ab. Der Therapeut schlußfolgert, daß der externe Druck die Ursache für die vorzeitige Therapiebeendigung war (= illusionäre Korrelation). Bei den nächsten Patienten mit starker Fremdmotivation verhält sich der Therapeut sehr zurückhaltend und eher mißerfolgsorientiert (= selbsterfüllende Prophezeiung) und fördert dadurch eine weitere vorzeitige Therapiebeendigung. Nichterkannte und unreflektierte Emotionen gegenüber einem Patienten begünstigen Fehlentscheidungen. Auch ein starkes Engagement für einen Patienten, sei es aus Sympathie oder um ein erfolgreicher Therapeut zu sein, erhöht die Wahrscheinlichkeit, daß der Therapeut Informationen verzerrt (z.B. Rückschritte des Patienten in bestimmten Bereichen nicht wahrnimmt) und so zu falschen Entscheidungen gelangt.

Verhaltensfaktoren

Neben der Kenntnis von Interventionen, um sich überhaupt für sie entscheiden zu können, sollte ein Therapeut auch in der Lage sein, die Interventionen durchzuführen. Besitzt der Therapeut nicht die für die Anwendung der Interventionen notwendigen Verhaltensfertigkeiten, so wird er sich eher für eine andere Intervention entscheiden, bei der er sich sicherer fühlt, obwohl sie für den Patienten weniger geeignet ist. Zum Beispiel wird sich ein Therapeut nicht für die Interventionen der rational-emotiven Therapie entscheiden, wenn er nicht die dazu notwendigen Gesprächstechniken beherrscht.

Motivationale Faktoren

Andererseits neigen Therapeuten dazu, Methoden, die sie gerade erworben haben, gehäuft einzusetzen. Der Reiz des Neuen, der Abwechslung wirkt sich positiv auf die Motivation des Therapeuten und somit auch auf die Behandlung des Patienten aus, unter der Voraussetzung, daß die Intervention auch wirklich indiziert ist und nicht nur aus Begeisterung für die Methode durchgeführt wird. Dabei besteht manchmal auch die Neigung, alte Methoden, obwohl sie sich bewährt haben, vorschnell aufzugeben. Eine Psychotherapie von Abhängigen als auch die von anderen Störungen ist leider mit Mißerfolgserlebnissen verbunden. Therapieerfolge erfahren Therapeuten häufig nicht, da Katamnesen in der alltäglichen Praxis sehr selten durchgeführt werden. Eine differentielle Verstärkung der Therapeuten für die Durchführung von Therapien findet nicht statt. Es besteht daher die Gefahr, daß die Motivation des Therapeuten von Faktoren beeinflußt wird, die für eine erfolgreiche Therapie hemmend sein können (Vollmer 1982). Ein Beispiel dafür ist, wenn der Therapeut unangenehme Interventionen meidet, um nicht die Zuwendung des Patienten zu verlieren.

Die Behandlungskompetenz des Therapeuten wird ebenfalls durch seine persönliche und berufliche Situation beeinflußt. Konflikte des Therapeuten mit seiner Familie oder mit seinen Arbeitskollegen, die Belastung des Therapeuten in der Arbeit, die Stimmung des Therapeuten, seine persönliche und berufliche Entwicklung, seine Lebenserfahrung, seine Normen und Wertvorstellungen sind einige der Bereiche, die einen Einfluß auf die Therapie haben (Kanfer et al. 1990). Ein Therapeut, der sich zum Beispiel in depressiver und angespannter Stimmung befindet, wird bei der Gestaltung der Interventionen andere Entscheidungen treffen, als wenn er ausgeglichen wäre. Die persönliche und berufliche Situation des Therapeuten, seine Wertvorstellungen, seine Lerngeschichte etc. wurde bis vor wenigen Jahren in der Verhaltenstherapie sehr vernachlässigt. Selbstreflexion und Selbsterfahrung, Maßnahmen zur Förderung der Psychohygiene des Therapeuten sind inzwischen Bestandteile von Weiterbildungsprogrammen in der Verhaltenstherapie (siehe Kanfer et al. 1990).

Externe Faktoren

Gesellschaftliche Bedingungen wirken sich auf die persönliche und berufliche Situation von Therapeuten aus, auf ihre Normen und ihr Menschenbild und direkt auf die Therapieplanung. Je nach den soziokulturellen Werten und ökonomischen Bedingungen einer Gesellschaft, in der Patient und Therapeut leben, werden sie unterschiedliche Entscheidungen fällen. Fachleute aus Asien reagieren bei Besichtigungen deutscher Therapieeinrichtungen mit Zurückhaltung auf die hohe Strukturiertheit therapeutischer Programme. Aber selbst in Gesellschaften mit einer geringer erscheinenden soziokulturellen Distanz kommen Therapeuten zu unterschiedlichen Entscheidungen über Ziele der Therapie, indizierte

Interventionen und deren Gestaltung (siehe z.B. BÜHRINGER u. PLATT 1992).

Die Abhängigkeit diagnostischer und therapeutischer Entscheidungen von gesellschaftlichen Bedingungen wird noch deutlicher, wenn unterschiedliche ökonomische Bedingungen hinzukommen. Für einen der Unterschicht zugehörigen, beruflich nicht ausgebildeten Drogenabhängigen, der in Philadelphia in einem Stadtteil mit sehr hoher Arbeitslosenquote lebt, sind andere Therapieziele indiziert als für einen vergleichbaren Drogenabhängigen in München. Arbeitsfähigkeit und Abstinenz sind für den Abhängigen, der kaum eine Chance hat, eine Arbeit zu finden, unrealistische Therapieziele. Die Reduzierung delinquenten Verhaltens, die Inanspruchnahme sozialer Hilfsorganisationen und die Teilnahme an einem Substitutionsprogramm sind bei dem Drogenabhängigen in Philadelphia Ziele, die für ihn eine wesentliche Erleichterung seines Leidens und Verbesserung seiner sozialen Situation bedeuten würden. Bei dem Münchner Drogenabhängigen sind dagegen andere Therapieziele indiziert. Trotz Unterschichtszugehörigkeit und fehlender beruflicher und schulischer Ausbildung hat er nach unseren therapeutischen Erfahrungen derzeit gute Chancen, eine Arbeit zu finden. Die Verbesserung der Arbeitsfähigkeit, der Aufbau von Freizeitverhalten und Abstinenz sind Therapieziele, die für diesen Drogenabhängigen erreichbar sind.

Sehr viele wertvolle psychotherapeutische Innovationen kommen heutzutage aus den USA. Zu berücksichtigen ist dabei, daß in der Psychologie, insbesondere in der klinischen Psychologie, im Gegensatz zur Medizin (z.B. der biologisch orientierten Psychiatrie), empirisch-experimentelle und theoretische Befunde nicht ohne weiteres zwischen verschiedenen Kulturen übertragbar sind, sondern lediglich eine wichtige Anregung für die Bildung von Hypothesen darstellen, die dann im eigenen soziokulturellen Kontext geprüft werden müssen. Der Einfluß gesellschaftlicher Bedingungen auf diagnostische und therapeutische Entscheidungsprozesse macht sich nicht nur im transkulturellen Vergleich bemerkbar, sondern auch bei der Analyse verschiedener Subgruppen innerhalb einer Kultur (siehe KRAEMER und WERNADO in diesem Band). Soziokulturelle Werte und ökonomische Bedingungen sind keine konstanten Größen, sondern sie verändern sich mit der Zeit. Während vor zehn Jahren viele Drogenabhängige nach Abschluß unserer Therapie in einen neuen Ort, weit weg von ihrer alten Drogenszene, gezogen sind, stellt dieses Therapieziel für unsere eher der Unterschicht zugehörigen Patienten heute, bedingt durch hohe Mieten und Wohnungsknappheit, eine Überforderung dar. Viele der bis zu dreißigjährigen Patienten ziehen wieder zurück zu ihren Eltern oder in die Wohnung, in der sie früher Drogen konsumiert und gehandelt haben. Aus diesen Bedingungen ergeben sich wieder neue Interventionen, wie zum Beispiel eine stärkere Einbeziehung der Familienangehörigen in die stationäre Behandlung oder veränderte Inhalte im Ablehnungstraining (z.B. ein alter »Drogenfreund« steht plötzlich in der Wohnungstür).

Außerdem nehmen verschiedene Institutionen direkt und indirekt Einfluß auf diagnostische und therapeutische Entscheidungen. Bei straffällig gewordenen Alkoholikern, Drogen- oder Medikamentenabhängigen entscheiden manchmal Gerichte über die Art der Entwöhnungsbehandlung und über deren Dauer; Kostenträger legen Rahmenbedingungen für Therapieeinrichtungen fest, wie zum Beispiel die finanzielle Unterstützung der Patienten bei Familienheimfahrten; Verbände organisieren Fort- und Weiterbildungsveranstaltungen, und wissenschaftliche Institutionen präsentieren Forschungsergebnisse. Ebenso wirken sich Rahmenbedingungen der Therapieeinrichtungen auf diagnostische und therapeutische Entscheidungen aus. Dazu gehören das Angebot von Supervision und von Fortbildungen oder auch die räumliche Lage der Einrichtung. Die leichte Verfügbarkeit von Alkohol oder Drogen in unmittelbarer Nähe der Einrichtung oder eine große Entfernung zur nächsten Kleinstadt, in der in vivo Übungen zur sozialen Kompetenz durchgeführt werden können, sind Faktoren, die sich auf den Therapieplan auswirken. Die Entscheidungen der Vertreter der verschiedenen Institutionen, Organisationen und der Therapieeinrichtungen unterliegen den gleichen Einflußfaktoren wie die Entscheidungen der Therapeuten. Die Kompetenz der Politiker, Richter, Staatsanwälte, der Geschäftsführer von Verbänden, von Therapieeinrichtungen, der Vertreter von Kostenträgern und so weiter, deren persönliche und berufliche Situation und die auf diese Berufsgruppen einwirkenden gesellschaftlichen Bedingungen, können unter ungünstigen Umständen ebenso zu nicht gewünschten Fehlentscheidungen führen, die sich dann negativ auf die Behandlung der Abhängigen auswirken.

Schlußbemerkung

Dieser Beitrag soll nicht mit einer Checkliste zur Reduzierung von Fehlentscheidungen abgeschlossen werden, wie zum Beispiel »Wurde geprüft, ob alternative Behandlungen erfolgversprechender sind?« oder »Werden dem Patienten keine indizierten Interventionen (z.B. Einzeltherapie) vorenthalten?« Ausreichende Informationen dazu sind bei KANFER et al. (1990, S. 495ff.) und in den ethischen Richtlinien für Psychologen (BDP 1967) zu finden. Sondern es sollte hier auf die Vielzahl der Entscheidungen, die ein Therapeut bewußt und unbewußt, willentlich und als automatisierte Reaktion während einer Beratung, Betreuung oder Therapie fällt, hingewiesen werden. Wegen der Komplexität der Entscheidungsprozesse konnte teilweise nur angedeutet werden, welche Faktoren einen Einfluß haben. Für Therapeuten ergibt sich einerseits die Schlußfolgerung, Faktoren des Entscheidungsprozesses regelmäßig zu reflektieren, sowohl alleine als auch in der Diskussion mit Fachleuten und im Rahmen einer fallbezogenen Supervision. Andererseits sollten Therapeuten nicht nur durch Selbstreflexion und die eigene Behandlungskompetenz Verbesserungen für eine Therapie erreichen, sondern sie sollten auch prüfen, ob von den zuständigen Institutionen und Organisationen, vom Arbeitgeber und von anderen Gruppen der Gesellschaft die für valide diagnostische und therapeutische Entscheidungen notwendigen Voraussetzungen geschaffen werden, und sie sollten Mängel gegebenenfalls beanstanden. Die gerade im Abhängigkeitsbereich bestehende Verflechtung von gesellschaftlichen Bedingungen, juristischen Problemen, medizinischen und psychologischen Aspekten, die hohe Prävalenzrate der Abhängigkeiten und der noch höhere Anteil von Personen, die psychotrope Substanzen mißbräuchlich konsumieren, führt, gefördert durch den Kontext der Ungewißheit im therapeutischen Entscheidungsprozeß, auch bei fachfremden Personen zu dem Wunsch, therapeutische Entscheidungen zu übernehmen. Bei keiner anderen psychischen Störung versuchen Politiker, Journalisten, Juristen und andere Gruppen, so stark Einfluß auf therapeutische Entscheidungen zu nehmen, wie es bei der Abhängigkeit von psychotropen Substanzen der Fall ist. Aufgrund der gesellschaftlichen Bedeutung von Drogen wäre es verständlich, wenn fachfremde Meinungsführer, ohne den Wunsch, Entscheidungen zu übernehmen, eine Verbesserung des Kenntnisstandes (z.B. der experimentellen Forschung) über die Abhängigkeiten fordern und fördern würden. Denn die Versuche, sich in die Therapie einzumischen, sind eine Folge davon, daß den Therapeuten von der Gesellschaft, in Relation zur Bedeutung des Problems für die Gesellschaft, keine ausreichenden Ressourcen für validere Entscheidungen zur Verfügung gestellt werden. Falls von der Gesellschaft eine weitere Verbesserung in der Betreuung Abhängiger gewünscht wird, dann kann diese nicht über die direkte Einwirkung auf therapeutische Entscheidungsprozesse geschehen, sondern nur durch eine Verbesserung der Bedingungen, die die Validität von diagnostischen und therapeutischen Entscheidungen der Therapeuten in ihrer alltäglichen Praxis erhöhen.

Literatur

Abramowitz, C. V.; Abramowitz, S. I.; Robach, H. B. u. Jackson, C. (1974): Differential effectiveness of directive and nondirective group internal-external control. Journal of Consulting and Clinical Psychology 42: 849-853.

Ashby, J. D.; Ford, D. H.; Guerny, B. C. u. Guerny, L. F. (1957): Effects on clients of a reflective and a leading type of therapy. Psychological Monographs 71: 1-32.

Bandura, A. (1979): Sozialkognitive Lerntheorie. Klett-Cotta, Stuttgart.

Berzins, J. I. (1977): Therapist-patient matching. In: Gurman, A. S.; Razin, A. M. (Hg.), Effective psychotherapy: A handbook of research. Pergamon Press, New York.

Bilsen, H. P. J. G. van; Emst, A. J. van (1986): Heroin addiction and motivational milieu therapy. International Journal of the Addictions 21: 707-714.

Bühringer, G.; Platt, J. J. (Hg., 1992): Drug addiction treatment research: American and German perspectives. Krieger, Malabar.

Bund Deutscher Psychologen (BDP) (Hg., 1967): Berufsethische Verpflichtungen für Psychologen. Bonn.

Coleman, S. B. (Hg., 1985): Failures in family therapy. Guilford Press, New York.

Dörner, D. (1989): Die Logik des Mißlingens. Rowohlt, Hamburg.

Edelwich, J. R.; Brodsky, A. (1980): Burnout: Stages of disillusionment in the helpingprofessions. Human Sciences, New York.

Foa, E. B.; Emmelkamp, P. M. G. (Hg., 1983): Failures in behavior therapy. John Wiley u. Sons, New York.

Gambrill, E. (1990): Critical thinking in clinical practice. Jossey-Bass, San Francisco.

Goodman, G.; Dooley, D. (1976): A framework for helpintended communication. Psychotherapy: Theory, Research and Practice 13: 106-117.

Grawe, K.; Dziewas, H. (1978): Interaktionelle Verhaltenstherapie. Kongreßbericht Berlin 1977: Fortschritte in der Verhaltenstherapie. Mitteilungen der DGVT, Sonderheft I: 27-49.

HERBST, K. (1992): Verlaufsanalyse bei Drogenabhängigen nach stationärer Behandlung. Sucht 38: 147-154.

HERDER, S.; SAKOFSKI, A. (1988): Der Rückfall und seine Bedeutung für die Psychohygiene des Therapeuten. In: KÖRKEL, J. (Hg.), Der Rückfall des Suchtkranken. Springer Verlag, Berlin, S. 271-298.

JUNG, U.; BÜHRINGER, G. (1989): Ergebnisse stationärer Verhaltenstherapie Alkoholabhängiger, 4 Jahre nach Entlassung. In: HAND, I.; WITTCHEN, H. U. (Hg.), Verhaltenstherapie in der Medizin. Springer Verlag, Berlin, S. 358-375.

KANFER, F. H.; GRIMM, L. G. (1980): Managing clinical change. A process model of therapy. Behavior Modification 4: 419-444.

KANFER, F. H.; SASLOW, G. (1969): Behavioral diagnosis. In: FRANKS, C. M. (Hg.), Behavior therapy: Appraisal and status. McGraw Hill, New York, S. 417-444. [Dt.: Verhaltenstheoretische Diagnostik. In: SCHULTE, D. (Hg.), Diagnostik in der Verhaltenstherapie. Urban u. Schwarzenberg, München 1974, S. 24-59].

KANFER, F. H.; REINECKER, H.; SCHMELZER, D. (1990): Selbstmanagement-Therapie. Springer Verlag, Berlin.

KENDLER, H. H. (1964): The concept of the concept. In: MELTON, A. W. (Hg.), Categories of human learning. Academic Press, New York.

KÖRKEL, J.; BACK, R.; GEHRING, U. (1989): Das Bewältigungsverhalten von Suchttherapeuten nach einem Rückfall ihres Klienten. In: WATZL, H.; COHEN, R. (Hg.), Rückfall und Rückfallprophylaxe. Springer Verlag, Berlin, S. 210-225.

KÜFNER, H.; FEUERLEIN, W.; HUBER, M. (1988): Die stationäre Behandlung von Alkoholabhängigen. Ergebnisse der 4-Jahreskatamnesen, mögliche Konsequenzen für Indikationsstellung und Behandlung. Suchtgefahren 34: 157-270.

MARLATT, G. A. (1985): Cognitive assessment and intervention procedures for relapse prevention. In: MARLATT, G. A.; GORDON, J. R. (Hg.), Relapse prevention. Guilford Press, New York, S. 201-279.

MARLATT, G. A.; GORDON, J. R. (Hg., 1985): Relapse prevention. Guilford Press, New York.

PROCHASKA, J. O.; DICLEMENTE, C. C. (1983): Stages and processes of self-change of smoking: Toward an integrative model of change. Journal of Consulting and Clinical Psychology 51: 390-395.

ROBERTIELLO, R. C.; SCHOENEWOLF, G. (1987): 101 common therapeutic blunders. Jason Aronson, Nothvale.

SIMON, R.; SCHULZE, K. (1991): Jahresstatistik der professionellen Suchtkrankenhilfe – Daten aus EBIS und DOSY 1990. In: Deutsche Hauptstelle gegen die Suchtgefahren (Hg.), Jahrbuch Sucht '92. Neuland, Geesthacht, S. 117-129.

SCHULTE, D. (1974): Ein Schema für Diagnose und Therapieplanung in der Verhaltenstherapie. In: ders. (Hg.), Diagnostik in der Verhaltenstherapie. Urban u. Schwarzenberg, München, S. 75-104.

SCHWARTZ, R. D.; HIGGINS, R. L. (1979): Differential outcome from automated assertion training as a function of locus of control. Journal of Consulting and Clinical Psychology 47: 686-694.

VOGEL, G.; SCHULTE, D. (1991): Der Prozeß therapeutischer Entscheidungen. In: SCHULTE, D. (Hg.), Therapeutische Entscheidungen. Hogrefe, Göttingen, S. 151-180.

VOLLMER, H. (1982): Theorie und Praxis in der Verhaltenstherapie der Abhängigkeiten. In: VOLLMER, H.; KRAEMER, S. (Hg.), Ambulante Behandlung junger Alkoholabhängiger. Röttger, München, S. 1-4.

VOLLMER, H. C. (1991): Die vorzeitige Therapiebeendigung. In: HEIGL-EVERS, A.; HELAS, I.; VOLLMER, H. C. (Hg.), Suchttherapie: psychoanalytisch, verhaltenstherapeutisch. Vandenhoeck u. Ruprecht, Göttingen, S. 152-180.

VOLLMER, H. C.; FERSTL, R.; ELLGRING, H. (1992): Individualised behaviour therapy for drug addicts. In: BÜHRINGER, G.; PLATT, J. J. (Hg.,), Drug addiction treatment research: American and German perspectives. Krieger, Malabar, S. 333-352.

WATZL, H. (1986): Die Vorhersage des Behandlungserfolges bei alkoholkranken Frauen – eine empirische Untersuchung. Röttger, München.

WESTMEYER, H. (1987): Möglichkeiten der Begründung therapeutischer Entscheidungen. In: CASPAR, F. (Hg.), Problemanalyse in der Psychotherapie. DGVT, Tübingen, S. 20-31.

ZIMMER, D. (1983): Empirische Ergebnisse der Therapieforschung zur Therapeut-Klient-Beziehung. In: ders. (Hg.), Die therapeutische Beziehung. Edition Psychologie, Weinheim, S. 12-28.

Sibylle Kraemer

Ausgrenzungen in der Behandlung – Soziale Variablen

Sucht und Abhängigkeit einer Person oder andere psychische Störungen können nur unter Berücksichtigung theoretisch zwar verschiedener, praktisch aber miteinander eng verbundener Dimensionen des Menschseins – nämlich biologischer, psychologischer und soziokultureller (s. Keupp 1988) – genauer verstanden werden.

Ein theoretisches Modell zum Verständnis psychischer Störungen, das diese drei Dimensionen integriert, ist das sogenannte Vulnerabilitäts-Streß-Modell (Abb. 1). In anderer Terminologie ist es in sozialwissenschaftlichen Theorien schon lange gebräuchlich.

In diesem Modell wird eine sowohl strukturelle als auch prozessuale Interaktion und Transaktion von internen und externen Variablen vorausgesetzt; es sind hier also keine linearen, sondern systemische Beziehungen abgebildet.

Der Begriff Vulnerabilität steht für eine Art innerer Verletzlichkeit, die, ätiologisch weitgehend offen, biologisch oder psychologisch verankert, immer schon vorhanden oder im Laufe des Lebens erworben worden sein kann. Je stärker diese ausgeprägt ist, desto eher kann es zu einer psychischen Störung kommen. Dies muß nicht immer als Mangelzustand definiert werden, sondern kann auch – wie es etwa im Falle der Alkoholabhängigkeit in der Literatur (z.B. Goodwin 1981) diskutiert wurde – eine bestimmte körperliche Kondition sein, die Alkoholkonsum besser verträglich sein läßt. Dies kann vermehrten, da gut verträglichen, Konsum bewirken, der in der Folge möglicherweise zur Abhängigkeit führen kann. Der populäre Spruch »Alkoholiker wird der, der nichts verträgt« könnte direkt umgekehrt werden. Diese Hypothese sollte

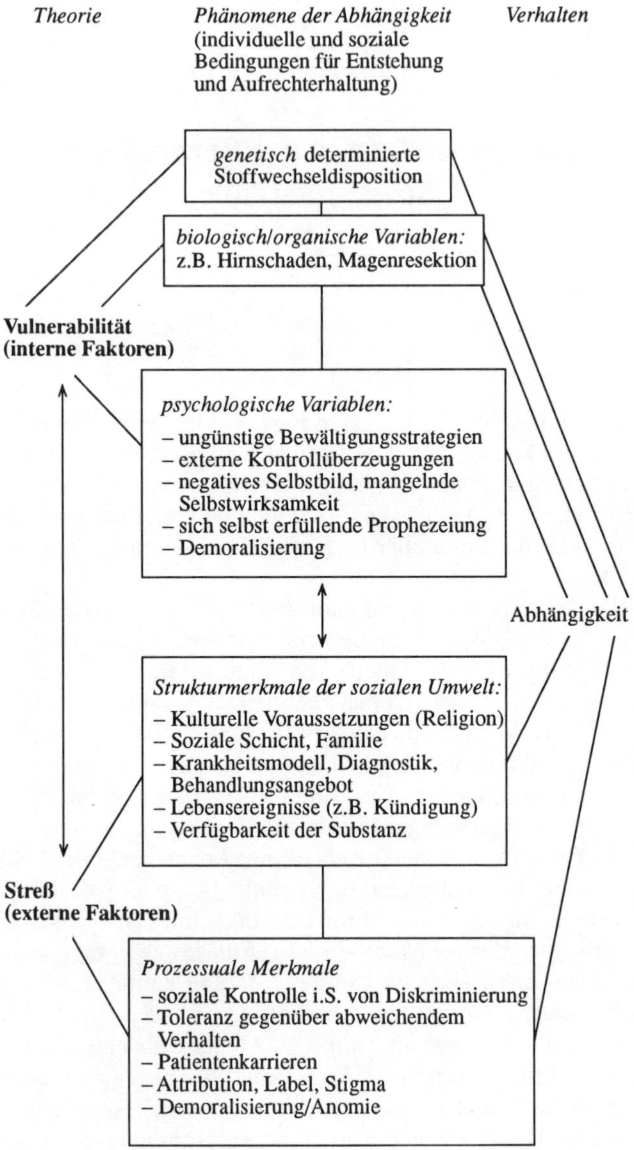

Abbildung 1: Erklärungsmodell der Abhängigkeit

aber nur als sehr kleines Gewicht in der Fülle möglicher anderer Faktoren gewertet werden.

Die Dimension Streß nun meint die von außen auf die Vulnerabilität eintreffenden Bedingungen der Sozialisation, wie etwa Einstellungen gegenüber der Substanz, Normen hinsichtlich des Konsums, Verfügbarkeit, Krankheitsmodelle und so weiter. Je ungünstiger diese sind, desto ausgeprägter ist die Wahrscheinlichkeit abweichenden Verhaltens.

Im folgenden werden die biologischen und psychologischen Dimensionen weitgehend vernachlässigt. Es soll dagegen versucht werden, soziokulturelle Einflüsse – also die Streßfaktoren – in den Blickpunkt zu rücken. Dies bedeutet, psychische Störungen – in unserem Falle, soweit möglich, Abhängigkeiten – »als Probleme von Menschen zu betrachten, die Subjekt und Objekt gesellschaftlicher Prozesse sind [...]«; »psychische Störungen werden also als Formen abweichenden Verhaltens untersucht und damit als gesellschaftliche Phänomene thematisiert« (KEUPP 1972, S. VIf.). Diese Sichtweise läßt sich gut in eine soziale Lerntheorie integrieren, die Entstehung und Verlauf, aber auch Lösung und Befreiung von Abhängigkeit optimal erklären kann (RAISTRICK 1991).

In dieser Sichtweise darf die potentielle Handlungs- und Entscheidungsfreiheit des Individuums nicht vergessen werden. Es soll jetzt aber nicht etwa dem »rauschwilligen« Individuum das Wort geredet und »Rauschwilligkeit« als Handlungsfreiheit deklariert werden. Allerdings ist es wohl etwas spezifisch Menschliches, sich zu berauschen und das Bedürfnis nach Ekstase, nach Erweiterung der persönlichen Fähigkeiten und Erlebnisweisen und damit nach Erweiterung der subjektiv empfundenen Grenzen zu verspüren. Dies ist zwar nicht nur mit Suchtmitteln möglich (s. Expansion der eigenen Fähigkeiten durch Technik, Beeinflussung anderer u.ä.), aber es wird dem dadurch kurzfristig erzielten und nicht nur subjektiven Gewinn (Steuergelder aus Genußmitteln) gesellschaftlich Rechnung getragen: Mindestens 14 Prozent der deutschen Bevölkerung nehmen ärztlich verordnete Benzodiazepine. Man rechnet mit über 400 000 Medikamentenabhängigen (überwiegend Frauen) und ca. 1,5 Mio. Alkoholabhängigen (überwiegend Männer) in der früheren BRD (WILL 1985; DHS 1990). Neuere Erhebungen zeigen ein leichtes Absinken in den alten, dagegen eine höhere Trinkrate in den neuen Bundesländern (BÜHRINGER u. SIMON 1992).

Die Häufigkeit der Suchterkrankungen hat fast parallel zur Quantität des Medikamenten- und Alkoholkonsums zugenommen (DHS 1990). WILL (1985, S. 28f.) pointiert:

»Bei den marktwirtschaftlich orientierten Suchterkrankungen ist am deutlichsten zu erkennen, wie ausgeprägt die ungesteuerte industrielle Produktion das Gesundheitssystem beeinflußt – indem sie für den Absatz ihrer Produkte sorgt (›Therapie‹ durch Tranquilizer, ›Genuß und Entspannung‹ durch Alkohol) und dadurch gleichzeitig neue Patienten produziert, für die sich wiederum ein neuer Therapiemarkt organisiert. [...] Hier offenbart sich die ganze makabre Tendenz der Therapiegesellschaft: Wenn sie nichts anderes zu tun hat, als die Folgen gesellschaftlichen Handelns auszubügeln.« Aber »allein die verordneten Tranquilizer kosten ein Vielfaches von dem, was für den gesamten Psychotherapiebereich aufgewendet wird«.

Nur eindimensional betrachtet bedeutet dies, daß nur die Spitze des Eisbergs gesehen wird, daß am Symptom herumgedoktert wird, daß nicht nur Patienten, sondern auch Therapeuten Opfer gesellschaftlicher Systeme sind. Zusammen sind sie eingebunden in die Unterstützung und Stabilisierung des Systems, das sie selbst dennoch ausgrenzt: ein stabiles dialektisches Verhältnis. Systemisch ist das eine ideale Komplementarität (FESELMAYER u. BEIGLBÖCK 1990).

Im folgenden soll nun vor allem auf die sozialwissenschaftlichen Sichtweisen psychischer Störungen eingegangen werden. KEUPP (1972; 1988) beschäftigt sich intensiv mit der Soziogenese psychischer Störungen. Im weiteren soll auf seine Thesen rekurriert und versucht werden, sie mit empirischem Inhalt zu füllen. Dabei soll in einer Art Trichtermodell von allgemeineren oder komplexen Dimensionen ausgegangen werden, um dann allmählich zu spezielleren und konkreteren Variablen vorzudringen. Von sozialwissenschaftlicher Position aus wird argumentiert, daß positive oder negative Möglichkeiten des Denkens, Empfindens und Verhaltens stark durch die gesellschaftliche Lebenssituation bedingt sind.

Variablen der gesellschaftlichen Lebenssituation sind etwa soziale Schicht, Geschlecht und Stadt oder Land.

1. THESE: Psychische Probleme sind mit der Zugehörigkeit zur unteren sozialen Schicht verknüpft.

Entsteht Sucht oder Abhängigkeit durch Ausgrenzung und dadurch bedingten Sozialstreß wegen Zugehörigkeit zur unteren sozialen Schicht?

Die Indianer Nordamerikas oder die australischen Aborigines wurden im eigenen Land ausgegrenzt und versanken im »Feuerwasser«. Einwanderer aus der Dritten Welt sind sowohl aus der Heimat, aus ihrer vertrauten Umgebung, ausgegrenzt als auch im fremden Land. Bei diesen Menschen steigt der Substanzmißbrauch (WANKE u. TÄSCHNER 1985; JESSOR 1968, zit. n. KEUPP 1972).

In einer amerikanischen Untersuchung (JESSOR 1968) wurden erhebliche Unterschiede zwischen drei verschiedenen ethnischen Gruppen, die alle in derselben Kleinstadt lebten, festgestellt: Angloamerikaner hatten die niedrigste Trinkerrate, lebten innerhalb der strengsten sozialen Kontrolle und hatten die besten sozialen Chancen. Indianer wiesen die höchste Trinkerrate auf und hatten die geringsten Bildungs- und Aufstiegschancen (»Opportunity Structure«). Hispanoamerikaner nahmen eine Mittelstellung ein.

Die Zugehörigkeit zur unteren sozialen Schicht wird mit den Begriffen der Anomie oder der Demoralisierung (KEUPP 1972; 1988) verbunden. Anomie impliziert, daß in unteren Schichten Anspruch und Möglichkeiten oder Wirklichkeit extrem auseinanderklaffen. Sozial hochbewertete Ziele können nur sehr schwer erreicht werden, da die sozialkulturell gebotenen Mittel zur Realisierung dieser Ziele nicht oder nur sehr schwer verfügbar sind (KEUPP 1972, S. 141).

Eine umfangreiche ältere amerikanische Studie (HOLLINGSHEAD u. REDLICH 1975, zit. n. KEUPP 1988) zeigt im Überblick die Verknüpfung psychischer Störungen mit sozialer Schicht. Obwohl in dieser Untersuchung Abhängigkeiten nicht explizit enthalten sind – möglicherweise deshalb, weil zum Zeitpunkt der Datenerhebung Abhängigkeit noch nicht als Krankheit definiert worden war – kann man mit der neueren Literatur (z.B. WILL 1985) diese Störung durchaus einbeziehen (s. Tabelle 1).

Aus der Tabelle ist ersichtlich, daß im Verhältnis zum Anteil der jeweiligen Schichten an der Gesamtbevölkerung der Patientenanteil anders verläuft. Während zum Beispiel 3 Prozent der Bevölkerung zur Oberschicht gehören, sind hier offensichtlich nur 1 Prozent der Personen mit psychischen Störungen zu finden. Umgekehrt verhält es sich in der Unterschicht. Zu ihr zählen 18 Prozent der Bevölkerung, jedoch 38 Prozent der Patienten mit psychischen Störungen. Neuere Daten, die WILL (1985) zitiert, belegen auch noch nach Jahren dieses Verhältnis: Während der Anteil psychischer Störungen an der Gesamtbevölkerung rund 20 Prozent be-

Tabelle 1: Anteil von Patienten mit psychischen Störungen innerhalb verschiedener sozialer Schichten im Vergleich zum Bevölkerungsanteil an diesen sozialen Schichten insgesamt

	in Prozent		in Prozent	
Schicht	Patienten-anteil	Bevölkerungs-anteil	Anteil psychischer Störungen innerhalb sozialer Schichten	Anteil psychischer Störungen insgesamt
Oberschicht	1	3		
Obere Mittelschicht	7	8,4	10	
Mittelschicht	13,7	20,4		20
Untere Mittelschicht	40,1	49,8	40	
Unterschicht	38,2	18,4		

Quellen: KEUPP 1988; WILL 1985; HOLLINGSHEAD und REDLICH 1975

trägt, treten lediglich 10 Prozent in den oberen Schichten, dagegen 40 Prozent in den unteren Schichten auf.

Selbst wenn man davon ausgeht, daß diese Daten mit methodischen Fehlern behaftet sein könnten, da in den oberen Schichten psychische Störungen eher verdeckt werden können, spricht auch die stärkere Erfaßbarkeit beziehungsweise die entsprechende Sichtweise für die wahrscheinlich zugrunde liegenden soziokulturellen Einflüsse der Anomie, Demoralisierung, Etikettierung. Es sollte selbstverständlich sein, daß diese Phänomene weniger Validität für die Ätiologie psychischer Störungen als für deren Verlauf haben.

2. THESE: Der Schweregrad der psychischen Störung erscheint verknüpft mit sozialer Schicht.

In der Untersuchung von HOLLINGSHEAD und REDLICH (1975, zit. n. KEUPP 1988) wurde diese These bestätigt: Mit absteigender Schicht nahmen die Psychosen oder die so diagnostizierten Störungen zu, während mit aufsteigender Schicht signifikant mehr Neurosen festgestellt wurden. Auch neuere Erhebungen belegen diesen Zusammenhang in allgemeinerer Form: Alle Krankheitsbilder psychischer Störungen, seien es neurotische oder psychotische – Alkoholismus war explizit eingeschlossen – traten in den unteren Schichten stark gehäuft auf (s. WILL 1985).

3. THESE: Es besteht ein Zusammenhang zwischen Schichtzugehörigkeit und diagnostischer Zuordnung.

Speziell für Alkoholismus wurde diese Frage in einer älteren amerikanischen Arbeit untersucht (BLANE et al. 1963). Die Autoren stellten in einer intensiven und methodisch differenzierten Studie mit über 400 Patienten, die alle – unabhängig diagnostiziert – Alkoholiker waren, fest, daß die Diagnose Alkoholismus signifikant häufiger bei Patienten mit folgenden Merkmalen gestellt wurde:

- sie waren geschieden oder lebten getrennt;
- sie waren arbeitslos;
- sie hatten wenige Bezugspersonen;
- sie lebten alleine;
- sie benötigten öffentliche Unterstützung;
- sie hatten keine Krankenversicherung;
- sie waren eher zwangseingewiesen worden.

Die nicht als Alkoholiker diagnostizierten Personen waren verheiratet, verfügten über eine größere Zahl von Bezugspersonen, hatten eine Krankenversicherung, kamen über Freunde ins Krankenhaus und standen in einem Beschäftigungsverhältnis. Diesen wurden eher chirurgische oder internistische Diagnosen gestellt, und sie wurden auch eher im Hospital behalten als die anderen Alkoholiker.

Obwohl der Diagnose Alkoholismus ein medizinisches Krankheitsmodell zugrunde liegt, ist sie sozial stark negativ besetzt, ganz ähnlich wie andere psychische Störungen. Einstellungen von Psychiatern und anderen Medizinern (Psychologen sollten nicht ausgeschlossen werden) gegenüber Abhängigkeiten oder Suchterkrankungen sind weithin und überwiegend negativ. Süchtige gelten häufig als Mißstand, als lästiges Übel in der medizinischen Versorgung, als unkooperativ und uneinsichtig (BLANE et al. 1963, WOLF et al. 1965).

Umgekehrt wird das medizinische Krankheitsmodell bisweilen zugunsten der Verleugnung sozialer Beteiligung und gesellschaftlicher Bedingungen an Suchterkrankungen überstrapaziert. Dies ist anscheinend in der ehemaligen DDR geschehen, in der angesichts fortbestehender oder auch steigender Suchtraten die Suchterkrankungen auf hirnorganische Prozesse zurückgeführt wurden (s. WANKE u. TÄSCHNER 1985). Dergleichen Attribuierungen und Schuldzuweisungen sind als Außenattribuierung zu bezeichnen, da die gesellschaftlich Verantwortlichen ihre eigene Verantwortung weg von sich hin zur Einzelperson delegieren. Diese Attributionsstile sind mit Sicherheit ungünstige Bewältigungsstrategien für ein großes, gesellschaftlich relevantes Problem. Dieser sich sozial manifestierenden, schwierigen Situation »steht ein erschreckendes Desinteresse der Öffentlichkeit und der Gesundheitspolitik gegenüber, das sich u.a. in einem desolaten Zustand der Maßnahmen zur Primärprävention ausdrückt« (BÜHRINGER u. SIMON 1992, S. 162).

4. THESE: Es bestehen Zusammenhänge zwischen Behandlungsformen und sozialer Schicht.

Soziale Ungleichheit wirkt sich in der sozialwissenschaftlichen Sichtweise auf die Verteilung psychischer Erkrankungen aus, auf die diagnostischen Zuordnungen und auch, wie jetzt ausgeführt werden soll, auf die Form der Behandlung (s. Tabelle 2).

Tabelle 2: Verteilung der hauptsächlichen Behandlungsformen im System sozialer Schichtung (nach HOLLINGSHEAD und REDLICH 1975)

Soziale Schicht	Psychotherapie		Organische Therapie		keine Behandlung	
	N	%	N	%	N	%
Oberschicht	14	74	2	11	3	16
Obere Mittelschicht	107	82	15	11	9	7
Mittelschicht	136	53	74	29	48	19
Untere Mittelschicht	237	31	288	37	242	32
Unterschicht	115	16	234	33	367	51

Quelle: KEUPP 1988

An den Prozentzahlen ist zu erkennen, daß in den Genuß von Psychotherapie eher die mittleren und oberen Schichten kommen, während organische Therapie (medikamentöse) eher auf die unteren Schichten verteilt ist. Auch »keine Behandlung« erhalten eher die unteren Schichten. Bezogen auf Unterschichtklienten vollzieht sich spätestens dann eine sich selbst erfüllende Prophezeiung: Werden diese Abhängigen rückfällig, werden sie wiederum als unkooperativ und unmotiviert bezeichnet, was die Motivation zur Veränderung wieder vermindert und so fort.

Die Nachteile der Zugehörigkeit zu bestimmten Schichten sind nicht nur in ihrer offensichtlich ungünstigen Interaktion mit Verteilung und Schweregrad von psychischen Störungen sowie Behandlungsformen repräsentiert – ganz gleich, wie man das Ursachen-/Wirkungsverhältnis betrachtet –, sondern werden potentiell verstärkt und stabilisiert durch Prozesse der Etikettierung, des Labeling sowie durch Halo-Effekte oder sich selbst erfüllende Prophezeiung. Das Schlagwort (das Label) »einmal Alkoholiker, immer Alkoholiker« etikettiert die Person, die Verursachung wird der Person zugeschrieben, Schuld wird also internalisiert. Alternativen hinsichtlich anderer, günstigerer Verhaltensmöglichkeiten werden im Sinne des Halo-Effektes (Generalisierung einer – negativen – Eigenschaft auf die ganze Person) nicht gesehen, dies wirkt sich auf Therapiewürdigkeit, auf Anstrengungsbereitschaft der Therapeuten sowie Klienten als auch auf die beiderseitige Hoffnung auf Erfolg negativ aus. Tatsächlich wird diese Person im Sinne der sich selbst erfüllenden Prophezeiung demoralisiert, rückfällig, weiter demoralisiert, und so fort. So kommen typische Patientenkarrieren zustande.

Es sind aber auch vorauslaufende, vielleicht schichtspezifische ungünstige Bedingungen zu beachten. In der Literatur wird häufig beschrieben, daß abweichendes Verhalten, auch Abhängigkeit, in der Unterschicht länger toleriert und später als Problem kenntlich wird. Zunächst springt das gesamte Netzwerk der Familie, Freunde und Kollegen ein. Erst nach längerer Zeit, wenn diese Netzwerke erschöpft und schließlich völlig überstrapaziert sind, kommt es häufig über öffentliche Zwangsmaßnahmen, etwa durch die Polizei, zu der Zuführung zu irgendeiner Behandlung. Dann sind die für einen Therapieerfolg so wichtigen Netzwerke zerrissen, die stationären Aufenthalte müssen länger dauern, und die Rehabilitationschancen sind ungünstiger.

Bei Mittelschichtsangehörigen wird abweichendes Verhalten früher erkannt, es steht unter stärkerer sozialer Kontrolle, aber auch unter stärkerem Schutz. So werden professionelle und institutionelle Hilfen von dieser Seite früher, aber diskreter in Anspruch genommen. Die Chancen für günstigere Therapiemaßnahmen wie kürzere stationäre Aufenthalte und weiterführende ambulante Behandlung (speziell Psychotherapie) sind größer.

5. These: Verschränkung zwischen sozialer Schicht und Inanspruchnahme von psychosozialer Versorgung.

Man könnte den obengenannten Argumenten entgegenhalten, daß Unterschichtsklienten die psychosozialen Versorgungsinstitutionen nicht in Anspruch nehmen. Tatsächlich kommen diese Klienten weniger in Beratung und Psychotherapie, wenngleich sich dies in den letzten Jahren, speziell nach Einrichtung der psychosozialen Dienste, anscheinend erheblich verbessert hat (s. Keupp 1988). Aber die Distanz zum Versorgungssystem von seiten der Unterschichtsklienten ist offensichtlich sehr groß. Diskutiert werden hier Scheu vor Veröffentlichung psychischer Probleme, unterschiedliches Problembewußtsein, unterschiedlicher Zugang zu entsprechender Information wegen unterschiedlicher Bildungsvoraussetzungen sowie Kommunikationsprobleme wegen unterschiedlicher Sprachniveaus.

6. These: Spezifische Sichtweisen für Frauen und Männer.

Unabhängig von der sozialen Schicht spielen einige andere soziale Variablen eine Rolle bei Ausgrenzungen:

Frauen trinken weniger als Männer, das Verhältnis ist ca. 1 : 2, nehmen aber – wahrscheinlich iatrogen – sehr viel mehr Medikamente, das Verhältnis beträgt hier 3 : 1. »Frauen trinken weniger als Männer, haben weniger häufig mit Alkohol in Verbindung zu bringende Probleme, und eine Abhängigkeit tritt seltener auf« (Rommelspacher 1992, S. 169). Allerdings machen in der Gruppe der schwersten Trinker Frauen einen mindestens ebenso großen Anteil aus wie Männer. Lebererkrankungen sind bei Frauen gravierender. Frauen sind schneller betrunken. Frauen, die trinken, werden mehr verachtet als Männer, stärker sanktioniert und wohl vorwiegend negativ behandelt. Dabei ist die Rückfallhäufigkeit relativ gleich (zumindest für Drogenabhängige, s. Hanel 1990). Feselmayer und Beiglböck (1990) erkennen auch ganz unterschiedliche globale Motive zwischen Männern und Frauen: »Bei Männern fördert die Gesellschaft eher den Alkoholkonsum, Frauen hingegen verwenden den Alkohol eher, um von der Gesellschaft induzierte Konflikte leichter zu ertragen« (S. 32).

Männer von Alkoholikerinnen trennen sich eher und beteiligen sich weniger am therapeutischen Geschehen. Ganz anders verhalten sich die Frauen von Alkoholikern: Sie erhalten die Beziehung länger aufrecht, sie engagieren sich eifrig in der Therapie (FESELMAYER u. BEIGLBÖCK 1990, S. 33).

Aus diesen völlig unterschiedlichen Konstellationen der sozialen Einstellung, der Motive, des sozialen Netzwerkes von Frauen müßten ganz spezifisch darauf zugeschnittene Therapieangebote abgeleitet werden, zumal Frauen häufiger und früher als Männer psychosoziale Hilfen aufsuchen, also vielleicht sogar motivierter oder zumindest offener und problembewußter sind (möglicherweise stehen sie auch unter stärkerem sozialen Druck). Die Therapieinstitutionen aber sind vorwiegend männlich dominiert, nur circa 20 Prozent der Behandelten sind Frauen (s. VOGT 1990).

Unabhängig von ihrer Schichtzugehörigkeit sind abhängige Frauen offenbar Ausgegrenzte.

Wiederum unabhängig von Schicht und Geschlecht scheint ein Unterschied zwischen Stadt und Land hinsichtlich der Verteilung von psychischen Störungen und Inanspruchnahme psychosozialer Versorgung zu bestehen. Neurosen, Persönlichkeitsstörungen sind in der Stadt eher vertreten als Alkoholiker, und umgekehrt (WILL 1985). In der Stadt werden Therapieangebote häufiger aufgesucht als auf dem Land. Dies hängt sicher nicht mit der vielbeschworenen städtischen Isolierung zusammen, sondern eher mit der größeren Vielfalt und besseren Verfügbarkeit sozialer Netzwerke, die ja nicht nur als negative Möglichkeit, sondern auch als Chance gesehen werden müssen (KEUPP 1988), will man nicht (wie WILL 1985; s.o.) die sogenannte »Therapiegesellschaft« überbetonen, die nur helfe, Patienten zu schaffen.

Ausblick

Es sollte sichtbar geworden sein, wie stark Ausgrenzungen im Sinne von verminderten Chancen und deren Fortschreibung in Diagnose und Behandlung auch bei Abhängigen mit sozialen Variablen durchsetzt sind. Natürlich ist zu beachten, daß das Ursache-Wirkungs-Gefüge nur schwer bestimmbar ist. Dennoch scheinen die Hinweise, daß soziale Variablen eine sehr große Rolle bei der Entstehung und dem Verlauf von Abhängigkeiten spielen, gravierend und bedeutsam.

Diese Erkenntnisse sollten mit dem Individuum arbeitende Therapeuten nicht demoralisieren und nach dem Sinn ihres Tuns fragen lassen (»Was sollen wir eigentlich noch tun? Es ist doch alles zwecklos, die Gesellschaft muß sich erst verändern ...«). Vielmehr sollen sie dazu anregen, den Blick über die eigenen Grenzen hinaus zu schärfen und sensibel die Begrenzungen der anderen zu erspüren, gemeinsam Begrenzungen zu akzeptieren und tolerieren zu lernen, dennoch beharrlich daran zu arbeiten, Grenzen zu vermindern und Durchlässigkeit zu schaffen.

Das bedeutet konkret, daß im Therapieprozeß der gesellschaftliche Hintergrund der Patienten, der Störung, der Therapeuten, der Beziehung zwischen Klient und Therapeut (Mann/Frau) im Sinne eines globalen Denkens, aber fokussierten Handelns (KANFER et al. 1990) präsent sein sollte.

Literatur

BLANE, H. T.; OVERTON, W. F.; CHAFETZ, M. E. (1963): Social Factors in the Diagnosis of Alcoholism in Social and Nonsocial Situations. II. Attitudes of Physicians. Quart. J. Stud. Alcohol. 24: 640-663.

BÜHRINGER, G.; SIMON, R. (1992): Die gefährlichste psychoaktive Substanz. Psycho 3: 156-164.

DHS Deutsche Hauptstelle gegen die Suchtgefahren (Hg.; 1990): Abhängigkeit bei Frauen und Männern. Lambertus-Verlag, Freiburg.

FESELMAYER, S.; BEIGLBÖCK, W. (1990): Der Einfluß des sozialen Umfeldes auf die Abhängigkeitsentwicklung von Männern und Frauen. In: DHS, S. 23-37.

GLASS, I. B. (1991): The International Handbook of Addiction Behaviour. Routledge, London.

GOODWIN, D. W. (1981): Alcoholism: the Facts. Oxford University Press, New York.

HANEL, E. (1990): Haben Frauen schlechtere Chancen? Verlauf und Ergebnisse der Entwöhnungsbehandlung bei Drogenabhängigen. In: DHS, S. 133-140.

HOLLINGSHEAD, A. B.; REDLICH, F. (1958): Der Sozialcharakter psychischer Störungen. Fischer, Frankfurt a.M. 1975.

JESSOR, R. (1968): Towards a social Psychology of Excessive Alcohol Use: A preliminary Report from the Triethnic Project. In: LEFTON, H.; SKIPPER, J.K.; MCCAGHY, C. H. (Hg.), Approaches to Deviance. New York, S. 233-254.

KANFER, FH.; REINECKER, H.; SCHMELZER, D. (1990): Selbstmanagement-Therapie als Veränderungsprozeß. Springer, Berlin.

KEUPP, H. (Hg., 1972): Psychische Störungen als abweichendes Verhalten. Zur Soziogenese psychischer Störungen. Urban & Schwarzenberg, München/Berlin/Wien.

Keupp, H. (1988): Psychische Störungen im gesellschaftlichen Lebenszusammenhang. In: Davison, G. C.; Neale, J. M. (Hg.): Klinische Psychologie. Psychologie Verlags Union, München/Weinheim, S. 69-86.

Raistrick, D. (1991): Career and Natural History. In: Glass, I. B. (Hg.), The International Handbook of Addiction Behaviour. Routledge, London, S. 34-40.

Rommelspacher, H. (1992): Marker des Alkoholismus. Psycho 3: 165-178.

Vogt, I. (1990): Therapierisiken für Frauen in der Suchtkrankenhilfe. In: DHS, S. 58-73.

Wanke, K.; Täschner, K. L. (1985): Rauschmittel. Drogen – Medikamente – Alkohol. Enke, Stuttgart.

Will, H. (1985): Selige Gesundheit. Systeme der Therapiegesellschaft. In: Michel, K. M.; Spengler, T. (Hg.), Kursbuch 82. Rotbuch-Verlag, Berlin, S. 9-34.

Wolf, J. (1965): Social Factors in the Diagnosis of Alcoholism in Social and Nonsocial Situations. II. Attitudes of Physicians. Quart. J. Stud. Alcohol. 26: 72-79.

Heiner Ellgring

Streßbewältigung

Die Bewältigung belastender Situationen erlebt jeder als eine andauernde alltägliche Aufgabe, mit der man mehr oder weniger gut zurecht kommt. Belastungen entstehen in der Arbeit, im Umgang mit Kollegen, innerhalb der Familie oder in der therapeutischen Arbeit mit den Klienten. Spezifische Belastungen spielen aber auch für Patienten im Zusammenhang mit ihrer Abhängigkeit eine Rolle. Eine erlebte berufliche Überforderung in der Arbeit oder ein Streit mit dem Partner können so belastend wirken, daß das Rückfallrisiko erhöht und wieder die Erleichterung in der Droge gesucht wird.

Psychologische Interventionen zur Streßbewältigung sollen nun helfen, mit ganz verschiedenen Belastungen besser fertig zu werden. Die auf der kognitiven Verhaltenstherapie basierenden Verfahren zur Streßbewältigung bieten hierzu eine Reihe von diagnostischen und therapeutischen Komponenten oder Bausteinen an. Diese Bausteine erlauben es, Faktoren der Belastung zu erkennen und in gezielter Weise mit solchen Belastungen kurzfristig und langfristig umzugehen.

Im folgenden werden einige Elemente des Streßbewältigungs-Trainings vorgestellt. Dabei stützt sich die Darstellung auf verschiedene Konzepte, wie sie etwa von FOLKMAN und LAZARUS (1989) in ihren Untersuchungen zur Streßbewältigung oder von MEICHENBAUM (1985) in seiner »Streß-Inokulation« als »Impfung« gegen übermäßigen Streß entwickelt wurden. Im deutschen Sprachraum finden sich verschiedene Darstellungen, etwa bei REINECKER (1986) oder KESSLER (1985, mit ausführlichen Hinweisen für Therapeuten). Hier soll versucht werden, die Themen anzusprechen, die für Therapeuten im Suchtbereich von besonderer Wichtigkeit sind.

Zunächst sollen einige Begriffe geklärt werden:

Streß ist eine Reaktion des Organismus auf äußere oder innere

Belastungen. Diese Reaktion beinhaltet eine biologische Umstimmung des Organismus. In dem »Allgemeinen Adaptations-Syndrom« (SELYE 1981) reagiert der Organismus auf eine Belastung zunächst mit einem Alarm. Es folgt eine Widerstandsphase (s. Abb. 1).

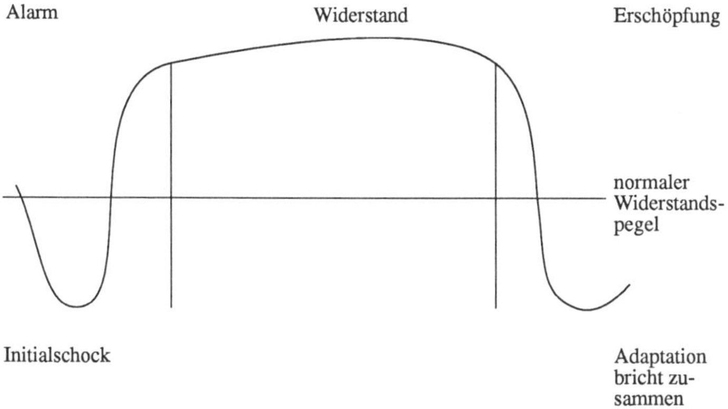

Abbildung 1: Allgemeines Adaptations-Syndrom (nach SELYE)

Während der Alarmphase sinkt der Widerstand des Organismus kurzfristig unter den allgemeinen Pegel. Dies wirkt wiederum als Signal an den Organismus, der nun einen erhöhten Widerstand mobilisiert. Dauert die Belastung übermäßig und lange an, so kann diese Adaptation in einer Erschöpfungsphase zusammenbrechen. Der Widerstand sinkt dann unter das allgemeine Niveau und der Organismus ist nicht mehr in der Lage, den Anforderungen gerecht zu werden. Ein solcher Ablauf ist sehr gut bei körperlicher Überanstrengung zu beobachten. Aber auch bei psychischer Belastung finden sich häufig solche Verläufe. So bemerkt man vielleicht zunächst eine Überlastung bei der Arbeit darin, daß einige Dinge nicht mehr so leicht von der Hand gehen (Initialschock). Man reagiert darauf mit verstärkter Anstrengung und bemüht sich besonders (Widerstandsphase). Irgendwann aber kann es zu dem Punkt kommen, daß die Adaptation nun überhaupt nicht mehr gelingt, daß man »zusammenbricht« oder resigniert »die Hände und den Kopf sinken läßt«. Es ist offensichtlich, daß eine verbesserte Streßbewältigung bereits vor diesem Zusammenbruch wirksam werden sollte. In der Regel gelingt es auch aufgrund des erhöhten Widerstands, den normalen Pegel vor dem Zusammenbruch wieder zu erreichen.

Als *Stressor* bezeichnet man eine Reizkonstellation, die eine Streß-Reaktion auslöst. Stressoren sind zum Beispiel Lärm oder Hitze, aber auch eine Anforderung aus der Umwelt, wie etwa die Aufforderung des Vorgesetzten, einen Jahresbericht abzuliefern. Ein Stressor kann ebenso eine Empfindung oder Wahrnehmung sein, zum Beispiel die Wahrnehmung des schnelleren Herzschlags, auf den hin ein Angstpatient einen erneuten Panikanfall befürchtet. Wichtig ist, daß die meisten Reizkonstellationen erst durch unsere subjektiven Bewertungen zu Stressoren werden. Stressoren sind also starke äußere oder innere Anforderungen an den Organismus.

Bewältigung (Coping) bezeichnet die gedankliche und verhaltensmäßige Anstrengung, mit denen eine Person Anforderungen aus der Umwelt, innere Anforderungen und Konflikte zwischen beiden zu meistern versucht.

Funktionen der Bewältigung

Man unterscheidet zwei Funktionen der Bewältigungsprozesse: die Problembewältigung und die Selbstregulation emotionaler und physiologischer Prozesse.

In der *problemorientierten Bewältigung* versucht die Person, durch bestimmte Verhaltensweisen eine Veränderung der Beziehungen zwischen den Anforderungen aus der Umwelt und der eigenen Person zu erreichen. Dies kann beispielsweise darin bestehen, bei Arbeitsüberforderung Aufgaben zu delegieren, die eigene Arbeitsorganisation zu verbessern und anderes mehr.

In der *Selbstregulation* versucht das Individuum, über verschiedene komplexe Strategien die erlebnismäßigen Anteile und die physiologischen Reaktionen zu beeinflussen. Die bewußt herbeigeführte Entspannung oder eine Selbstverbalisation wie das innere Sich-Zureden »Du schaffst das schon« sind Beispiele für solche Selbstregulations-Strategien.

In der Regel setzen Erwachsene beide Strategien ein. Dabei werden nach FOLKMAN und LAZARUS (1989) verschiedene Formen der Bewältigung praktiziert, die keineswegs rational oder zielführend sein müssen. Zur problemorientierten Bewältigung können *direkte Aktionen und Handlungen, Informationssuche, Aktionshemmung* oder auch *gedankliche Verarbeitungen* eingesetzt werden.

Unter *direkte Aktionen oder Handlungen* fallen vielfältige Verhaltensweisen, die abhängig von dem Problem, aber auch von den Zielen des Individuums sind. Beispiele wären Sport treiben oder einen Konflikt mit dem anderen direkt ansprechen. Unter die direkten Aktionen fallen auch Verhaltensweisen wie das Ausleben von Ärger, Rache, Flucht ebenso wie Tabletteneinnahme oder Suizid. Als eine direkte Aktion zur Streßbewältigung kann man auch die progressive Muskelrelaxation betrachten. Aktionen können sich gleichzeitig sowohl auf die Außenwelt als auch nach innen richten. Ein Beispiel für eine nach innen gerichtete Aktion wäre etwa die Flucht in die Arbeit bei Konflikten mit dem Partner.

Informationssuche allein kann schon eine Linderung der erlebten Belastung bringen. So kann die Information über den Ablauf einer chirurgischen Operationsvorbereitung den Streß des Patienten mindern. Andererseits kann auch bewußtes Nichtbeachten und Abwehren von negativen Informationen erleichternd wirken.

Unter *Aktionshemmung* fallen Verhaltensweisen wie etwa das Problem erst einmal überschlafen, bewußt abwarten und so weiter.

Gedankliche Regulation von Gefühlen: Einen großen Teil der Selbstregulation versuchen wir durch Gedanken (»kognitive Prozesse«) zu erreichen. Das Ziel ist dabei die Steuerung von Gefühlen durch die Gedanken. Der Gedanke »Was kann schon passieren« etwa kann helfen, die Unsicherheit dem Vorgesetzten gegenüber zu mindern. Zu solchen gedanklichen Regulationsprozessen zählen auch Abwehrmechanismen, Reaktionsbildung, Vermeidung, Distanzierungsversuche, Selbstbeschwichtigung. Abwehr, Verleugnung, Selbsttäuschung, Intellektualisierung können durchaus lindernd wirken. In diesem Zusammenhang wird deutlich, daß Bewältigungsstrategien nicht rational sein müssen.

Kreisprozeß der Streßreaktion

Streß ist eine biologisch und psychologisch sinnvolle, natürliche Reaktion. Es werden Prozesse aktiviert, die für die Bewältigung von situativen Anforderungen notwendig sind. Problematisch sind allerdings Reaktionen, die das Erleben von Streß und die physiologischen Reaktionen verstärken, die zudem ungezieltes und unkoordiniertes Verhalten hervorrufen statt zu einer adäquaten Bewältigung der Anforderungen beizutragen. Eine solche dysfunktionale Streßreaktion zeichnet sich durch einen Kreisprozeß aus, in dem negative Gedanken, körperliche Verspannung, Unsicherheit und unkoordiniertes Handeln einander gegenseitig bedingen (s. Abb. 2).

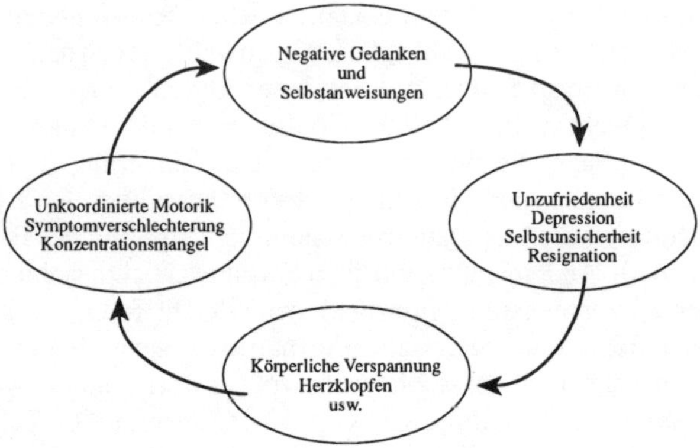

Abbildung 2: Kreisprozeß der Streßreaktion

Negative Gedanken und negative Selbstanweisungen verstärken Selbstunsicherheit, Depression, Resignation. Dies wiederum verstärkt körperliche Reaktionen wie muskuläre Verspannung, Herzklopfen, Schwitzen. Diese körperlichen Reaktionen bedingen wiederum unkoordinierte Handlungen, Konzentrationsmangel und bei körperlichen Erkrankungen eine Symptomverschlechterung.

Ein Beispiel soll eine Streß-Situation verdeutlichen:

S. H., Leiter einer Einrichtung zur Suchtbehandlung, hat um 15 Uhr einen Termin und muß dringend weg. In diesem Augenblick kommen die Patienten zurück, von denen offensichtlich einer getrunken hat. Mit dem Gedanken an den Termin und angesichts des angetrunkenen Patienten beginnt der Streß. Der Patient leugnet, getrunken zu haben, obwohl die Realität eindeutig dagegen spricht. Die Gedanken, die S. H. durch den Kopf gehen, sind: »Das darf doch nicht wahr sein! Warum gibt er nicht zu, getrunken zu haben? Er weiß doch, daß er keine Chance hat. Wieso funktioniert bei ihm nicht, was sonst gelingt? Habe ich den Patienten falsch behandelt? Habe ich übersehen, daß er vielleicht schwerer krank ist, als es zunächst den Anschein hatte?«

S. H. bemerkt bei sich negative Gefühle: peinlich, unangenehm berührt, gekränkt. Er bemerkt bei sich die Aufregung, auch eine Enttäuschung, und stellt sich die Frage, ob vielleicht die eigene Kompetenz nicht akzeptiert wird. An körperlichen Reaktionen treten Druckgefühl, Magenschmerzen, leichte Hitzewallung auf. S. H. empfindet sich von der Situation überwältigt. Er bemerkt nicht nur seine Belastung auf den verschiedenen Ebenen, der körperlichen, der emotionalen und der gedanklichen Ebene, sondern weiß auch in seinem Handeln nicht mehr weiter.

Ziel eines Trainings zur Streßbewältigung ist es nun, diesen negativen Zirkel zu durchbrechen. Dysfunktionale Strategien sollen durch adäquate Strategien im Umgang mit dem Streß ersetzt werden. So läßt sich der negative Kreisprozeß an zwei Stellen durchbrechen: Die negativen Gedanken und Selbstanweisungen können durch positive ersetzt werden und die körperlichen Reaktionen können zumindest teilweise kontrolliert werden.

Adäquate, rationale Strategien der Streßbewältigung zeichnen sich dadurch aus, daß sie vom Individuum bewußt und flexibel eingesetzt werden können, um kurzfristige Erleichterungen und langfristige Veränderungen zu erreichen.

Phasen des Trainings zur Streßbewältigung

Ein Training zur verbesserten Streßbewältigung im Rahmen der kognitiven Verhaltenstherapie durchläuft verschiedene Phasen. Das von Meichenbaum (1985) vorgeschlagene Training zur Streß-Impfung (Streß-Inokulation) beginnt mit einer »Edukations-Phase«, in der Informationen über Streß geliefert werden. Hieran schließt sich eine zweite Phase der Streß-Konfrontation und des Aufbaus neuer Verhaltensweisen. Nach dieser Lern-Phase werden in einer Anwendungsphase die neu erworbenen Strategien im Rollenspiel und »in vivo«, das heißt in realen Alltagssituationen, angewandt. Auch andere Programme zur Streßbewältigung schlagen verschiedene Stufen oder Phasen vor, die zum Teil wiederholt durchlaufen werden. Gemeinsam ist diesen Vorgehensweisen, daß sie immer eine Abfolge von Schritten beinhalten, die man wie folgt beschreiben kann:

1. Vermittlung von Informationen
2. Individuelle Situations- und Problemanalyse
3. Erproben neuer Strategien (Übungen, Rollenspiel)
4. Anwendung im Alltag (in vivo)

Dabei kommt den Punkten 2 (der individuellen Situations- und Problemanalyse) sowie 4 (der Anwendung im Alltag) besondere Bedeutung zu. Denn hier wird überprüft, ob tatsächlich eine Umsetzung der Bewältigungs-Strategien in den eigentlich kritischen Situationen erfolgt. Bei der individuellen Situations- und Problemanalyse wird sichergestellt, daß die zuvor theoretisch vermittelten Informationen auch tatsächlich auf die eigene Situation übertragen werden können. Mit der kontrollierten Anwendung im Alltag soll erreicht werden, daß die neuen Strategien nicht nur in der geschützten Therapie-Situation beherrscht werden, sondern auch auf andere, meist komplexere Alltagssituationen übertragen werden können.

Hier ist noch einmal zu betonen, daß es beim Training *nicht* darum geht, für den Klienten eine momentane Erleichterung von einer bestehenden Überlastung zu erreichen. Vielmehr soll der Klient in die Lage versetzt werden, selbststeuernd zukünftige Belastungen zu meistern.

Situations- und Problemanalyse

Eine sorgfältige Situations- und Problemanalyse ist die Voraussetzung dafür, daß später in ähnlichen oder vergleichbaren Situationen tatsächlich auch die adäquaten Bewältigungs-Strategien eingesetzt werden. Dabei geht es um folgende Aspekte: Identifikation von Streß-Situationen; Beschreibung von Streß-Reaktionen auf verschiedenen Ebenen; Erkennen der eigenen (u.U. unangemessenen) Reaktionen auf Streß.

Identifikation von Streß-Situationen: Bei der Situations-Analyse hat sich das Konzept der »Verhaltensgleichung«

$$S - R - C$$

bewährt. Ein *situativer Auslöser (S)* führt zu *Reaktionen (R)*, auf die wiederum *Konsequenzen (C)* folgen. Die Streß-Reaktion (R) wird durch eine vorausgehende Situation (S) ausgelöst. Diese Reaktion beinhaltet auch die eigenen Versuche, durch Gedanken oder Handlungen die Belastungssituation zu bewältigen. Auf diese Reaktionen (R) folgen wiederum Konsequenzen (C), wie etwa die Erleichterung nach erfolgreicher Bewältigung oder das Verhalten anderer Personen. Diese Konsequenzen beeinflussen wiederum die zukünftigen Reaktionen auf ähnliche auslösende Situationen.

Ebenen der Streß-Reaktionen: Streß-Reaktionen werden auf der *subjektiven Ebene* (Aufregung, Wut, Zorn, Angst), der *physiologischen Ebene* (Magenschmerzen, Schwitzen, Erschöpfung) und der *Verhaltens-Ebene* (Stottern, nervöse Gestik, verspannte Muskulatur) bemerkbar. Die eigenen Streß-Reaktionen zu kennen, sie auch frühzeitig zu identifizieren, hilft, schwierige Situationen rechtzeitig mit gezielten Strategien besser zu bewältigen. Damit kann man nach dem eingangs vorgestellten Modell einen erhöhten Widerstand mobilisieren, vermeidet dabei aber eine frühzeitige Erschöpfung.

Erkennen der eigenen Reaktionen auf Streß: Hier ist zu fragen, welche zusätzlichen Reaktionen bei einer Person mit der Streß-Reaktion verbunden sind, ob es aktive Verhaltensweisen, wie Sport treiben, um die Belastung auszugleichen, mit anderen über die Probleme reden oder passive Strategien, wie Fernseher anstellen, Alkohol trinken, sind.

Für die *Situationsbeschreibung* ist es hilfreich, wenn sich der Patient folgende *Streß-Fragen* stellen kann:

Wenn ich mich belastet fühle, frage ich mich:

- Wie sieht die Situation aus?
  - Wann war es?
  - Wo war es genau?
  - Welche anderen Personen waren dabei?
- Wie reagiere ich?
  - Was fühle ich?
  - Was denke ich?
  - Was empfinde ich körperlich?

Streß-Fragen zur Bewältigung beziehen sich dann auf die Suche nach Alternativen:

- Wie habe ich reagiert?
- Wie würde ich gerne reagieren?
  - Überfordere ich mich damit?
  - Ist das Ziel erreichbar?
  - Bin ich in der Lage, die notwendigen Verhaltensweisen zu zeigen?
- Welche Alternativen habe ich zur Verfügung?
- Wie kann ich mich auf eine neue Situation vorbereiten?

Anhand dieser Fragen wird es dem Patienten und dem Therapeuten möglich, sich ein konkretes Bild von dem komplexen Streßgeschehen zu verschaffen. Man erkennt zudem auch, an welchen Stellen eine Situation noch als diffus erlebt wird und daher um so bedrükkender wirkt. Wichtig ist bei diesen Beschreibungen, vorschnelle Abstraktionen oder Erklärungen über Persönlichkeitsmuster (»Ich bin nun mal so impulsiv, zurückgezogen ...«) zu vermeiden. Es gilt immer, eine ganz konkrete, real erlebte Situation zu analysieren. Solche Situationsbeschreibungen bringen für die Therapeuten und die Patienten in der Regel den größten Informationsgewinn.

Strategien der Streßbewältigung

Vor einer Darstellung von verschiedenen Strategien der Streßbewältigung mit dem Ziel kurzfristiger Erleichterung oder langfristiger Veränderung soll noch auf die verschiedenen Phasen im Umgang mit belastenden Situationen eingegangen werden. Als Hintergrund sind das eingangs beschriebene Streßmodell und die zuvor erläuterte Situationsanalyse zu sehen.

Phasen der Streßbewältigung:
Beim Umgang mit belastenden Situationen lassen sich sowohl bei erfolgreicher wie auch nicht erfolgreicher Bewältigung vier verschiedene Phasen beobachten:

- Vorbereitung auf die Situation (Alarmphase);
- Konfrontation mit der Situation (Erhöhter Widerstand);
- Mögliche Überwältigung (Erschöpfung) oder Bewältigung;
- Bewertung des Ausgangs und Belohnung (bzw. Selbstabwertung).

Die Vorbereitung auf die Situation mit negativen Gedanken (»Das schaffst Du nicht!«, »Schon wieder trifft es mich«) kann bereits zu einer deutlichen Verstärkung des Streß beitragen. In der Konfrontation mit der Situation wird dann die Belastung unerträglich und adäquates Verhalten steht nicht mehr zur Verfügung. Im negativen Fall wird man durch die Situation überwältigt und reagiert nicht mehr angemessen. Bei der positiven Bewältigung hingegen werden sowohl die eigene Befindlichkeit reguliert als auch aktiv Probleme gelöst. Bei der Bewertung des Ausgangs geht es vor allem darum, von einer negativen Einschätzung und Selbstbestrafung wegzukommen und dagegen zu lernen, die eigenen positiven Beiträge zu sehen.

Bei dem körperlichen und seelischen Umgang mit Belastungen sollen sowohl kurzfristige Erleichterungen als auch langfristige Veränderungen erreicht werden. Kurzfristige Erleichterungen sollen dabei helfen, in einer gegebenen Belastungs-Situation nicht überwältigt zu werden, sondern statt dessen angemessen und koordiniert zu reagieren. Langfristige Veränderungen zielen darauf ab, die eigenen Rahmenbedingungen zu verändern. In der Therapie wird man zunächst damit beginnen, Strategien zur kurzfristigen Erleichterung zu vermitteln. Aus Platzgründen können hier nur stichwortartig verschiedene Strategien genannt werden.

1. Als *Strategien zur kurzfristigen Erleichterung* in einer Situation sind vor allem zu nennen: gedankliche und bewußte Zuwendung zu dem Stressor; muskuläre Entspannung in kritischen Situationen; Handlungsplanung für schrittweises Herangehen.
Inadaptive, für die Problemlösung hinderliche Strategien wären:

- Vermeiden oder Verharmlosen der Situation;
- distanzloses Übersteigern der negativen Aspekte;
- einseitig negative Sicht der Situation oder der eigenen Möglichkeiten;
- selbstzentriertes Denken.

Therapeutische Strategien, die auf die Veränderung solcher dysfunktionaler Kognitionen abzielen, wie die Rational Emotive Therapie (RET) von Ellis oder die Kognitive Therapie von Beck, sind hier angebracht.

Die Strategien zur kurzfristigen Erleichterung werden zunächst in der Therapie-Situation geübt, um anschließend im Alltag umgesetzt zu werden. Für die muskuläre Entspannung zum Beispiel sind die folgenden vier Lernschritte vorgesehen:

1. Übungsphase
2. Finden einer Kurzformel
3. Einsatz der Entspannungsformel in Alltagssituationen mit geringer Belastung; Auffinden von Streßsignalen
4. Einsatz der Entspannungsformel in Streßsituationen

Bei der Auswahl von Belastungssituationen zur Einübung der Strategien ist es zunächst angezeigt, sowohl in der Therapie als auch im Alltag vergleichsweise einfache Situationen auszuwählen. Ansonsten könnte bei schwierigeren Situationen eine Überwältigung durch die Belastung das Lernen und den Erwerb eines neuen Verhaltensrepertoires verhindern.

2. *Strategien zur langfristigen Veränderung* sollen es ermöglichen, übermäßige Belastungen schon frühzeitig abzubauen und eine Überforderung zu verhindern. Die wichtigsten Strategien zur langfristigen Veränderung sind eine Erweiterung befriedigender Aktivitäten, Systematisches Problemlösen, Einstellungsänderungen und die Entwicklung sozialer Kompetenz.

Erweiterung von befriedigenden Aktivitäten: Häufig verhindert die Überlastung im Beruf, daß man sich überhaupt angenehme Aktivitäten erlauben mag. Eine bewußte Planung für eigene angenehme Freizeitaktivitäten schafft die Erholung, die notwendig ist, um dann den Belastungen wieder standzuhalten.

Systematisches Problemlösen: Das systematische Problemlösen ist ein Vorgehen, bei dem es vor allem darauf ankommt, ein »learning set« zu entwickeln, um in einer Problemsituation verschiedene Schritte nacheinander in systematischer Weise anzuwenden:

- Problembeschreibung,
- Lösungsmöglichkeiten entwickeln,
- Entscheidungsfindung,
- Umsetzung in die Tat.

Einstellungsänderungen: Vielfach bilden dysfunktionale Einstellungen, »irrationale Gedanken«, überhöhte Ansprüche an sich selbst eine Grundlage für das Erleben von übermäßigem Streß. Eine »kognitive Umstrukturierung« mit Einstellungsänderungen soll langfristig zu einer hilfreicheren Sichtweise von Problemsituationen beitragen. Das Vorgehen zur Veränderung von Kognitionen folgt dabei folgender Struktur:

1. Sammeln von Kognitionen (Automatische Gedanken und Selbstanweisungen).
2. Auseinandersetzung mit den Kognitionen, Überprüfung durch Beobachtungen.
3. Suchen von positiven Selbstanweisungen. Ersetzen von negativen Selbstanweisungen.
4. Einsatz positiver Selbstanweisungen in kritischen Situationen.

Entwicklung von sozialer Kompetenz: Insbesondere bei schwierigen, konfliktreichen sozialen Situationen kann mangelnde soziale Kompetenz dazu beitragen, daß in übermäßigem Maße Streß erlebt wird. Das Training von Konfliktgesprächen und der angemessenen Durchsetzung eigener Interessen ohne Aggression gegenüber dem anderen sind beispielsweise im Bereich von Partnerkonflikten hilfreich. Solche Verhaltensfertigkeiten werden im Training sozialer Kompetenz erlernt.

Interventionsverfahren

Um die kurzfristigen Erleichterungen und langfristigen Veränderungen herbeiführen zu können, stehen verschiedene Interventionsverfahren zur Verfügung. Besonders bewährt haben sich dabei die folgenden Verfahren, die in einem komplexen Programm je nach dem Stand der Therapie eingesetzt werden:

- Verhaltensanalyse;
- Entspannungstraining (auf der Basis der progressiven Muskelrelaxation);
- Selbstinstruktions- und Selbstverbalisations-Training;
- Training der persönlichen Effektivität, der sozialen Kompetenz;

- kognitive Umstrukturierung;
- Verhaltensübungen im Rollenspiel;
- Vorstellungstraining.

Diese Interventionsverfahren sind in verschiedenen Lehrbüchern (z.B. KANFER u. GOLDSTEIN 1977) dargestellt.

Das Streßbewältigungs-Training zählt zu den Standard-Verfahren der kognitiven Verhaltenstherapie. Die Wirksamkeit der einzelnen Komponenten ist in vielfacher Weise belegt. Im Bereich der Therapie von Abhängigen kommt sein Einsatz in zweierlei Hinsicht in Betracht: Zum einen kann eine verbesserte Streßbewältigung bei den Patienten als Teil der Stabilisierung und damit der Rückfallprophylaxe eingesetzt werden. Zum anderen kann es für die Therapeuten hilfreich sein. Ein Training in Streß-Bewältigung kann für sie nicht nur dem »Burnout-Syndrom« vorbeugen, sondern es erlaubt zudem einen effektiveren Umgang mit Belastungssituationen, die sich aus der Arbeit mit Patienten, aber auch im Team ergeben.

Literatur

FOLKMAN, S.; LAZARUS, R. S. (1989): The Ways of Coping scales. Consulting Psychologists Press, Palo Alto, CA.

KANFER, F. H.; GOLDSTEIN, A. P. (1977): Möglichkeiten der Verhaltensänderung. Urban u. Schwarzenberg, München.

KESSLER, A. (1985): Der erfolgreiche Umgang mit täglichen Belastungen – Streßbewältigungsprogramm A. Materialien für den Kursleiter. Röttger, München.

MEICHENBAUM, D. H. (1985): Streß inoculation training. Pergamon, New York.

REINECKER, H. (1986): Methoden der Verhaltenstherapie. In: DGVT (Hg.), Verhaltenstherapie – Theorien und Methoden. DGVT, Tübingen, S. 64-178.

SELYE, H. (1981): Geschichte und Grundzüge des Streßkonzepts. In: NITSCH, J. R. (Hg.), Streß: Theorien, Untersuchungen, Maßnahmen. Huber, Bern, S. 163-187.

Imke Dreckmann

Kognitiv behaviorale Rückfallprävention

Menschen, die von Suchtmitteln abhängig geworden sind, verhalten sich während einer Therapie einem möglichen späteren Rückfall gegenüber häufig wie die bekannten drei Affen.

»Ich will nichts von Rückfall hören, mir kann das nicht passieren«, »Ich sehe für mich keine Gefahr, bei dem, was ich mitgemacht habe, habe ich von Alkohol ein für allemal die Nase voll«, »Man kann einen Rückfall auch herbeireden« sind vielleicht Äußerungen, die den in der Suchtkrankenbehandlung Tätigen nicht unbekannt sind. Einstellungen von Therapeutinnen und Therapeuten, die dieser Haltung nahekommen, sind beispielsweise »Wenn ich mir bewußt mache, wie viele wieder trinken, kann ich ja gleich aufhören« oder »Man muß an das Positive im Patienten glauben«. Bedenkt man, daß Rückfälle bei Betroffenen und Professionellen unangenehme Gefühle wie Angst, Enttäuschung, Scham, Ärger, Hilflosigkeit, Selbstzweifel und so weiter auslösen,[1] liegt es nahe, daß die Antizipation von Rückfälligkeit in der Therapie gerne vermieden wird.

Aus Katamnesen weiß man, daß Rückfälle die Regel und nicht die Ausnahme sind. So kommt die in der BRD durchgeführte Studie von Küfner und Mitarbeitern (Küfner et al. 1988) bezüglich Rückfälligkeit zu folgenden Ergebnissen: Nach Beendigung einer stationären Entwöhnungsbehandlung waren innerhalb der ersten 6 Monate 33 Prozent, innerhalb von 18 Monaten 47 Prozent und innerhalb von 48 Monaten 54 Prozent rückfällig. Angesichts dieser Zahlen wie auch der subjektiven Bedeutung von Rückfälligkeit, sollte Rückfallprophylaxe ein integraler Bestandteil jeder Abhängigkeitsbehandlung sein. An dieser Stelle könnte man einwenden, daß die heute in der Therapie zum Einsatz kommenden üblichen Breitbandverfahren den Weg zu einer zufriedenstellenden

1 Vgl. auch die Umfrage von Back und Gehring (1989) in Körkel (1991), S. 72ff.

Abstinenz ebnen sollen und damit eigentlich nichts anderes als Rückfallprävention beinhalten. Dies ist sicherlich richtig. Es hat sich jedoch gezeigt, daß eine gezielte Rückfallprophylaxe, ausgehend von neueren Modellen zur Rückfallentstehung und zu -verläufen, Rückfälligkeit nach der Therapie senken (LAUER 1988) und sich »günstig auf die Rückfallbewältigung nach der Entlassung auswirken« (KÖRKEL 1991, S. 59) kann.

Bevor ich das verhaltenstheoretische Rückfallmodell von MARLATT in seinen Grundgedanken skizzieren werde, um daraus abgeleitete kognitive und behaviorale Methoden der Rückfallprävention vorzustellen, möchte ich das Ereignis »Rückfall« zunächst in ein allgemeines Modell der Änderung von Gewohnheiten einordnen.

Das Phasenmodell von PROCHASKA und DICLEMENTE

Es ist hilfreich, sich klarzumachen, daß Rückfälle nichts Abhängigkeitsspezifisches sind. Erkrankungen im internistischen, neurologischen und psychiatrischen Bereich zeichnen sich ebenso durch eine Tendenz zur Rückfälligkeit aus, ohne jedoch einer negativen Bewertung wie die Abhängigkeitsrezidive zu unterliegen. Aber auch jegliche Art von Gewohnheits- und Verhaltensänderungen sind potentiell mit Rückfälligkeit verbunden. Das Phasenmodell von PROCHASKA und DICLEMENTE (1983) integriert diesen Sachverhalt (vgl. Abb. 1)

Nach diesem Modell werden bei Verhaltensänderungen, unabhängig, ob selbstinitiiert oder behandlungsunterstützt, vier relativ diskrete Stadien durchlaufen, die in ihrer zeitlichen Dauer sehr unterschiedlich sein können. Ein Ausstieg ist in jeder Phase möglich, vergleichbar einer Art Drehtür mit Rückkoppelungsschleifen. In der ersten Phase, dem Stadium der Überlegung, befindet sich die Klientin oder der Klient im Vorfeld einer möglichen Verhaltensänderung. In der 2. Phase, der Entscheidung, wird eine verbindliche Verpflichtung für eine Veränderung eingegangen, um dann im 3. Stadium, dem Handlungsstadium, ein spezielles Änderungsprogramm in Angriff zu nehmen. Das 4. Stadium wird aufgrund der Konzentration auf das 3. Stadium oft vernachlässigt. Es ist die Phase der Aufrechterhaltung und Stabilisierung der Verhaltensän-

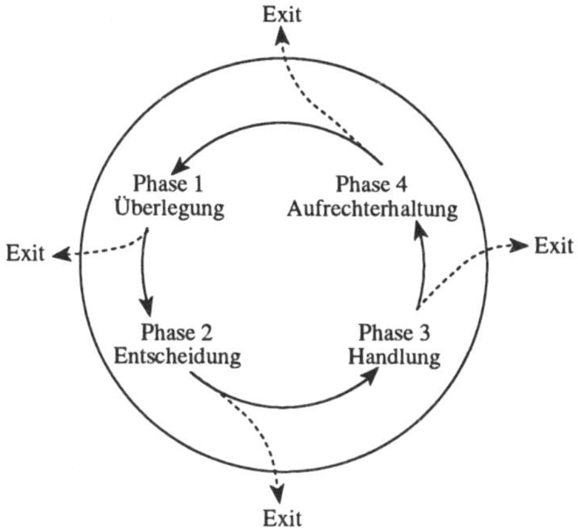

Abbildung 1: Phasenmodell von PROCHASKA und DICLEMENTE, zit. n. KANFER et al. 1991, S. 91

derung. Mit Maßnahmen und Strategien, die zum Erhalt dieses Stadiums beitragen und einen Ausstieg (»Exit«) verhindern, befaßt sich die (tertiäre) Rückfallprävention.

Verhaltensänderungen als prozeßhaftes Geschehen, als Abfolge des Durchlaufens verschiedener Stadien zu verstehen, bedeutet für effektives therapeutisches Handeln, daß in den verschiedenen Phasen des Veränderungsprozesses auch unterschiedliche Methoden der Veränderung genutzt werden, oder anders ausgedrückt: daß die Patientin oder der Patient dort abgeholt wird, wo sie oder er steht. Für den Einsatz rückfallpräventiver Maßnahmen bedeutet dies, daß man sich als Therapeutin oder Therapeut Klarheit darüber verschafft haben sollte, in welcher Phase sich die Patienten kognitiv und emotional befinden, mit denen man präventiv arbeiten will. Denn obwohl Patientinnen und Patienten manchmal vom Setting her (stationäre Therapie) bereits im Handlungsstadium sind, weil sie zum Beispiel äußerem Druck nachgegeben haben, sind sie in ihren Gedanken und Gefühlen noch nicht vorbereitet und motiviert für Veränderungen, haben vielleicht noch keinen eindeutigen Abstinenzvorsatz gefaßt, so daß Therapieschwerpunkte zunächst auf Bilanzierung, Entscheidungsfindung, Erarbeitung von Krankheitseinsicht und ähnliches gelegt werden sollten. In der Regel sind in stationärer Therapie rückfallpräventive Maßnahmen im letzten Drittel indiziert.

Das Rückfallmodell von Marlatt

Meinen Ausführungen zum Thema möchte ich das Rückfallmodell von Marlatt (zit. n. Körkel 1988) und Marlatt und Gordon (1985) zugrundelegen. Es ist – zumindest in Teilen – empirisch am besten abgesichert und besitzt die weitestgehende Handlungsrelevanz, da es mehrere kognitive und verhaltensbezogene Bestandteile eines Rückfallprozesses berücksichtigt. Marlatt und Gordon beziehen die Gültigkeit ihres Modells nur auf die Gruppe von Abhängigen, die über einen bestimmten Zeitraum hinweg Abstinenz willentlich angestrebt und eingehalten haben (vgl. Phasenmodell von Prochaska und DiClemente). Für diese Gruppe geht das Modell von dem in Abbildung 2 dargestellten Verlaufsprozeß aus:

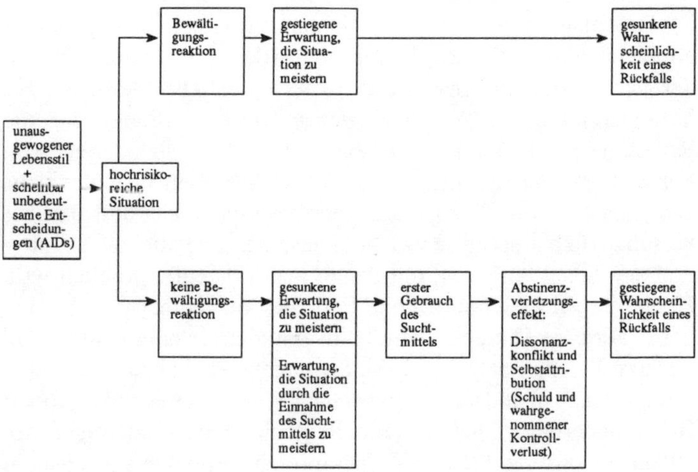

Abbildung 2: Rückfallverlaufsmodell nach Marlatt, zit. n. Körkel 1988, S. 32

Rückfallvorläufer sieht MARLATT zunächst in einer Lebensführung, in der dauerhaft ein Ungleichgewicht zwischen Pflichten, Anforderungen auf der einen Seite und Regeneration und Ausgleich andererseits besteht. Dieser Lebensstil beinhaltet häufig auch »Scheinbar Unbedeutsame Entscheidungen« (»Apparently Irrelevant Decisions«, AIDs), welche die Betroffenen den Sicherheitsabstand zum Suchtmittel verringern lassen, ohne daß dies den Betroffenen immer bewußt ist, etwa die Aufgabe von Selbsthilfegruppenkontakten, häufigeres Aufsuchen eines suchtfreundlichen Milieus, Gedanken wie »Ich hab's geschafft, Alkohol kann mir nichts mehr anhaben«. Kommt es dann zu einer (unerwarteten) Risikosituation wie beispielsweise unangenehmen emotionalen Zuständen, zwischenmenschlichen Konflikten, sozialen Drucksituationen und stehen dem Betreffenden keine alternativen Bewältigungsstrategien zur Verfügung, sinkt die Selbstwirksamkeitserwartung. Gedanken in Form von Erwartungen, diese Situation mit Hilfe des Suchtmittels in positiver Weise zu beeinflussen, steigen an. Eine Suchtmitteleinnahme ist nun wahrscheinlich, wodurch der sogenannte Abstinenzverletzungseffekt (AVE) entsteht. Es tritt eine kognitive Dissonanz auf, indem die Betroffenen ihr Verhalten im Widerspruch zu der selbst auferlegten Abstinenzentscheidung erleben, was mit unangenehmen Gedanken und Gefühlen einhergeht. Gleichzeitig setzt die Suche nach dem »Warum« für die Suchtmitteleinnahme ein. Dabei ist der Abstinenzverletzungseffekt um so stärker, je mehr die Gründe überdauernden, situationsunabhängigen und der Kontrolle der Person nicht zugänglichen Umständen zugeschrieben werden, etwas »Ich war schon von Geburt an ein labiler Mensch«. Weitere Einflußgrößen auf die Intensität des Abstinenzverletzungseffektes sind das Ausmaß der Abstinenzverpflichtung, die Dauer der Abstinenzphase, die Anstrengungen, die zur Aufrechterhaltung der Abstinenz unternommen wurden, persönliche »Theorien« über den Rückfallverlauf, die antizipierten Konsequenzen des Rückfalles und der Umfang von sozialer Kontrolle. Die mit dem Rückfallgeschehen unmittelbar verbundenen Gedanken und Gefühle haben nach MARLATT einen wesentlichen Einfluß auf den weiteren Rückfallverlauf, also ob es zu erneutem Suchtmittelkonsum und damit auf Dauer zu einem massiven Rückfallgeschehen (»Relapse«) kommt, oder ob es bei einem Ausrutscher (»Lapse«) bleibt und die Betreffenden Abstinenz wiedererlangen und aufrechterhalten.

Modell und Ansatzpunkte für die Rückfallprävention

Aus dem Modell zur Rückfallentstehung und zum Rückfallverlauf entwickelte Marlatt Ansatzpunkte für die Prophylaxe. Als Ziel der Präventionsverfahren nennt Marlatt (1989, S. 17):

»1. Sie sollen das Bewußtsein für die Anfälligkeit von Änderungen fördern [...].
2. Sie sollen dabei helfen, Kognitionen und Verhaltensweisen zu entwickeln, die als ›coping skills‹ (Bewältigungsstrategien) zur Überwindung von Hindernissen und Sperren bei Änderungsversuchen dienen können.
3. Sie sollen einen ausgeglichenen Lebensstil ermöglichen, damit nützliche Gewohnheitsänderungen beibehalten und integriert werden können.«

Einen Überblick über verschiedene verhaltenstherapeutische Verfahren, die auf den unterschiedlichen Ebenen eines möglichen Rückfallverlaufes intervenieren, enthält Abbildung 3.

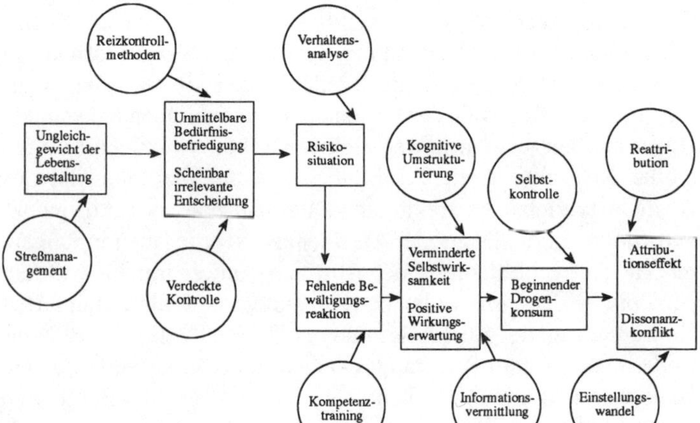

Abbildung 3: Ansatzpunkte der Rückfallprävention nach Cummings et al. 1980; Marlatt und Gordon 1985, zit. n. Watzl und Cohen 1989, S. 190

Im Rahmen dieses Beitrags kann ich nicht auf alle therapeutischen Verfahren, die sich aus der schematischen Darstellung ergeben, eingehen. Statt dessen möchte ich einige Aspekte herausgreifen und erläutern, die mir in der stationären Arbeit mit Suchtmittelabhängigen in bezug auf das Thema wesentlich erscheinen.

Persönliche »Theorien« und Einstellungen zum Rückfall

Patienten und Therapeuten haben unterschiedliche »Theorien« über Entstehung und Verlauf von Rückfällen. Häufig sind Vorstellungen wie die von der berühmten Schnapspraline oder dem »ersten Schluck«, die im Sinne einer Automatik zum unverzüglichen Weitertrinken führen (»first drink, then drunk«) und vom Alkoholverlangen (»craving«), das sich jeglicher Kontrolle entzieht. Auch Einstellungen, die Alkohol mit einem Allergen gleichsetzen, das bei Inkorporation zu einer Art allergischen Reaktion führt, sind weit verbreitet. Nicht selten trifft man auch auf Patientinnen und Patienten, die behaupten: »Ich weiß nicht, wie es über mich gekommen ist«. All diese Haltungen und Einstellungen beinhalten Handlungsanweisungen, die sich sowohl rückfallbegünstigend als auch – in Form von selbsterfüllenden Prophezeiungen – rückfallaufrechterhaltend auswirken können. Es ist von daher notwendig, Rückfallkonzepte von Patientinnen und Patienten zu explorieren und gegebenenfalls in Richtung von sozial-kognitiven Modellen zu korrigieren. Petry (1985) entwickelte hierfür hilfreiche Methoden in Form von gruppendynamischen Übungen (z.B. »Rückfallbauen«).

Analyse und Antizipation von Rückfallverläufen

Startpunkte für die gezielte Rückfallprophylaxe stellen bei Patientinnen und Patienten, die über tatsächliche Rückfallerfahrungen verfügen, die genaue Exploration sowie die funktionale Analyse des Rückfallgeschehens dar. Bei Patientinnen und Patienten, die bisher noch keine Abstinenzphase(n) durchlebt haben, können in der Phantasie vorgestellte potentielle Rückfallsituationen erarbeitet werden. Anhaltspunkte hierfür können die Verhaltensanalyse des bisherigen Suchtmittelverhaltens liefern, weiterhin Verhaltensbeobachtungen beispielsweise durch Rollenübungen über Defizite und Ressourcen der Betreffenden. Darüber hinaus kann man »Fragebögen« (z.B. FÄH, SIEBER u. UCHTENHAGEN 1991, LINDENMEYER 1990) nutzen, in denen Situationen zusammengestellt sind, die für Suchtmittelabhängige in der Regel Risikosituationen bedeuten.

In verschiedenen Studien zeigte sich übereinstimmend, daß *unangenehme emotionale Zustände, zwischenmenschliche Konflikte* und *soziale Trinksituationen* mit einer direkten oder indirekten Aufforderung zum Trinken am häufigsten zur Aufgabe der Abstinenz führten (einen ausführlicheren Überblick geben KÖRKEL u. LAUER 1988).

Die Zusammenstellung von bisherigen und denkbaren zukünftigen Risikosituationen stellt zum einen den Ansatzpunkt für eine gezielte Erarbeitung von alternativen Bewältigungsstrategien dar, andererseits beinhaltet das rechtzeitige Erkennen von möglichen die Abstinenz gefährdenden Verhaltensweisen, Gedanken und Situationen bereits eine wichtige rückfallpräventive Maßnahme. Von daher sind therapeutische Verfahren, die die Selbstbeobachtung und -wahrnehmung verbessern und fördern, auch unter dem Gesichtspunkt der Rückfallprophylaxe zu nutzen.

Rückfallpräventive Bewältigungsstrategien

Rückfallentferntere und rückfallnahe Bewältigungsstrategien

Verfahren zur Prophylaxe kann man unter dem Aspekt ihrer zeitlichen Nähe zu einem möglichen Rückfall unterteilen. Unter rückfallentfernteren sind die therapeutischen Verfahren und Interventionen zu subsumieren, die es dem Betroffenen ermöglichen, langfristig einen ausgeglichenen Lebensstil zu erreichen und zu erhalten. Diese können je nach Persönlichkeit, Problem- und Lebenssituation der Betreffenden, zum Beispiel in Streßbewältigung, im Erlernen von Genußfähigkeit, im Aufbau befriedigender zwischenmenschlicher Beziehungen, in Freizeitgestaltung, der (Neu-) Entdeckung geistiger Werte und Interessen, in angemessener Bewältigung alltäglicher Belastungen, im adäquaten Umgang mit Gefühlen, im Aufbau eines zufriedenstellenden Selbstbildes ihren Schwerpunkt haben. Therapeutisch sinnvoll und effektiv ist es, solche Behandlungsangebote in Form von indikativen Gruppen durchzuführen.

In Risikosituationen, in denen eine tatsächliche Nähe (beispielsweise direktes Suchtmittelangebot) oder eine subjektiv erlebte positive Erwartungshaltung an das Suchtmittel besteht (»Jetzt ein Bier, und mein Ärger wäre weg«), sollten die Betroffenen wissen und beherrschen, was zu tun ist, um die Situation ohne Rückgriff auf das Suchtmittel zu bewältigen (rückfallnahe Bewältigungsstrategien). Zum Lernen und Üben bieten sich hierfür Ablehnungstrainings sowie kognitive Verfahren zur Verbesserung der Selbstkontrolle an.

Ablehnungstraining

Suchtmittelabhängige kommen in unserer Gesellschaft oft ohne ihr Zutun in Situationen, in denen sie auf mehr oder weniger direkte Weise zum Suchtmittelkonsum animiert werden. Von daher sollte jede Abhängige und jeder Abhängige über Fertigkeiten verfügen, mit denen sie oder er unmißverständlich und ohne unangenehme Gefühle und Gedanken Suchtmittel ablehnen kann. Um solche aktiven Bewältigungsstrategien in der Therapie zu erlernen und zu üben, haben sich Ablehnungstrainings in Form von Rollenübungen, standardisiert oder auf die persönlichen Situationen der Patientin oder des Patienten zugeschnitten, in ihren Schwierigkeitsgraden variierbar, als effektiv erwiesen. Zur Durchführung von Ablehnungstrainings siehe auch Feldhege (1980) und Fliegel (1989).

Kognitive Verfahren

Neben sozialen »Verführungssituationen« besteht eine wesentliche Quelle für die Infragestellung der Abstinenz in Gedanken, Gefühlen, Erinnerungen, Phantasien und positiven Erwartungen an die angenehmen Wirkungen des Suchtmittels, bezogen auf die unterschiedlichsten Auslösesituationen. Da Kognitionen handlungsanleitend sind, kann erwartet werden, daß häufiges Denken an die angenehmen Folgen eines Suchtmittelkonsums so etwas wie Verlangen oder das Bedürfnis nach der Suchtmitteleinnahme steigern. Ebenso wird es Gedankeninhalte geben, die die Suchtmitteleinnahme eher unwahrscheinlich werden lassen, beispielsweise, wenn sich die Betroffenen die negativen Folgen des Trinkens und das Positive an der Abstinenz vergegenwärtigen. In der Verhaltenstherapie sind im Rahmen von Selbstkontrolle unter anderem Verfahren entwickelt worden, die die Beeinflussung und Steuerung gedanklicher Prozesse zum Ziel haben. Da Suchtmittelgebrauch meist in einer kurzfristigen Bedürfnisbefriedigung besteht und der Erhalt der Abstinenz oft die Fähigkeit zum Bedürfnisverzicht oder zum Ertragen einer unangenehmen Situation zugunsten längerfristiger positiver Konsequenzen erfordert, ist das Erlernen von Selbstkontrolltechniken für Abhängige hilfreich und notwendig. Selbstkontrollverfahren, die auf der kognitiven Ebene ansetzen und erfolgreich in der Abhängigkeitstherapie eingesetzt werden können, sind Gedankenstopp, Verdeckte Kontrolle, Verdeckte Reaktionssubstitution, Kognitive Umstrukturierung (zur Darstellung siehe FLIEGEL u.a. 1989). In Risikosituationen sollten Abhängige persönlich bedeutsame Abstinenzgedanken abrufbereit im Gedächtnis haben, um dann weiterhin je nach Situation mit kognitiven und verhaltensmäßigen Bewältigungsstrategien reagieren zu können.

Abschließend möchte ich die Eingangsmetapher wieder aufgreifen und Therapeutinnen und Therapeuten sowie Patientinnen und Patienten ermutigen, sich mit einem vierten Affen anzufreunden, der »Handeln« heißt.

Literatur

FÄH, M.; SIEBER, M.; UCHTENHAGEN, A. (1991): Der Glaube ans Widerstehen-Können. In: Sucht 37: 26-36.

FELDHEGE, F. J. (1980): Selbstkontrolle bei rauschmittelabhängigen Klienten. Springer Verlag, Berlin/Heidelberg/New York.

FLIEGEL, S. u.a. (1989): Verhaltenstherapeutische Standardmethoden. Psychologie Verlags-Union, München.

KANFER, F. H.; REINECKER, H.; SCHMELZER, D. (1991): Selbstmanagement-Therapie. Springer Verlag, Berlin/Heidelberg.

KÖRKEL, J. (Hg., 1988): Der Rückfall des Suchtkranken. Springer Verlag, Berlin/Heidelberg.

KÖRKEL, J. (Hg., 1991): Praxis der Rückfallbehandlung. Blaukreuz-Verlag, Wuppertal.

Körkel, J.; Lauer, G. (1988): Der Rückfall des Alkoholabhängigen: Einführung in die Thematik und Überblick über den Forschungsstand. In: Körkel (1988), S. 3-122.

Küfner, H.; Feuerlein, W.; Huber, M. (1988): Die stationäre Behandlung von Alkoholabhängigen: Ergebnisse der 4-Jahreskatamnesen, mögliche Konsequenzen für Indikationsstellung und Behandlung. Suchtgefahren 34: 157-270.

Lauer, G. (1988): Interventionsstudien zur Rückfallprophylaxe: Ergebnisse und Probleme. In: Körkel (1988), S. 217-237.

Lindenmeyer, J. (1990): Lieber schlau als blau. Psychologie Verlags-Union, München.

Marlatt, G. A.; Gordon, J. R. (1985): Relapse prevention: Maintenance strategies in the treatment of addictive behaviors. Guilford, New York/London.

Marlatt, G. A. (1989): Rückfallprävention. Modell, Ziele und Stadien der Verhaltensänderung. In: Watzl u. Cohen (1989), S. 16-28.

Petry, J. (1985): Alkoholismustherapie: Vom Einstellungswandel zur kognitiven Therapie. Urban u. Schwarzenberg, München/Wien/Baltimore.

Prochaska, J. O.; DiClemente, C. C. (1983): Stages and processes of self-change of smoking: Toward an integrative model of change. Journal of Consulting und Clinical Psychology 51: 390-395.

Watzl, H.; Cohen, R. (Hg., 1989): Rückfall und Rückfallprophylaxe. Springer Verlag, Berlin/Heidelberg.

III

Systemtherapie

Falk Eith

Systemische Therapie

Diagnostik und Indikation

Einige Bemerkungen zum Problem systemischer Diagnostik und Indikationsstellung

Die Lehre von den Krankheiten sowie die Fähigkeit des Behandlers, durch unterscheidende Beurteilung Krankheiten zu erkennen und festzustellen, also Diagnostik zu betreiben, haben sich in der langen Geschichte der Medizin sowohl differenziert wie auch kontrovers entwickelt. Dabei sind zwei unterschiedliche historische Linien zu erkennen (HEIGL-EVERS u. STANDKE 1991, S. 43).

Zum einen gibt es die Schule von *Knidos* (5. Jahrhundert v. Chr.), die in der zweiten Hälfte des 18. Jahrhunderts in die Klassifikationssysteme etwa von LINNÉ, VOGEL, SOUVAGE und anderer mündete. Dabei gelingt – im günstigsten Fall – die Zuordnung eines konkreten *Krankheitsgeschehens zum Klassifikationssystem einer Nosologie.*

Die zweite Linie hat ihren Ursprung in der Schule von *Kos,* als deren wichtigster Vertreter wohl HIPPOKRATES gilt. Hier ist das Vorgehen des Diagnostikers vergleichbar mit dem eines Detektivs, der unterschiedliche Elemente wie ein Mosaik zusammenzufügen versucht. Der diagnostische Prozeß soll zu einer Art *»Summe der Erkenntnis über diesen einen konkreten Patienten«* führen (UEXKÜLL u. WESIACK 1990, S. 31, Hervorhebungen F. E.). Die psychoanalytische Diagnostik steht nach HEIGL-EVERS und STANDKE (1991, S. 43) in ihrem Selbstverständnis eher dieser zweiten Linie nahe.

Der »ärztliche Blick« sucht außerdem nach Umständen, Merkmalen, Kenn- oder Anzeichen, denen zufolge die Anwendung bestimmter Behandlungsmethoden angezeigt erscheint, aus denen also die Indikation für eine bestimmte Behandlung abzuleiten ist. Daher haben, sagt VOLHARD, die »Götter die Diagnose vor die Therapie gesetzt« (VOLHARD 1982, zit. nach UEXKÜLL u. WESIACK 1990, S. 31).

In der – im Vergleich zur Medizin – kurzen Geschichte familientherapeutischer Konzepte haben sich die Vorstellungen zur Diagnostik bisher anders und heterogener als dort entwickelt.

Die systemische Familientherapie richtet ihren Blick auf andere Beobachtungseinheiten, nämlich auf die *Beziehungen* zwischen mehreren Individuen. Beziehungen werden als *Wechselwirkungsprozesse* im Rahmen eines Systems verstanden. Dabei widmet sich die Familientherapie zum Beispiel den Regeln dieses Beziehungssystems. Die Andersartigkeit in der Diagnostik gegenüber der Medizin liegt also nicht einfach am geringen »Alter« der Familientherapie, am Mangel an Erfahrung (REITER u. STROTZKA 1984), sondern zunächst am Selbstverständnis des systemischen Ansatzes. Er versteht sich als *Paradigmenwechsel* im Sinne KUHNS (1962), als wissenschaftliche Revolution (GUNTERN 1980) und bezieht sich unter anderem auf die allgemeine Systemtheorie BERTALANFFYS (1968).

Die wesentlichen erkenntnistheoretischen Folgerungen aus der Systemtheorie sind:

- Systeme sind immer Teile übergeordneter, hierarchisch strukturierter Systeme.
- Darum sind sie nie umfassend und in ihrem gesamten Kontext überschaubar, also:
- Sind sie nicht vollständig vorhersagbar.
- Die Elemente des Ganzen stehen in einem koevolutionären Zusammenhang, das heißt:
- Sie erzeugen ihre Stabilität in wechselseitiger Abhängigkeit.
- Das Ganze ist mehr als die Summe seiner Teile.
- Viele Kausalprozesse besitzen zirkulären Charakter. Das heißt: eine Sequenz von Ursachen und Wirkungen wirkt auf die Ausgangsursachen zurück und verändert oder stabilisiert diese.

Die Vorstellungen hinsichtlich Diagnostik haben sich aber nicht nur anders als in der Medizin, sondern innerhalb der Familientherapie auch heterogen entwickelt. Dies liegt an der Vielfalt psychotherapeutischer Konzepte, die versuchen, wesentliche Elemente der Systemtheorie auf Familien anzuwenden. Zu nennen sind neben der Psychoanalyse die Verhaltens- und Gestalttherapie, humanpsychologische Ansätze und anderes mehr.

Schon der Wert, der Diagnostik und Indikationsstellung grundsätzlich beigemessen wird, kann sehr unterschiedlich sein. Ohne diesen Aspekt vertiefen zu wollen, läßt sich sagen: Je größer die Nähe zu Medizin und Psychoanalyse, um so notwendiger erscheinen Diagnose- und Indikationskriterien. Mit wachsender Affinität zu radikal-konstruktivistischen Positionen verlieren diagnostische Fragen und Überlegungen zur Indikation an Bedeutung, da von dieser Position aus »das, was wir zu erkennen glauben, nicht real ist, sondern eine allenfalls nützliche Fiktion« (so OBRECHT 1991, S. 281, der ein systemisch orientierter Kritiker des radikalen Konstruktivismus ist).

Die verschiedenen familientherapeutischen Richtungen haben ihren *diagnostischen* Blick auf eine Reihe unterschiedlicher, für das Verständnis von Familien als relevant erachteter Aspekte gerichtet. So hat etwa MINUCHIN (1974) Grenzen familiärer Subsysteme untersucht, STIERLIN (1974) auf generationsübergreifende Aspekte der Delegation sowie Modi von Bindung und Ausstoßung hingewiesen, während SELVINI PALAZZOLI et al. (1975) Aspekte der familiären Kommunikation und der Sichtweise der Familie über sich selbst beschrieben haben.

Im Gegensatz zu vielfältigen diagnostischen Überlegungen gibt es bislang nur wenige Aussagen über die Indikation und Kontraindikation und damit auch zur Prognose einer Familientherapie. Das liegt wohl zum Teil am schon erwähnten paradigmatischen Anspruch des systemischen Ansatzes, der postuliert, auf jedes Problem in seiner jeweiligen kontextuellen Einbettung anwendbar zu sein. Außerdem wurden einige familientherapeutische Konzepte gerade in der erfolgreichen Arbeit mit Familien mit ausgesprochen ungünstigen Verläufen, zum Beispiel von Schizophrenie oder Anorexia nervosa, entwickelt. Dennoch zeigt die Praxis, daß sich auch die Familientherapie nicht in jedem Fall mit demselben Erfolg anwenden läßt. Die Flexibilität in der Beurteilung steigt mit der praktischen Erfahrung des Therapeuten und der verstärkten Verknüpfung der Indikation mit der Frage nach der Prognose, also der Suche nach Anzeichen über den voraussichtlichen Verlauf. Nach meiner Auffassung ist eine Indikationsstellung auch nur so sinnvoll. Diese Bereitschaft zur Berücksichtigung der Prognose ist bei manchen Familientherapeuten allerdings nur begrenzt vorhanden. »Vorsicht bei Prognosen« ist natürlich immer berechtigt, da sie gewöhnlich nur statistisch »durch Empirie gedeckt« werden, »aber bekanntlich unzuverlässig in dem für die Medizin besonders wichtigen Einzelfall« sind (GROSS 1991a, S. 1267). GROSS (1991b) meint zudem, daß die *An*wendung von Systemtheorie die *Ab*wendung »von monokausalen Verknüpfungen« und damit auch von Prognostizierbarkeit bedeute. Dem steht freilich die Erfahrung gegenüber, daß sich prognostische Kriterien, als für den Verlauf relevante Parameter in gewissen Grenzen und in oft hinreichender Genauigkeit für die Praxis, bewährt haben.

Nach diesen einleitenden Bemerkungen möchte ich eine Darstellung dessen geben, worauf sich der diagnostische Blick in der systemisch-familientherapeutischen Arbeit mit Suchtfamiliensystemen richten kann.

Möglichkeiten familientherapeutisch-systemischer Ansätze in der Diagnostik bei Suchtfamiliensystemen

In der Praxis muß zuallererst entschieden werden, welches die Grenzen des zu berücksichtigenden Systems sind. Die Frage lautet daher: *»Wer sollte zur Sitzung eingeladen werden, damit möglichst viele relevante Informationen erfaßt werden können?«* Da die Entstehung von Suchtverhalten »als wichtiger Interaktionsbeitrag« in möglicherweise sehr unterschiedlichen Beziehungsfeldern verstanden wird (SCHMIDT 1988, S. 176), kann das betreffende System in seiner Zusammensetzung variieren. Meist werden außer dem Indexpatienten sein Partner,[1] seine aktuelle Familie oder Teile seiner Herkunftsfamilie als relevantes System angesehen. Aber auch eine Institution oder professionelle Helfer können dazugehören. Nicht immer ist allerdings das gesamte »Bedeutungssystem« (BOSCOLO et al. 1988) für eine Mitarbeit zu gewinnen.

Bevor ich Beobachtungen beschreibe, die an Suchtfamiliensystemen gemacht werden können, gebe ich in der Folge zunächst einige Erläuterungen zu den zentralen Begriffen »Grenze« und »Regeln«, auf die sich die Beobachtungen richten können.

Der Begriff der »Grenze« ist für nahezu alle Familientherapeuten zentral.

---

1 Paartherapie wird hier als Familientherapie mit einem speziellen Subsystem verstanden.

Grenzen haben die wichtige Funktion, Verschiedenes voneinander *unterscheidbar* zu machen, zum Beispiel Machtbereiche, Territorien und so weiter.

Grenzen ermöglichen außerdem die *Differenzierung und Entwicklung von Strukturen* (SIMON u. STIERLIN 1984, S. 138). Denkt man an die »Berliner Mauer«, ist dies – gerade wegen der Rigidität dieser Grenze – sofort einsichtig. Auch für Familiensysteme gilt, daß sich Subsysteme nur mittels hinreichender Grenzen ausreichend differenzieren können. Dafür müssen diese Grenzen nicht nur vorhanden, sondern auch in gewissem Maße durchlässig sein.

Die Grenzen eines Systems oder Subsystems bestimmen sich durch Regeln, die definieren, *wer* oder *was auf welche Weise* dazugehört (MINUCHIN 1974, S. 53).

Fällt eine System-Grenze weg, dann kann man beobachten, wie beide Systeme diffundieren und was daraus folgt. Ein eindrucksvolles Beispiel bleibt wiederum die »Mauer«. Nach dem Fall dieser starren Grenze entstanden neue schwerwiegende Probleme, deren Ursprung in der – *durch Entdifferenzierung entstehenden – Konfusion* liegt.

Während die Psychoanalyse *intrapsychische Grenzen* studiert, beschäftigt sich die Familientherapie mit *interpersonellen Grenzen.* Die Verbindung zwischen beiden ist folgende: Intrapsychische Grenzen entstehen durch Interaktionen zwischen einem Kind und seinen relevanten Bezugspersonen. Durch Mechanismen wie Internalisierung oder Identifikation werden Beziehungsmuster verinnerlicht. So entstehen intrapsychische Grenzbildungen zum Beispiel zwischen dem Ich und Über-Ich. Die Ausprägung und die Qualität dieser intrapsychischen Grenzbildungen beeinflussen ihrerseits wieder aktuelle Interaktionsmuster dieses Kindes bis ins Erwachsenenalter. Das heißt, daß innere und äußere Grenzbildungen in einem generationsübergreifenden und dynamischen Wechselverhältnis stehen.

Dieses läßt sich in der Familientherapie direkt beobachten. Wenn eine Familie gemeinsam zur Therapie erscheint, müssen ihre Mitglieder interagieren. Man kann nicht »nicht interagieren« und nicht »nicht kommunizieren«. Entscheidend für die Gesundheit oder Pathologie eines Familiensystems ist dabei die Frage, inwieweit die interaktionellen Regeln eine *funktional angemessene Entwicklung* der Familie ermöglichen. Das Baden eines Kindes im

Säuglingsalter durch seine Mutter ist zum Beispiel funktional – der entsprechende Vorgang 20 Jahre später meist dysfunktional.

Die Fähigkeit zur angemessenen Grenzregulation bestimmt »das Potential an Flexibilität und Anpassungsfähigkeit der Familie« (JORASCHKY u. CIERPKA 1987, S. 112). Grenzen können »rigide« oder »durchlässig« sein, sie regulieren so zum Beispiel Nähe und Distanz auf drei verschiedenen Ebenen: einmal zwischen der Familie und der Umwelt; dann zwischen Subsystemen innerhalb der Familie (etwa zwischen Eltern und Kindern); schließlich zwischen den Personen, die zum selben Subsystem gehören (zum Beispiel zwischen Vater und Mutter).

Nach diesen allgemeineren Ausführungen sollen im folgenden die Suchtfamiliensysteme unter drei Aspekten beschrieben werden: erstens unter dem Aspekt ihrer Grenzen; zweitens hinsichtlich ihrer Regeln; drittens unter einer Mehrgenerationenperspektive.

1. Unter dem Aspekt der Grenzbildungen findet man bei Suchtfamiliensystemen häufig *dysfunktionale Grenzen* verschiedenster Ausprägung. Bei häufig rigiden und undurchlässigen Grenzen zwischen den Ehepartnern sind die als besonders wichtig erachteten *Generationsgrenzen* oft in Richtung zu den eigenen Eltern und den eigenen Kindern eher diffus. Dies bedeutet häufig die Parentifizierung mindestens eines Kindes durch einen Elternteil. Im Extremfall wird ein Kind zum *Gattensubstitut,* zum Beispiel dann, wenn die jugendliche Tochter die einzige in der Familie ist, die den angetrunkenen Vater beruhigen kann, ihn zu Bett bringt, versorgt und so weiter, während die Mutter weinend in der Küche sitzt. Dieser Vater stellte dann während der stationären Entwöhnungsbehandlung das gerahmte Foto seiner Tochter auf den Nachttisch – und verbot seiner Frau, ihn zu besuchen. HALEY (1967) nannte dies ein sexualisiertes »perverses Dreieck«, MINUCHIN (1974) wiederum spricht von einer »starren Triade«. Diese Störungen der Generationsgrenzen entstehen (nach HALEY 1964) in der Regel über mehrere Generationen hinweg, indem feste Interaktionsmuster tradiert werden.

Die familiären *Außengrenzen* von Suchtfamiliensystemen sind aufgrund starker kohäsiver, bindungsorientierter Kräfte der Familie meist rigide. Dies kann die Familie sozial isolieren[2] und die

2 Häufig stellt die Selbsthilfegruppe die einzige außerfamiliäre Kontaktmöglichkeit dar.

angemessene Ablösung eines oder mehrerer Kinder behindern. Gelingt dennoch der Absprung, dann zerfällt nicht selten die ganze Familie durch Scheidung der Eltern auf Betreiben des nicht suchtmittelabhängigen Elternteils. Diese Dynamik erhöht für die Kinder den Loyalitätsdruck, der sie wiederum bindet. Die Rigidität der Außengrenze ist bei »trockenen« Suchtfamiliensystemen am stärksten ausgeprägt, bei »nassem« Zustand verflüssigt sich dagegen die Grenze und wird diffus. Es gibt nur ein Entweder – Oder.

2. Eine anders akzentuierte diagnostische Zugangsweise widmet sich verstärkt den »Regeln der Familieninteraktion und – untrennbar damit verbunden – den individuellen und kollektiven Bedeutungen und Bewertungen, die diesen Interaktionszyklen zugeschrieben werden« (Simon 1985, S. 460).

In den Fokus der Aufmerksamkeit geraten dann für Suchtfamiliensysteme typische Muster. So etwa das Muster, jene Gefühle extrem zu kontrollieren, die als Ausdruck von Beziehungswünschen an andere interpretiert werden könnten oder als Zeichen eigener Verletzlichkeit. Statt dessen gelten die Bedürfnisse anderer Familienmitglieder meist als wichtiger denn die eigenen. Die Regel lautet: *»Wir sind allzeit bereit, noch mehr für die Familie zu tun; wer an sich selbst denkt, ist selbstsüchtig!«*

Deutlich werden auch Abgrenzungsverbote und die starken kohäsiven Kräfte. Die Regel lautet – frei nach einem Schlager aus den 50er Jahren: *»Wir werden niemals auseinandergeh'n!«* oder, nach dem Motto einer Postkarte von Dieter Becher: *»Am schönsten ist es doch zu Hause!«*[3] Diejenigen Impulse, die diesen abhängigkeitsfördernden Beziehungsregeln zuwider laufen, lösen Schuldgefühle aus mit der Folge, daß einzelne Familienmitglieder dann ihre eigene expansive Entwicklung hintan stellen. Andererseits kann diese Regel den Familien gerade in Krisensituationen gelegentlich hilfreich sein.

Eine weitere Regel lautet: *»Wir dürfen außer dem Alkohol keine weiteren Probleme haben!«* Alles dreht sich um die Flasche, während die im familiären Lebenszyklus für eine funktionale familiäre Entwicklung notwendigen Konflikte verleugnet oder auf die Suchtproblematik umgeleitet und dort abgehandelt werden. Die

---

3 Auch in Selbsthilfegruppen können diese Regeln wirksam sein und Verselbständigungsversuche behindern.

wichtigste Folge dieser Regel ist jedoch die Sicherstellung der *Vermeidung von Beziehungsdefinitionen.* Das Problem ist *der* Alkohol, oder wie SCHMIDT (1988, S. 183) formuliert: »In dieser Dynamik wird der als Krankheit definierte Alkoholismus metaphorisch gesehen zum Familienmitglied in der Rolle des Sündenbocks«. Schuld ist der »Herr Alkohol«, und das bedeutet für das Gesamtsystem eine nicht zu unterschätzende Entlastung von Beziehungskonflikten, die – zu früh angesprochen – zum Rückfall oder Therapieabbruch führen können.

Schließlich zeichnen sich Suchtfamiliensysteme durch eine rigide Trennungslinie zwischen »nassen« und »trockenen« Regelsystemen aus. Je nachdem, ob der Indexpatient gerade trocken ist oder nicht, zwingt ihn die rigide Entweder-Oder-Regel, das eine oder das andere Regelsystem starr zu vertreten.

Damit stehen die zu beobachtenden starken Komplementaritätsmuster in Verbindung. Das bedeutet, daß verschiedene Familienmitglieder starr festgelegt sind auf unterschiedliche, jedoch komplementäre Positionen, beispielsweise: der Süchtige ist schwach, inkompetent, verantwortungslos und ohne Selbstkontrolle; der Nichtsüchtige dagegen ist stark, übernimmt Verantwortung und vor allem die Kontrolle (über das Suchtmittel). Aus den komplementären Positionen heraus wird dann wechselseitig versucht, aufeinander Macht auszuüben. Allerdings werden diese Versuche sabotiert – meist, und mit der Zeit immer häufiger, gewinnt der Süchtige. Dann könnte die Regel lauten: *»Einmal so – immer so!«* Damit ist die Familie aber jeglicher Flexibilität und Lebendigkeit beraubt.

Die gerade von Suchttherapeuten gelegentlich geäußerte Meinung, »das Schlimmste, was es gibt, ist ein trockener Alkoholiker«, könnte damit zusammenhängen, daß diese Regel nach einer Therapie weiterhin in der Familie aufrechterhalten bleibt. Alles Lebendige zentrierte sich, etwa in heftigen Kämpfen, um die Kontrolle über das Suchtmittel; spielt dieses keine Rolle mehr, dann wirkt der ehemals Süchtige oder die ganze Familie nicht nur »trocken«, sondern geradezu »ausgetrocknet«, »vertrocknet«.

3. Eine weitere diagnostische Zugangsweise besteht darin, besonders unter der Mehrgenerationenperspektive (SPERLING et al. 1982), den Blick auf die von STIERLIN (1974) beschriebenen Phänomene zu richten, etwa auf die *Delegation.* Delegation meint, daß meist ein Heranwachsender einerseits durch psychische Operationen

wie Introjektion, Verinnerlichung oder Identifikation mit einer Art »Auftrag« in die Welt gesandt, andererseits mittels der Leine »Loyalität« gehalten wird.

Für Suchtfamiliensysteme sind zum einen die sogenannten *Es-Delegationen* typisch. Dabei werden an Heranwachsende Triebbedürfnisse delegiert, die sich mindestens ein Elternteil versagen mußte. Diese Jugendlichen experimentieren dann zum Beispiel in einer Sturm- und Drangzeit stellvertretend mit Suchtmitteln.

Zum anderen finden sich in Suchtfamiliensystemen häufig widersprechende Aufträge verschiedener Auftraggeber. Das kann sowohl zu massiven Loyalitätskonflikten innerhalb der Familie als auch gegenüber dem familiären Kontext führen. Zum Beispiel widerspricht die schon erwähnte Regel: »Wir werden niemals auseinandergehen!« den in unserer Gesellschaft zum familiären Lebenszyklus gehörenden entwicklungsspezifisch notwendigen Loslösungsprozessen. Jedoch auch Aufträge derart, daß ein Kind einen Elternteil (meist den Süchtigen) abzuwerten und zu destruieren hat, sind häufiger vorzufinden.

Bei Familien, die durch Suchtproblematik auseinanderzubrechen drohen, hilft das Konzept der *Ausstoßung* (Stierlin 1974), das in einem dialektischen Verhältnis zur *Bindung* steht, die Dynamik zu verstehen. Es handelt sich um lebensgeschichtlich komplementäre Muster: »Ein ausgestoßenes Kind wird Bindung, ein gebundenes Kind wird Ausstoßung (bzw. Ausbruch) suchen und zugleich fürchten« (Simon u. Stierlin 1984, S. 26). Gerade bei jenen Suchtfamiliensystemen, die für Veränderungen am schwersten zugänglich sind und in denen Mitglieder als Borderline-Persönlichkeiten oder narzißtische Persönlichkeitsstörungen diagnostiziert wurden, kommen sogenannte Ausstoßungen auf der Über-Ich-Ebene vor. Dabei herrscht ein elementarer Mangel an tragfähigen und sinnstiftenden Loyalitätsbindungen in der Familie.

Mit Schmidt (1988, S. 188) möchte ich folgendermaßen zusammenfassen: »[...] Suchtverhalten ist oft eine kompromißbildende Beziehungsgestaltung, die die familiäre Kohäsion stärkt, Loyalitätskonflikte entschärft und mit eventueller Trennung einhergehende Entscheidungsprozesse verschiebt oder verhindert. Das Suchtmittel wirkt als verbindendes Dreieckselement und wird zum zentralen Regulationsfaktor von Nähe und Distanz in Beziehungen.« Entsprechend ist nicht Abstinenz oberstes Therapieziel, sondern die Relativierung der »bewußten und unbewußten Glaubenshaltungen und Beziehungsregelungen«. Gelingt dies, verliert der Alkohol meist seine Attraktivität als Beziehungsregulator.

Der »familiendiagnostische Blick« richtet sich jedoch nicht nur auf Pathologie und defizitäre Positionen, sondern besonders auch auf die *Ressourcen* der Familie als ganzes und ihrer Mitglieder. Gerade die Ressourcen nämlich – das, was in der Familie funktioniert und gut ist, ebenso wie die potentiell vorhandenen Möglichkeiten – geraten den Familien selbst häufig aus dem Blick. Auf die Ressourcen sind wir aber in der Therapie besonders angewiesen. Werden sie erkannt und benannt, dann bedeutet schon das die erste, den Selbstwert fördernde Veränderung im Selbstbild der Familie.

Pauschale Zuschreibungen an den Indexpatienten, den co-abhängigen Partner oder andere Familienmitglieder müssen unbedingt vermieden werden. Ihre Beschreibungen als zum Beispiel krank, gestört, charakterschwach, schuldig oder Sündenbock sind nicht hilfreich. Dagegen müssen immer die Interaktionen zwischen den Systemmitgliedern hinsichtlich ihrer Auswirkungen untersucht werden. Nur so kann das Suchtverhalten in seinen beziehungsregulierenden Effekten für die Familie deutlich werden.

In der systemischen Therapie wird besonderer Wert auf die Feststellung gelegt, daß der Therapeut immer einbezogen und Bestandteil des diagnostisch-therapeutischen Prozesses ist – allerdings in einer Haltung der *»Neutralität«* (SELVINI PALAZZOLI et al. 1980) oder auch der *»Allparteilichkeit«* (BOSZORMENYI-NAGY 1965). So kann der Therapeut zwar Empathie entwickeln, läßt sich aber zum Beispiel nicht in Loyalitätskonflikte verstricken. Dennoch sieht der Therapeut immer nur die Familie *und* den Therapeuten, nie aber die Familie so, »wie sie eben ist«.

Die sicherste Methode, Interaktionen zu untersuchen *und* Neutralität zu wahren, besteht in der Anwendung *»zirkulärer Fragen«* (SELVINI PALAZZOLI et al. 1980). Sie zielen auf Informationsgewinnung und darauf, Informationen in die Familie einzuführen. Dabei werden die Familienmitglieder reihum nach Unterschieden oder Beziehungsmodalitäten der anderen Familienmitglieder befragt. Jeder gibt also *indirekt* über die Verhaltens- oder Denkweisen anderer Auskunft, wodurch einerseits die Gefahr von Loyalitätskonflikten zwischen den Familienmitgliedern sinkt, sich andererseits positive Konnotationen des Therapeuten gegenüber der Familie gut wahren lassen.

Eine klare Trennung zwischen Diagnostik und Therapie gibt es nicht; das eine ist immer auch schon das andere. Es handelt sich um einen fortlaufenden interaktionellen Prozeß, um Prozeß-Diagnostik oder – wie es Uexküll und Wesiack (1990, S. 31) formulieren – um einen »diagnostisch-therapeutischen-Zirkel«.

Überlegungen zur Indikationsstellung: Möglichkeiten des systemisch-familientherapeutischen Ansatzes in der Arbeit mit Suchtfamiliensystemen

Die grundlegenden Fragen für die Indikationsstellung zu jedweder Therapie lauten:

1. Überwiegt der zu erwartende Nutzen die möglichen Risiken und Nachteile?
2. Ist die gewählte Therapie anderen Methoden gleichwertig oder sogar überlegen?
3. Bin ich oder ist jemand anderes für die Durchführung hinreichend qualifiziert?
4. Kann die Maßnahme in meinem beruflichen Kontext durchgeführt werden?

Sind alle vier Fragen mit »Ja« zu beantworten, sollte die avisierte Therapie durchgeführt werden.

Die Differenzierung zwischen Familien-»Beratung« und -»Therapie« ist schwierig. Familiengespräche zu rein informatorischen Zwecken (Wirsching 1990, S. 21) jedoch erscheinen am unbedenklichsten, da familiäre Veränderungen dann nicht angestrebt werden. Wenn Familientherapie aber durchgeführt wird, hat es sich als nützlich erwiesen, die Familie *so früh wie möglich* in die Behandlung miteinzubeziehen und eventuell erst später Eingrenzungen der Teilnehmer vorzunehmen.

Die Indikation zur Familientherapie muß in *jedem Einzelfall* gestellt werden und sollte nicht über das Vorhandensein oder Fehlen bestimmter Diagnosen (Reiter u. Strotzka 1984, S. 134) oder Symptome, auch nicht über die Frage nach der Abstinenz, gestellt werden. Grundsätzlich gilt: je größer der Anteil der interpersonalen Beziehungsprobleme am Gesamtproblem ist, um so eher können Symptome durch Familientherapie aufgelöst werden.

Entscheidend ist, ob der *Nachweis eines Familienproblems* gelingt. Gerade dies ist in Suchtfamiliensystemen fast immer der Fall. Die diese Familien bestimmenden abhängigkeitsfördernden Auffassungen und Interaktionsmuster lassen nach ERBACH und RICHELSHAGEN (1989, S. 45) »individuumzentrierte, psychodynamisch orientierte und *in erster Linie* auf Abstinenz und Wiederherstellung der Arbeitsfähigkeit gerichtete Einzelbehandlung gerade bei Süchtigen kontraindiziert« erscheinen.

Unter familientherapeutischem Blickwinkel stellen sich als nächstes folgende Fragen:

1. Welchen Zugang kann ich zu den wesentlichen Konfliktträgern bekommen?
2. Wie hoch schätze ich die Veränderbarkeit (SOHNI 1984, S. 147) der Familie hinsichtlich ihrer Regelsysteme, ihrer Interaktionsmuster sowie ihrer Sicht- und Wahrnehmungsweisen ein?
3. Welche Bereitschaft bringt die Familie selbst für Familiengespräche mit?

Diese drei Kriterien können bei Suchtfamiliensystemen sehr unterschiedlich ausfallen und die Indikationsstellung zur Familientherapie erschweren oder einschränken. So etwa sind die wesentlichen Konfliktträger oft dann nicht mehr bereit, an Gesprächen teilzunehmen, wenn das Suchtproblem schon lange besteht, dissoziale Störungen hinzugekommen sind oder sich die Familie in Auflösung befindet. Dann ist systemische Einzeltherapie (WEBER u. SIMON 1987), »Familientherapie ohne Familie« (WEISS 1988) möglich. Dabei wird im einzeltherapeutischen Setting besonderer Wert auf die Bearbeitung der interpersonellen- und der Systemaspekte, sowie auf die Bedeutungsgebungen auch der nicht Anwesenden gelegt.

Je klarer positive Antworten auf die oben formulierten Fragen gefunden werden, um so eindeutiger wird die Entscheidung zur Familientherapie getroffen werden können. Allerdings gelingt es besonders erfahrenen Therapeuten immer wieder, auch dann gute Erfolge zu erzielen, wenn die erwähnten Kriterien nicht hinreichend vorhanden sind. Gelegentlich wird dann nach eingehender Analyse der Familiendynamik unter Zuhilfenahme besonderer Strategien, etwa sogenannter paradoxer Interventionen, gearbeitet. Sie erfordern jedoch viel Erfahrung des Therapeuten.

Die Indikation für eine Familientherapie ist auch bei folgenden Ausgangssituationen eindeutiger zu stellen:

1. Wenn die Suchtproblematik im Rahmen einer akuten familiären Krise auftritt;
2. wenn das süchtige Verhalten eines einzelnen als gemeinsames familiäres Problem angesehen wird oder die Auswirkungen dieses Verhaltens auf die Interaktionen der Familie sehr stark sind;
3. wenn es mehrere Symptomträger in der Familie gibt oder Symptomverschiebungen stattgefunden haben;
4. wenn die Suchtproblematik im Zusammenhang mit Trennungs- und Adoleszenzkonflikten steht oder deutliche Abhängigkeitsbeziehungen den Hintergrund der Suchtproblematik bilden;
5. wenn Kinder parentifiziert werden, um elterliche Konflikte zu entlasten, und
6. wenn gegenseitige Schuldzuweisungen der Partner hinsichtlich der Suchtproblematik Lösungen im Rahmen einzeltherapeutischer Bemühungen erschweren.

Die Indikationsstellung wird als Prozeß verstanden und ist eng mit den therapeutischen Zielen verbunden. Gelegentlich kann eine Einschränkung oder Änderung des Therapiezieles die Indikationsstellung erleichtern. So etwa, wenn zunächst versucht wird, die Folgen langanhaltenden Suchtverhaltens eines Elternteils in seinen Auswirkungen auf die Kinder zu mildern, ohne mit der Familie einen Kontrakt für die Bearbeitung des Suchtverhaltens selbst anzustreben.

Leider ergibt sich – nach meinen Erfahrungen – in der Praxis die Indikation zur Familientherapie am häufigsten jedoch aus der Hilflosigkeit anderer Therapeuten und dem Scheitern anderer Therapien. Dann, wenn gar nichts mehr geht, wird Familientherapie als letztes Mittel versucht.

Überlegungen zur Kontraindikation: Begrenzungen des systemisch-familientherapeutischen Ansatzes in der Arbeit mit Suchtfamiliensystemen

Wenn eine Methode nicht nur den Anspruch hat, wirksam zu sein, sondern es auch ist, muß sie unter bestimmten Bedingungen auch negative Wirkungen haben können.

Jedoch führte der eingangs erwähnte Anspruch, Systemtheorie auf *jedes* Problem in seinem Kontext anzuwenden, ebenso wie radikal-konstruktivistische Positionen innerhalb der Familientherapie zu einer eher stiefmütterlichen Beschäftigung mit Fragen zur Indikation, Kontraindikation und Prognose. KAUFMANN (1975) zum Beispiel kann keine grundsätzlichen Kontraindikationen für Familientherapie erkennen. Die Begrenzungen ihrer Anwendung lägen lediglich in der mangelnden Kompetenz des Therapeuten selbst. Freilich kann sich mangelnde Kompetenz gerade in der Unkenntnis eigener Grenzen ausdrücken und der omnipotenten Haltung: »Alles ist machbar!«

In der Praxis sind die häufigsten Gründe, die einer familientherapeutischen Arbeit Grenzen setzen, zum einen das Fehlen entweder ausgebildeter oder hinreichend erfahrener Familientherapeuten, zum anderen mangelhafte Kontextbedingungen, wie etwa fehlende Supervisionsmöglichkeiten, ungeeignete Räume oder vorurteilshafte Vorbehalte gegenüber Familientherapie bei Mitarbeitern einer – oft der eigenen – Institution.

Wenn sich auch keine absoluten Kontraindikationen für Familientherapie beschreiben lassen, so gibt es doch *relative* Kontraindikationen. Sie ergeben sich durch die Kombination zum Beispiel von Suchtverhalten und (drohender) Psychose oder Suchtverhalten und (drohender) schwerer Psychosomatose. Hier sind – nach meinen Erfahrungen – die Erfolgsaussichten deutlich begrenzt, während das Risiko einer Systemdestabilisierung zunimmt und die Anforderungen an die Erfahrung des Familientherapeuten besonders hoch sind.

Die für die Arbeit mit Suchtfamiliensystemen häufigsten relativen Kontraindikationen ergeben sich zum einen durch das Vorhandensein besonders rigider Abwehroperationen, bei deren Infragestellung massive Destabilisierungen einzelner Familienmitglieder oder des Gesamtsystems drohen; zum anderen ergeben sich Kontraindikationen durch den in Suchtfamiliensystemen nicht seltenen Fall, daß ab einem bestimmten Punkt der Entwicklung die besonders ausgeprägte familiäre Bindungsdynamik in eine massive Abgrenzungsdynamik umschlägt. Dann befinden sich die Familien in Auflösung und selbst das Angebot einer Trennungsberatung wird häufig abgelehnt. In Spätstadien von Suchtentwicklungen sind dann wichtige Familienmitglieder entweder nicht mehr ansprechbar oder gar nicht mehr auffindbar.

Zusammenfassend läßt sich sagen: Es gibt zwar systemische Grundlagen für eine Familiendiagnostik. Sie sind jedoch schwierig in praktisch-therapeutische Handlungsanweisungen umzusetzen, außerdem variieren sie stark entsprechend der familientherapeutischen Richtung. Die drei von mir dargestellten Möglichkeiten – den diagnostischen Blick (erstens) auf die Grenzen, (zweitens) auf die Regeln oder (drittens) auf die Mehrgenerationenperspektive zu richten – sind in der Praxis familientherapeutischer Arbeit nicht getrennt, sondern finden stets wechselnde Berücksichtigung.

Dagegen sind Kriterien für Indikation und Prognose noch weitgehend unerforscht und werden noch am ehesten im Bereich der Psychotherapie von Kindern und Jugendlichen diskutiert. Von einer Beantwortung der »Gretchen-Frage« der Psychotherapieforschung, *welche Familien unter welchen Ausgangsbedingungen von welchem speziellen familientherapeutischen Verfahren mit welchem Therapeuten* am meisten profitieren könnten, sind wir also auch in der Familientherapie noch weit entfernt.

Literatur

Bertalanffy, L. v. (1968): General Systems Theorie. George Braziller, New York.

Boscolo, L.; Cecchin, G.; Hoffmann, L.; Penn, P. (1988): Familientherapie – Systemtherapie. Verlag Modernes Lernen, Dortmund.

Boszormeniy-Nagy, I. (1965): Eine Theorie der Beziehungen: Erfahrung und Transaktion. In: Boszormeniy-Nagy, I.; Framo, J. L. (Hg.), Familientherapie. Theorie und Praxis, Bd. 1. Rowohlt, Reinbek bei Hamburg 1975, S. 51-109

Erbach, F.; Richelshagen, K. (1989): Isomorphe Strukturen im Kontext der Suchthilfe. Ein Versuch, über den Rand des Spiegels zu blicken. Familiendynamik 1: 27-46.

Gross, R. (1991a): Chaos und Ordnung. Dynamische Systeme in der Medizin. Dt. Ärztebl. 88 (25/26): 1264-1268.

GROSS, R. (1991b): Systemwissenschaft in der Medizin. Dt. Ärztebl. 88 (30): 14-50.
GUNTERN, G. (1980): Die kopernikanische Revolution in der Psychotherapie: Der Wandel vom psychoanalytischen zum systemischen Paradigma. Familiendynamik 5: 2-41.
HALEY, J. (1964): Research on family patterns: An instrument measurement. Fam. Process 3: 41-65.
HALEY, J. (1967): Ansätze zu einer Theorie pathologischer Systeme. In: WATZLAWICK, P.; WEAKLAND, J. H. (Hg.), Interaktion. Huber, Bern 1980, S. 61-83.
HEIGL-EVERS, A.; STANDKE, G. (1991): Die Beziehungsdynamik Patient – Therapeut in der psychoanalytisch-orientierten Diagnostik. In: HEIGL-EVERS, A.; HELAS, I.; VOLLMER, H. C. (Hg.), Suchttherapie: psychoanalytisch, verhaltenstherapeutisch. Vandenhoeck u. Ruprecht, Göttingen, S. 43-56.
JORASCHKY, P.; CIERPKA, M. (1987): Zur Diagnostik der Grenzstörungen. In: CIERPKA, M. (Hg.), Familiendiagnostik. Springer, Berlin, S. 112-130.
KAUFMANN, L. (1975): Familientherapie. In: KISKER, K. P.; MEYER, J. E.; MÜLLER, C.; STRÖMGREN, E. (Hg.), Psychiatrie der Gegenwart. Forschung und Praxis Bd. 3, Huber, Berlin, S. 669-710.
KUHN, T. S. (1962): Die Struktur wissenschaftlicher Revolutionen. Suhrkamp, Frankfurt a.M. 1973.
MINUCHIN, S. (1974): Familie und Familientherapie. Lambertus, Freiburg 1977.
OBRECHT, W. (1991): Zur Kritik des Konstruktivismus oder: eine andere Art, systemisch zu denken. Z. system. Ther. 9 (4): 281-286.
REITER, L.; STROTZKA, H. (1984): Indikationen und Kontraindikationen zur Familientherapie. In: DATLER, W.; REINELT, T. (Hg.), Psychotherapie als Hilfe für das Kind, Reinhardt, Basel, S. 133-144.
SCHMIDT, G. (1988): Rückfälle von als suchtkrank diagnostizierten Patienten aus systemischer Sicht. In: KÖRKEL, J. (Hg.), Der Rückfall des Suchtkranken. Springer, Berlin, S. 173-213.
SELVINI PALAZZOLI, M.; BOSCOLO, L.; CECCHIN, G.; PRATA, G. (1975): Paradoxon und Gegenparadoxon. Klett-Cotta, Stuttgart 1981.
SELVINI PALAZZOLI, M.; BOSCOLO, L.; CECCHIN, G.; PRATA, G. (1980): Hypothetisieren – Zirkularität – Neutralität: drei Richtlinien für den Leiter der Sitzung. Familiendynamik 6: 123-139 (1981).
SIMON, F. B. (1985): Die Grundlagen der systemischen Familientherapie. Der Nervenarzt 56: 455-464.
SIMON F. B.; STIERLIN, H. (1984): Die Sprache der Familientherapie: ein Vokabular. Klett-Cotta, Stuttgart.
SOHNI, H. (1984): Indikationskriterien in der analytisch orientierten Familientherapie. In: REMSCHMIDT, H. (Hg.), Psychotherapie mit Kindern, Jugendlichen und Familien, Enke, Stuttgart, Bd. 1, S. 143-148.
SPERLING, E.; MASSING, A.; REICH, G.; GEORGI, H.; WÖBBE-MÖNKS, E. (1982): Die Mehrgenerationen-Familientherapie. Vandenhoeck u. Ruprecht, Göttingen.
STIERLIN, H. (1974): Eltern und Kinder. Das Drama von Trennung und Versöhnung im Jugendalter. Suhrkamp, Frankfurt a.M. 1977.
UEXKÜLL, T. v.; WESIACK, W. (1990): Wissenschaftstheorie und Psychosomatische Medizin, ein biopsychosoziales Modell. In: UEXKÜLL, T. v. (Hg.), Psychosomatische Medizin. Urban u. Schwarzenberg, München, S. 5-38.

WEBER, G.; SIMON, F. B. (1987): Systemische Einzeltherapie. Z. system. Ther. 5 (3): 192-206.
WEISS, T. (1988): Familientherapie ohne Familie: Kurztherapie mit Einzelpatienten. Kösel, München.
WIRSCHING, M. (1990): Familiendynamik und Familientherapie. In: UEXKÜLL, T. v. (Hg.), Psychosomatische Medizin. Urban u. Schwarzenberg, München, S. 322-330.

Peter Herrmann

Tradition und neue Ansätze

Die Einführung eines systemischen Konzeptes in eine Fachklinik

1988 übernahm ich die Leitung einer Fachklinik für suchtkranke Frauen, nachdem ich dort zunächst als Gruppentherapeut und später als stellvertretender Leiter tätig war.

Da Wechsel und Veränderungen in der Suchtkrankentherapie nicht ohne dramatische Interaktionen vonstatten gehen, war es auch bei diesem Wechsel eher normal, daß es einerseits eine Krisensituation gab, aus der heraus der Wechsel resultierte und daß andererseits der Wechsel eine neue Krisensituation schuf.

Während diese Krisensituation im aktuellen Erleben äußerst belastend, zehrend und existentiell erscheint, ist sie im nachhinein – von einer Metaebene der gemachten Erfahrung – gesehen eher normal und folgerichtig. Veränderungen sind immer gebunden an Krisen, diese sind der Anlaß für qualitative Veränderungsprozesse. Krisen, auf die ein bestehendes System reagiert, in dem es zurückgreift auf bekannte, bei Krisen immer wieder praktizierte Verarbeitungs- und Lösungsstrategien, werden nicht gelöst. Im Gegenteil, sie werden eher festgeschrieben und tendieren schließlich zu weiterer Eskalation. WATZLAWICK und Mitarbeiter (1988) beschreiben, daß ein »Mehr desselben«, also ein Mehr der gleichen Lösungsversuche, das Problem verstärkt und zur Eskalation des Konfliktes schließlich beiträgt.

Viele der Veränderungen, die in den letzten Jahren in Fachkliniken vorgenommen wurden, waren im Grunde Reaktionen auf sich verändernde äußere Bedingungen, vornehmlich auf neue Anforderungen der Leistungsträger und/oder Belegungsprobleme, denen nachzukommen war, um die Klinikexistenz zu sichern. Im wesentlichen kam es von seiten der Einrichtungen zu einer Adaption an die veränderten Anforderungen, also zu einem quantitativen Wandel, in der Regel wurde aber kein qualitativer Wandel vorgenommen, weil man letztlich davon überzeugt war, daß der eigene Standpunkt »richtiger« war als der der Leistungsträger.

So gesehen, wurde die Krise der stationären Einrichtungen zwar zeitweise gelöst, im Grunde aber als latente Bedrohung weiter festgeschrieben.

Wobei dies aus systemischer Sicht ein durchaus kluges Verhalten wäre in bezug auf den eigenen Standpunkt. Es hat allerdings den Preis, daß der Grundkonflikt nicht verändert wird.

Ohne Krise gibt es keine Chance zu einer qualitativen Veränderung, also zu einer Veränderung, die wirklich »einen Unterschied zu dem Vorangegangenen macht«.

Dies läßt sich jedoch »so locker« nur aus der Position der Gegenwart heraus sagen, unter dem Aspekt, daß die Veränderung gelungen ist, wenngleich das »Gelungensein« auch eine Frage des Standpunktes ist. Auf jeden Fall hat etwas stattgefunden, was der Autor selbst als eine Veränderung konnotiert.

Kontextbedingungen und Aufträge

Aus systemischer Sicht ist es wichtig zu verstehen, in welchem Kontext was stattfindet.

Zwischen der Klinik und den Institutionen, mit denen sie zusammenarbeitet, finden zirkuläre Austausch- und Anregungsprozesse statt. Keines der Elemente in einem Interaktionsgefüge hat dabei alleinigen Einfluß und Kontrolle über andere Elemente, alles bedingt sich wechselseitig, ist zugleich Ursache und Wirkung.

Genau dieser Aspekt wurde lange Zeit von den Kliniken nicht genügend berücksichtigt, schon gar nicht gewürdigt – vielmehr wurden diese Bedingungsgefüge als hinderlich in bezug auf die eigene Autonomie konnotiert. Zwar wurden Beziehungen gepflegt und der Austausch gesucht, doch im Grunde wußte man, weil die Patientinnen eben viel länger und dichter im therapeutischen Prozeß der stationären Einrichtungen waren, was für sie »das Beste« ist.

Neben der Berücksichtigung der Kontextbedingungen, in denen etwas stattfindet, ist es besonders wichtig, auch die Aufträge zu berücksichtigen, die von den anderen Teilnehmern des Interaktionsfeldes erteilt werden. Zu unterscheiden ist hierbei zwischen offenen Aufträgen, also solchen, die explizit genannt werden, und verdeckten Aufträgen, die sich erst über genaueres »Hinsehen« erschließen. Die Klinik muß also, ebenso wie andere Institutionen auch, das »Jonglieren« mit den teilweise konträren offenen und verdeckten Aufträgen im Interaktionsnetz beherrschen.

Jede Fachklinik ist Teil eines elaborierten Netzwerkes, das nötig ist, um die Existenz der Einrichtung zu sichern. Auf der anderen Seite ergeben sich aus dieser Einbindung aber auch eine Vielzahl von in der Regel unterschiedlichen, teilweise sogar widersprüchlichen Aufträgen der verschiedenen Stellen, mit denen die Klinik zusammenarbeitet. Diese Aufträge müssen jedoch, um niemanden auf Dauer zu verärgern, was sich eine Klinik als Wirtschaftsbetrieb auch nicht leisten kann, mehr oder weniger stark berücksichtigt werden.

Aufträge sind im systemischen Sinne Delegationen von etwas, das andere nicht tun wollen oder sich nicht zutrauen. Das Prinzip der Delegation ist aus der Familientherapie bekannt und bezieht sich häufig darauf, daß die Eltern Aufgaben oder Leistungen, die sie sich selbst in ihrem Leben aus irgendwelchen Gründen nicht zugetraut haben, an die Kinder delegieren.

Diese Aufgaben sind, da sie nicht selbst gewählt wurden, sehr belastend und beinhalten in der Regel auch eine Botschaft des Inhalts »Scheitere, weil es uns auch nicht gelungen ist«.

Das Netzwerk, das die Klinik umgibt, trägt an sie also zum Teil konträre Aufträge heran.

Das Netzwerk:

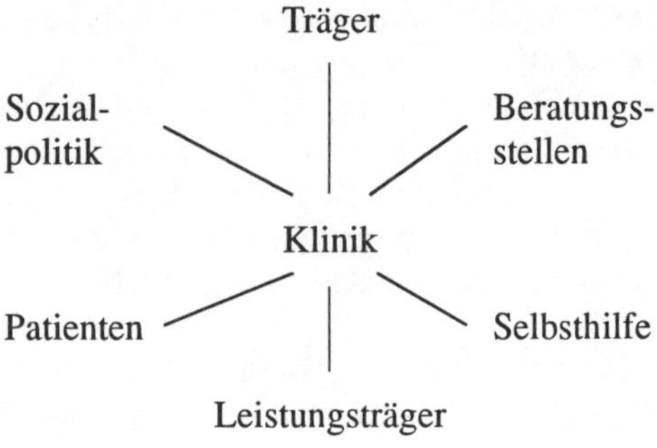

Dem *Träger* geht es in der Regel darum, daß alles »gut und richtig« läuft, dabei die wichtigsten Glaubenssätze beachtet werden. Gleichzeitig wäre das »Tragen« sinnlos, wenn es nicht immer wieder auch Schwierigkeiten geben müßte, die zu regulieren wären und somit den Träger in seiner Aufgabe bestätigen. Hier liegt häufig eine Doppelbindung in Sinne von »Macht alles gut und richtig, gebt uns aber auch etwas zu tun« vor. Dieser Auftrag wird manchmal von den Menschen in der Klinik als Einladung zu periodischen Dramatisierungen der Interaktionen »mißverstanden« und zieht meist symmetrische Eskalationen nach sich, die dann teilweise existenzbedrohende Formen annehmen, um somit wieder der Anlaß für das Eingreifen des Trägers und die Bewältigung der Krise zu sein.

So gesehen ist das »Auf und Ab« im Prozeß Träger – Klinik wie ein gemeinsamer Tanz, der, neben allen Dramatisierungen, eben auch beinhaltet, daß man sich »nahe« ist und sich nicht aus den Augen verliert.

Im Kontakt mit den vermittelnden *Beratungsstellen* ergeben sich für die Klinik in der Regel auch paradoxe Aufträge und Doppelbindungen:

Beratungsstellen glauben aus ihrer Kenntnis des zu betreuenden Suchtkranken und aus ihrer Erfahrung zu wissen, welche Klinik die »beste« für ihn ist, manchmal sind sie auch nur froh, ein »Problem losgeworden« zu sein.

Die »beste Klinik« erhält dann die Delegation zur »Gesundmachung«. Wobei in der Regel unterschiedliche Phantasien darüber vorliegen, woran man erkennen kann, daß jemand gesund ist, oder was man dazu braucht, um »gesund« genannt zu werden.

Der Berater möchte seinerseits aber auch nicht von einem möglichen »Erfolg« abgekoppelt sein, er sieht sich ja als dessen Initiator. Häufig ist in diesem Kontext noch nicht einmal klar, was als Erfolg einer Therapie gewertet werden kann, weil jeder Teilnehmer im Interaktionsgeschehen unterschiedliche Vorstellungen davon hat, was ein Klient braucht und dieser in der Regel selten danach gefragt wird, da ja die »Therapieexperten« aufgrund ihrer Ausbildung besser wissen müßten, woran man schließlich einen »gesunden Suchtkranken« (man beachte das Paradoxon) erkennen kann.

Der »Mißerfolg« – in der Regel fallen hierunter die unerfüllten Erwartungen an die Patientinnen oder die Klinik nach dem Muster

»Hättet ihr mich doch besser gefragt« – wird vornehmlich der Klinik zugeschrieben.

In manchen Fällen gibt es auch Aufträge der Form »Wir haben etwas nicht geschafft, strengt euch mal an, aber schafft es auch nicht.«

Selbsthilfegruppen wollen in der Regel ihr Suchtkonzept von der Klinik bestätigt wissen, darüber hinaus glauben viele Gruppenteilnehmer, die in der Selbsthilfegruppe abstinent geworden sind, nicht daran, daß eine stationäre Therapie überhaupt nutzen könnte. Häufig sehen sie voller Mißtrauen auf die, die aus einer stationären Therapie kommen und beklagen deren »Übertherapeutisierung«, die diese so »komisch daherreden läßt«.

In der Regel wird von der Klinik erwartet, daß diese den »Nassen« klarmacht, daß sie den »Teufel Suchmittel« zu scheuen haben.

Mitunter gibt es auch die Meinung, daß nur die Klinik, in der ein Wortführer der Gruppe »nüchtern geworden« ist, wirklich gut ist. Diese »guten« Kliniken sind daran zu erkennen, daß sie besonders »hart« sind. Die Therapie dort müßte also mindestens soviel Kraft kosten wie der »Kampf mit dem Suchtmittel«.

Relativierende Aussagen oder gar Abweichungen vom Krankheitskonzept werden mit verzweifelt-bösem Aufschreien kommentiert. Wobei nicht gesagt werden soll, daß aus ihrer Sicht ihr Glaubenssystem nicht sinnvoll wäre, es hat vermutlich sogar vielen beim Überleben geholfen.

Leistungs- und Kostenträger müssen qua Gesetz (§ 1236 RVO) wissen, was für ihre Versicherten das Beste ist – deshalb glauben sie auch zu wissen, wie Kliniken »zu sein haben«, damit man sie als »gut« bezeichnen könnte. Wichtige Faktoren in der Beziehung sind natürlich Effizienz und Ökonomie. Die stationäre Behandlung Suchtkranker ist nicht gerade billig, und in den Selbstverwaltungsorganen der Rentenversicherungen wird vermutlich immer mal wieder die Frage gestellt, warum gerade für Suchtkranke so viel ausgegeben wird, obgleich diesen – nach verbreiteter Meinung – ohnehin nicht auf Dauer geholfen werden kann.

Das Verhältnis Leistungsträger – Klinik könnte am besten beschrieben werden mit der Beziehung, die ein Angehöriger zu einem Suchtkranken hat: »Man muß die Klinik laufend kontrollieren und ist sie dann mal brauchbar (nüchtern), weiß man nicht, wie lange dies überhaupt hält«. Diese Auffassung ist nicht gerade unberechtigt, verfolgt man einmal die sich periodisch wiederholenden Krisen in den Einrichtungen, von denen natürlich auch die Leistungsträger wissen und sich zwangsläufig darüber Gedanken machen müssen, ob ihre Versicherten in einer Einrichtung, die offenbar nicht mal mit sich selbst zurechtkommt, gut aufgehoben sind oder ob nicht für eine unzureichende Leistung bezahlt werden soll.

Die Patienten (dieser Terminus soll hier beibehalten werden) haben eine Vielzahl von Variationen in ihren Aufträgen, sie reichen von »Helft mir, und zwar sofort, aber bitte so, daß ich es nicht merke und vor allem auch die Familie nicht«, bis »ich will keine Hilfe, aber ihr könnt euch trotzdem ja mal anstrengen.«

Zugleich befinden sich Patienten in permanenten Loyalitätskonflikten zwischen dem Wertsystem der Klinik, der Beratungsstelle, der eigenen Familie und so weiter. Sie müssen dabei die unterschiedlichsten Aufträge und Delegationen berücksichtigen, um ihre Umgebung nicht so zu enttäuschen, daß sie jetzt, nach all der Anstrengung, die die Therapie gefordert hat, nicht doch noch fallengelassen werden und sich ihre Investitionen als unzureichend erweisen.

Die Klinik ist natürlich auch in einen *sozialpolitischen Kontext* eingebunden, wobei in politischen Entscheidungen definiert wird, welche Therapieform sinnvoll ist. In der Regel geschieht die Entscheidung im Rückgriff auf »objektive wissenschaftliche Befunde«, die diese Entscheidung sinnvoll erscheinen lassen.

Man könnte aber auch folgendermaßen argumentieren: »Definiere, was du herausbekommen willst, fokussiere richtig und nimm die ›objektiven Fakten‹ als Beweis für die Richtigkeit deiner Wirklichkeitskonstruktion«.

Die Ausgangssituation: Strukturen, implizite Glaubenssysteme und suggestive Muster

Die Struktur der Klinik konnte in der Ausgangssituation als eher streng hierarchisch organisiert angesehen werden, mit einem Leiter, der zu allem etwas zu sagen hatte, zu allem herangezogen wurde, sich für alles verantwortlich fühlte und auch für alles verantwortlich gemacht wurde.

Diese Rollenbeschreibung ist eine in der Kirche traditionell verankerte Art von Hausleitung, nach dem Muster der »Hausväter«, die jede kirchliche Heimeinrichtung hatte. Diese Hausväter waren in den Einrichtungen so etwas wie die höchste Autorität vor Ort und repräsentierten somit ein strukturelles Merkmal der Kirchenhierarchie. Diese Position hatte somit zwangsläufig omnipotente Züge, wobei man davon auszugehen hatte, daß mindestens einer genau wissen würde, was die »Wahrheit« und das »Richtige« wäre.

Eine derartige Rollenbeschreibung impliziert die Phantasie von Macht und Kontrolle über eine Einrichtung. An dieser Illusion – zumindest ist dies aus systemischer Sicht so – sind viele der »Leitenden« zu »Leidenden« geworden, die immer wieder ihre eigene Ohnmacht emotional erlebt haben, sich diese aber weder eingestehen noch offenbar haben durften und so in einem fürchterlichen Dilemma steckten.

Das bestehende Glaubenssystem in der Klinik beinhaltete, daß man Sucht kontrollieren und »ausrotten« könnte, wenn sich alle nur genug anstrengen würden – dies galt sowohl für Patientinnen wie Mitarbeiter.

Besonders effektiv in bezug auf dieses Glaubenssystem war eine ausgeprägte störungs- und defizitorientierte Sichtweise, wobei man, selbst bei günstigen Entwicklungen auf seiten der Patientinnen, davon auszugehen hatte, daß diese nur temporär und vorübergehend wären. »Gesund« werden konnte man nie, selbst Abstinenz war kein Indikator für einen Therapieerfolg.

Das Abstinenzparadigma wurde zudem immer wieder in der Arbeit mit Anorexie- und Bulimiepatientinnen in Frage gestellt, da es hier eben nicht haltbar war.

Der mitunter hilflose Versuch, dieser Symptomatik »Herr« zu werden, erstreckte sich in zahllosen Kontroll- und Regelsystemen.

Der Ausgangszustand läßt sich mit den Kriterien sogenannter »rigider geschlossener Systeme« (SCHMIDT 1988) näher beschreiben:

- Konstanzerhaltung und Homöostase;
- Strukturveränderungen und abweichendes Verhalten werden nicht gestattet;
- im System ist jeder bemüht, eine harmonische Einheit gemeinsamer Werte, Normen und Erwartungen aufzubauen und zu erhalten;
- es gibt ein klares Richtig und Falsch.

Das Krankheitsmodell war linear-kausal, das heißt die Ursachen der Sucht wurden, nach analytisch orientierter Ausrichtung, in der psychosexuellen Entwicklung der Betroffenen angesiedelt (vergangenheitsgerichteter Fokus) und werden – jedoch nur vorübergehend – dekontextualisiert.

Ein Wechseln im Glaubenssystem ergab sich häufig dann, wenn Angehörige in die Arbeit eingebunden wurden, weil dann sofort jedem klar war, »woran es wirklich lag«.

Der Fokus der Therapie lag daher häufig auf der Trennung von den »krankmachenden« Angehörigen, die sich ohnehin nicht verändern würden.

Gleichzeitig hatte man bei Rückfällen immer ein einfaches Erklärungsmuster: »Kein Wunder, die ist ja dahin zurückgegangen«.

Als wichtige implizite Suggestionen im System lassen sich für Patientinnen sowie Mitarbeiter nennen:

- »Du bist nie gut genug, hast aber gut zu sein«;
- »Übernimm mein Glaubenssystem, und du bist gerettet«;

von seiten der Leitung:
- »Alles wäre so schön, wenn es diese widerspenstigen Mitarbeiter und Patientinnen nicht gäbe«;

und von seiten der Mitarbeiter:
- »Wir können und wissen im Grunde alles besser, können es aber nicht selbst entscheiden«.

Immer wieder hatte es über Jahre hinweg dramatische symmetrische Eskalationen zwischen Leitung und Mitarbeitern gegeben, wobei der Träger im Beziehungsdreieck keine unwesentliche Rolle spielte. Die Eskalation endete in der Regel mit dem Krankwerden von Mitarbeitern und deren Kündigung.

Dieses »Sündenbockmuster« war auch in der genannten Krise wirksam, nur war es diesmal der Leiter, der zu der Destabilisierung beitrug, da er immer wieder ankündigte, gehen zu wollen. Da jedoch aufgrund der Regeln des geschlossenen Systems niemand so einfach gehen darf (Vermeidung der Ablösung), mußte gemeinsam ein Eklat konstruiert werden, der den Abschied »sündenbockartig« erlaubte.

Der Versuch einer Antithese oder: Der Wunsch, alles anders und viel besser zu machen

Nach dem Konflikt kam es zu einem symbolischen Durchatmen bei fast allen Mitarbeitern und zu einem Gefühl der Befreiung von einem autoritären, rigiden System. Was damals noch nicht so deutlich wurde, war, daß Freiheit auch ihren Preis (oder ihre Chance) hat: die Verantwortung.

Die ersten Monate waren geprägt von einem neuen Wir-Gefühl voller Harmonie, bis die »böse« Realität wieder zuschlug.

Nach den eigenen Vorgaben sollte die interne Struktur der Klinik verändert und demokratisiert werden. Durch Delegation einzelner Aufgaben und Verantwortungen auf sogenannte Koordinatoren der Funktionsbereiche sollte ein neues Leitungssystem installiert werden.

Was auf dem Papier sehr einleuchtend und klar erschien, gestaltete sich in der Praxis indes als zeitweise sehr anstrengend, denn jeder hatte ein anderes Modell von der nun neu zu schaffenden Wirklichkeit vor Augen, über das zunächst verhandelt werden mußte.

Wenngleich auf der bewußten Ebene bei vielen Mitarbeitern neue Strukturen angestrebt wurden, verliefen viele der Interaktionen nach den alten Regeln von »gut und schlecht«, nur umgekehrt: die Vergangenheit war schlecht, die Zukunft würde hervorragend werden.

Trotz guter Vorsätze stellte sich die hervorragende Zukunft nicht von alleine ein, sondern bedurfte vieler Auseinandersetzungen, die aber als bedrohlich konnotiert waren und eine eventuelle Gefahr für das Neugeschaffene bedeuteten.

Im Gegensatz zu anderen kirchlichen Einrichtungen haben sich Fachkliniken nach marktwirtschaftlichen Gesetzen auszurichten, sie müssen sich selbst durch ihre Belegungs- und Ausgabenpolitik tragen und stehen dabei in Konkurrenz zu anderen Einrichtungen.

Nachdem nun der Grundstein für eine andere Wirklichkeitskonstruktion in der Klinik gelegt war, mußte mit Beratungsstellen und Leistungsträgern eine gemeinsame Sprache gefunden werden. Dies war nicht immer einfach, manchmal schien der Bestand der Klinik gefährdet. Dabei war günstig, daß diese Auseinandersetzungen und die drohende Gefährdung die innere Kohäsion stärkten, was zu diesem Zeitpunkt hilfreich war, wenngleich es manchmal zur Komplexitätsreduktion beitrug.

Schrittweise wurde schließlich die neue Dichotomisierung (altes = schlecht, neues = gut, innen = gut, außen = schlecht) zugunsten einer differenzierteren Betrachtungsweise aufgelöst. Hierzu trugen vor allem die systemischen Anschauungen über Zirkularität bei, wie auch die konstruktivistischen Anschauungen über Institutionen als Realitätskonstruktionen.

Im folgenden sollen Teilaspekte der Umsetzung systemischer Sichtweisen in ihren Auswirkungen auf das Gesamtsystem Klinik betrachtet werden. Die Grundentscheidung war dabei, ein systemisches Konzept zu installieren, das lösungs- und ressourcenorientiert ausgerichtet sein soll.

Unter dem Gesamtsystem Klinik soll verstanden werden:

- die ökologischen Bedingungen;
- die Vernetzung nach außen;
- die innere Struktur.

Der Fokus soll hier mehr auf der inneren Struktur liegen. Die beiden anderen Bereiche haben natürlich einen ebenso bedeutsamen Stellenwert, hierzu seien einige Anmerkungen gemacht:

Ökologie

Die ökologischen Bedingungen, in die die Klinik eingebunden ist oder die sie selbst repräsentiert, stehen in Korrespondenz zu inneren Prozessen sowohl im Gesamtteam als auch in der engeren therapeutischen Arbeit mit den Patientinnen.

Von daher konnte die Gesamtökologie der Klinik bei einer Umgestaltung nicht außer acht gelassen werden, sondern mußte stimmig in den Gesamtprozeß eingebunden werden. Als erste Veränderungen wurden daher vorgenommen:

- die Renovierung und Neueinrichtung der Klinikgebäude nach Gesichtspunkten des »Sich Wohlfühlen-Könnens«.
  Während es früher darum ging, den Patientinnen nur minimale Angebote des Wohlfühlens zu machen (»die können ja gar nicht genießen«), sollte jetzt die Gesamtgestaltung der Klinik einladend und kreativitätsfördernd wirken.
- die Ernährung wurde auf Vollwertkost umgestellt, die von Pati-

entinnen selbst zubereitet wird, und es wurde ein ökologisches Abfallkonzept geschaffen.

Die beabsichtigten impliziten Suggestionen sollten hier sein: alles hängt mit allem zusammen, wir können nichts tun, was nicht Auswirkungen auf andere hat.

Vernetzung

Die Netzwerke mit anderen Kliniken und Beratungsstellen wurden ausgebaut, hierzu gehörte auch die bislang vermiedene Einbindung in die örtliche Gemeinde.

Über Öffentlichkeitsveranstaltungen wurden auf verschiedenen Ebenen Informationen gegeben, die über die Veränderungen berichteten.

Das gesamte Öffentlichkeitsmaterial der Klinik wurde neu gestaltet.

Die innere Struktur

Die Auseinandersetzung mit dem Suchtbegriff oder: Was machen wir hier eigentlich?

Der Suchtbegriff war in der therapeutischen Arbeit der Klinik eigentlich nie ganz eindeutig definiert, jeder verstand etwas anderes darunter, es gab aber bestimmte Eckpfeiler, wie:

- Sucht ist mehr als nur Suchtmittelkonsum;
- wenn das Symptom weg ist, ist immer noch die Krankheit da;
- Therapie muß bei den Ursachen ansetzen;
- wenn jemand seine Neurosenstruktur bearbeitet hat, kommt die Abstinenz von ganz allein;
- lebenslängliche Abstinenz ist die Voraussetzung für alles weitere;
- Rückfälle zeigen, daß jemand die Ursachen noch nicht bearbeitet hat;
- jemand, der krank ist, hat umso mehr Verantwortung;
- alle Ausreden und Erklärungen sind Ausdruck des süchtigen Erklärungssystems.

Diese Glaubenssätze beschreiben kurz die Grundhaltung und weisen auch auf die Hauptrichtung therapeutischer Interventionen hin, nämlich Ursachen zu beseitigen und Selbstverantwortung aufzubauen.

Das Konzept war dabei recht »erfolgreich«, unsere Katamnese wies über die Jahre hinweg immer eine hohe Rate Abstinenter auf.

In diese Situation brach dann eine radikal konstruktivistische Sicht ein und brachte unsere Eckpfeiler zum Wanken:

- Wenn Sucht eine Wirklichkeitskonstruktion oder ein Wortspiel ist, wie soll man dann überhaupt noch Suchttherapie machen?
- Oder: wenn wir schon so etwas denken, dann aber bitte so leise, daß die Patientinnen davon nichts mitbekommen, sie könnten sonst angesichts unserer Verunsicherung nur fortlaufen.

Wir machten uns viele Gedanken und waren auf der Suche, nun endlich das »Wahre« herauszufinden, bis wir uns dann selbst auf die Schliche kamen, daß auch dies wieder nur eine andere Sinnkonstruktion wäre.

Gerade im Diskurs über ein neues Therapiekonzept begannen wir dann unsere Kontextbedingungen zu definieren, die wir brauchen, um das zu tun, was uns sinnvoll scheint. Das heißt, daß wir uns ganz pragmatisch fragten, was unserer Ansicht nach hilfreich wäre bezüglich des Erreichens bestimmter Ziele. Dieser Diskurs verlief über einen längeren Zeitraum unter Einbeziehung aller therapeutischen Mitarbeiter, wobei die einzelnen Beiträge gleichrangig behandelt wurden.

Bei der Definition von Therapiezielen gingen wir davon aus, das zu berücksichtigen, was uns die Patientinnen immer wieder selbst als ihre Therapieziele nannten, und verglichen das mit dem, was wir für unsere Arbeit sinnvoll fanden: Wir sahen dies nicht als eine neue »Wahrheit«, sondern behandelten die entwickelten Ziele als Wirklichkeitskonstruktionen, die nicht mehr oder weniger »richtig« sind als andere, aber in bezug auf den eigenen Arbeitskontext sinnvoll zu sein schienen.

Die Suche nach der Wahrheit endete also in der Entscheidung für die Begrenzung (wir können nicht alles bieten) und für ein pragmatisches Vorgehen (tun, was uns sinnvoll scheint und wovon wir glauben, daß es den Patientinnen helfen könnte).

In der Therapie sollte es dann nicht mehr um »Ursachenbeseitigung« gehen, sondern an den Zielen gearbeitet werden, die die

Patientinnen für sich formulierten, wobei wir davon ausgingen, daß sich hier eine eigene Dynamik der Zieldefinitionen über die Therapiezeit entwickeln würde.

In diesem Zusammenhang entschieden wir uns auch für eine flexible Therapiedauer: Wir schlagen eine Verweildauer vor, die Patientin entscheidet selbst, wie lange sie tatsächlich bleiben will.

Der konstruktivistische Ansatz hat in dem Prozeß dazu beigetragen, die alten Eckpfeiler zu relativieren und uns selbst zu erlauben, unsere eigene Wirklichkeit zu konstruieren, also einen emanzipatorischen Prozeß einzuleiten und eine pragmatische Grundhaltung zu entwickeln.

Von der Defizitorientierung zur Ressourcenorientierung

Bislang waren im System alle daran gewöhnt, sich gegenseitig die »defizitären« Seiten vorzuwerfen, oder »das noch Unbearbeitete«, wie es therapeutisch so schön heißt.

Die Neuinformation »Ressourcenorientierung« war zunächst etwas, was starke Widerstände hervorrief, da früher ja »therapeutische Aufrichtigkeit« unter Kollegen gerade daran erkannt werden konnte, daß jemand in der Supervision endlich zu der »eigenen Problematik stand« und Schwierigkeiten im Umgang mit Patientinnen sich selbst zuschrieb. Dann atmeten alle symbolisch durch (»endlich hat er/sie begriffen, was wir alle schon längst wußten«) und der/die Kollege/in hatte nun endlich die Chance, alles »richtig« zu machen.

Nichts brachte das bisherige System so durcheinander wie der ressourcenorientierte Ansatz. Es herrschte eine deutliche Konfusion über »richtig« und »falsch«, was, je nach Geschmack, zu unterschiedlichen Gegenregulationen führte:

a) Vermeidungen: »ich bin unfähig, dieses Konzept zu praktizieren«
b) Trancephänomene, wie:
   - Fokuseinengungen (Reduktion von Ambivalenzen und Ambiguitäten);
   - Altersregressionen (»ich bin zu klein, zu hilflos, ich kann nur noch herumalbern«);
   - Dissoziationen;
   - Einladungen an die Vertreter der »neuen« Richtung durch Äußerungen von Zweifeln und Abwertungen, sich ebenfalls

abwertend und rigide zu zeigen und damit das »Neue als etwas Altes zu entlarven«.

Im nachhinein wird deutlich, daß zu diesem Zeitpunkt des Prozesses die »alte« Richtung nicht genügend wertgeschätzt wurde und sich infolgedessen eine Vielzahl von Symptomen zeigte, die Einladungen waren, zum Altvertrauten zurückzukehren.

In dieser Zeit der inneren und äußeren Dialoge, der Auseinandersetzungen, des Ringens um neue Grenzen und Regeln reagierten die Patientinnen – wie immer – sehr klug:

Immer dann, wenn wir uns sehr verzettelt hatten, entwickelten sie genau die richtigen Symptome, um uns wieder zu einigen.

Immer dann, wenn wir glaubten, etwas begriffen zu haben, wenn etwas Ruhe eingekehrt war, passierte unter den Patientinnen etwas »Aufregendes«, was uns wiederum an den neuen Konzepten zweifeln ließ.

Im nachhinein läßt sich dieser Prozeß gut mit der Metapher des »gemeinsamen Tanzes« beschreiben, bei dem jeder verschiedene Vorstellungen von Melodie und Takt hatte, sich seines Rechts darauf auch absolut sicher war und die Koordination und Abstimmung manchmal aus der Furcht vermied, einen Autonomieverlust erleiden zu können.

Vieles hatte dabei mit – sicherlich mißverstandenen – Konzepten der humanistischen Psychologie zu tun, in denen die eigenen Vorstellungen und Verhaltensweisen in den Mittelpunkt gestellt werden, ohne nach Auswirkungen auf andere zu fragen. Wir wollten Autonomie um jeden Preis, ohne auf die Bezogenheit zu achten und sie wertzuschätzen.

Wie glücklich waren wir, als wir das Konzept der bezogenen Individuation für uns entdeckten und damit die Erlaubnis, auch miteinander »tanzen« zu dürfen, wenn man will, ohne aber immer zu müssen. Denn nichts wäre ja schlimmer, als alle Grenzen fallen zu lassen und den anderen immer lieben und ihm verzeihen zu müssen.

In dieser Auseinandersetzung entwickelte sich eine neue Grundhaltung: »Ich darf mich abgrenzen, und ich darf mich annähern«.

Dabei sind die eigenen Grenzen ausschlaggebend und nicht die phantasierten Systemregeln, die sich ja noch nicht deutlich abgebildet hatten.

Besonders schwierig war in diesem Zusammenhang die Neudefinition von Verantwortung, da diese bislang häufig delegiert worden war.

Ein beliebtes Spiel war in dieser Zeit, »sich abzugrenzen« und »für etwas nicht verantwortlich zu sein«, ohne überhaupt klar definiert zu haben, wer denn was in seinem Bereich zu verantworten hat.

Insgesamt war es eine deutliche Einladung an die Leitung, jetzt doch endlich per Verordnung Strukturen zu schaffen, um so den eigenen Suchprozessen ein Ende zu bereiten.

Auch die Patientinnen reagierten unterschiedlich auf die verschiedenen Abschnitte in der Auseinandersetzung um eine neue Konzeption bei den Mitarbeitern.

Allein im ersten Jahr unserer »systemischen Versuche« zeigte sich eine deutliche Verringerung der Abbruchquote (ca. 20%). Dabei hatten wir früher schon immer mal vermutet, daß die Patientinnen, die »gesund reagieren«, sich nicht über längere Zeiträume solchen »rigiden« Strukturen aussetzen.

In der Interaktion mit den Patientinnen war nach und nach mehr Gleichrangigkeit spürbar, da wir immer mehr den Mut fanden, uns nicht mehr als Experten für ihr Leben zu definieren, sondern ihnen statt dessen Unterstützung dabei gaben, mehr auf ihre Fähigkeiten zu schauen.

Zeitweise brachte dies anfangs eine Atmosphäre, die an die der »antiautoritären Erziehung« in den 60er und frühen 70er Jahren erinnerte. Verunsichert über unsere neuen Regeln, die noch nicht explizit definiert waren, setzten uns die Patientinnen ihre »autonomen« Regeln entgegen. Sie wußten ja, was für sie gut ist, wozu dann noch Therapeuten fragen. Wenn fragen, dann nur, um das eigene Wohlbefinden zu stärken und Unliebsames den Therapeuten zuzuschieben.

Wir saßen damit in einer deutlichen Falle: auf der einen Seite wirkten noch alte suggestive Regeln wie »Du bist hier, um zu arbeiten, und nicht, um dich wohlzufühlen«. Wir sahen also bei uns selbst weiter auf die Defizite und auf das, was wir glaubten nicht zu dürfen. Auf der anderen Seite erzählten wir den Patientinnen etwas von Fähigkeiten und Ressourcen.

Dieser Konflikt führte dazu, daß wir uns schließlich selbst erlaubten, uns schützende Grenzen zu ziehen und bisherige Tabus und Verbote zu durchleuchten. Nach diesem Prozeß wurde die Beziehung zu den Patientinnen wieder gleichrangig.

Als ein wichtiger Erkenntnissatz entstand aus diesem Prozeß: »Beginnst du damit, andere auf ihre Ressourcen aufmerksam zu machen, vergiß deine eigenen nicht«.

Wir hatten uns teilweise wie wohlmeinende Eltern gezeigt, die alles Gute für die Kinder wollen, dabei sich selbst aber nicht genug berücksichtigen.

Der Umgang mit Widerständen

Widerstände sind ein zentraler Aspekt der analytischen Theorie, und somit bestimmten diese Widerstände auch die Wirklichkeit in der Klinik.

Häufig führte ein Festhalten an den Widerständen zum Therapieabbruch oder zur Entlassung.

Der Ansatz, Widerstände positiv zu konnotieren und als sinnvolles Verhalten zu werten, das einen Sinn in der Lebensgeschichte macht, war sozusagen eine Erlösung für alle Therapeuten und Patientinnen. Natürlich war früher insgeheim öfter so gedacht worden, diese Gedanken unterlagen jedoch einem Tabu und Äußerungen hierzu wären eine Regelverletzung gewesen.

Aus dieser Erlösung heraus kam es zu einem Ansteigen der positiven Konnotationen, so daß den Patientinnen manchmal ihre letzten Bastionen genommen wurden, ohne daß sie es recht merkten. Nach und nach machten sie uns darauf aufmerksam (oder besser: wir begannen wieder genauer zuzuhören), daß ihre Erlebnisse für sie nicht immer positiv waren und teilweise einen hohen Preis gefordert hatten.

Wichtig war in diesem Zusammenhang zu lernen, daß die verschiedenen Impulse auch gleichrangig behandelt werden wollten, also auch gleich viel Aufmerksamkeit und Zuwendung haben wollten und die Patientinnen durch dieses »ernst nehmen« ein Angebot zum »sich selbst ernst nehmen« erhielten.

Besondere Schwierigkeiten entstanden zusätzlich immer dann, wenn Patientinnen Regeln mißachteten (z.B. Rauchen im Haus, Diebstähle). Natürlich war alles therapeutisch erklärbar, dennoch mußte aber in adäquater Form reagiert werden. Dies war für uns zunächst hochgradig verunsichernd, weil uns nicht klar war, wie »systemische Regeln« aussehen könnten, und wir in bezug auf die Regelvertretung einen Schlingerkurs fuhren.

Der Motivationsbegriff

Motivation ist für die Suchttherapie ein zentraler Begriff. Er dient in der Regel nicht nur dazu, Patientinnen zu kategorisieren, sondern auch das eigene »Mißlingen« erklärbar und entschuldbar zu machen (»der/die war eben noch nicht genug motiviert«).

In der Klinik begann keine Frau eine Therapie mit einer, wie man es gerne nennt, Primärmotivation, sondern es gab immer irgendwelche anderen, die wollten, daß sie etwas ändert. Das Dilemma der Patientinnen und der Therapeuten ist damit hinreichend beschrieben.

Früher hatten wir in Aufnahmegesprächen lange Zeit damit verbracht, herauszufinden, welche »Tragfähigkeit« die Motivation hat, und wir haben Frauen nicht aufgenommen, die nicht wenigstens ansatzweise die richtigen Formulierungen gefunden haben – also noch nicht genau wußten, was sie sagen mußten, damit der Therapeut zufrieden war.

Später wurde der Begriff Motivation kaum noch gebraucht und vor allem wurde darauf verzichtet, etwas feststellen zu wollen, was ja in hohem Maße kontextabhängig und beliebig ist. Statt dessen ging es darum, Delegationen und Aufträge herauszufinden.

Dennoch wurden einige Fragen gestellt, und zwar:

»Wollen Sie hierbleiben und wie lange?«
»Was sind Ihre Ziele?«
»Was könnte hier hilfreich sein, damit Sie diese Ziele erreichen?«

Die Absicht dabei war, der hohen Ambivalenz Rechnung zu tragen, nicht sofort auf die Seite der Veränderung zu gehen und damit verdeckte Aufträge der »Entsendenden« anzunehmen.

Wenn sich also jemand entscheidet zu kommen und zu bleiben, so reicht dies aus. In bezug auf die inneren widersprüchlichen Stimmen bei den Patientinnen konnte so eine neutrale Haltung angenommen werden.

Grenzen – oder: Vom Sinn und Unsinn der Regeln

Die Klinik galt immer als ein sehr konsequentes Haus, das nicht nach Beliebigkeit mit Regeln »jonglierte« – hieran sollte nichts geändert werden, da es ein akzeptierter Wert war.

Die Frage war nur, wer jetzt welche Grenzen und Regeln definiert.

In der bisherigen hierarchischen Struktur war die Rollenverteilung zwischen Leitung und Mitarbeitern klar, und damit auch zwischen Mitarbeitern und Patientinnen. Die Leitung bestimmte die Regeln, die Mitarbeiter hatten sie zu befolgen, egal ob sie sie für sinnvoll hielten oder nicht.

Der systemische Ansatz impliziert aber auch, daß es nicht jemanden geben kann, der Regeln allein definiert und verfolgt (ganz abgesehen davon, daß dies selbst in stark autoritären Systemen gar nicht gehen kann, da es sich ja hierbei um zirkuläre Prozesse handelt), sondern sie sind Ausdruck des interaktiven Geschehens eines Systems, wobei die Reziprozität ein wichtiges Element darstellt. Oder besser: Regeln haben nur einen Sinn, wenn es einen Konsens darüber gibt, daß ihre Befolgung besser sein könnte als ihre Nichtbefolgung.

Dieser Konsens konnte schrittweise nach vielen Auseinandersetzungen unter den Mitarbeitern hergestellt werden.

In diesem Zusammenhang war die Auseinandersetzung mit Grenzen sehr wichtig: Es gab Zeiten mit geringerer Abgrenzung und Zeiten von starker Abgrenzung, wobei jeweils das Verhalten anderer als Anlaß für die eigene Grenzziehung herangezogen wurde.

Das neue Verantwortungs- und Delegationsprinzip in der Klinik brachte es mit sich, daß jeder Mitarbeiter für seinen definierten Arbeitsbereich Verantwortung tragen sollte und damit auch Tun und Nichttun vertreten mußte. Gerade die Umsetzung dieses Prinzips brachte – auch wegen der alten Kliniktradition (»keiner ist verantwortlich, nur der Leiter«) – die größten Schwierigkeiten und führte immer wieder zu Eskalationen und Gegenregulationen, die die Leitung wieder in eine sanktionierende Haltung bringen sollten.

Mitarbeiter, die sich verantwortlich fühlten, sahen das Chaos auf sich zukommen, weil jeder nur noch das tat, was ihm vertretbar erschien und begannen sich schließlich massiv zu wehren.

Das Aushandeln von Regeln hat in der Klinik zudem immer auch Grenzen, die von Leistungsträgern und Träger definiert werden. Manchmal ist aber selbst im Umgang mit diesen Außeninstanzen nicht so klar, welche Regeln gerade Geltung haben. Dies ist wiederum ein Merkmal des Suchtsystems: Es gibt ganz starre Regeln, keiner weiß aber, ob sie gerade zu diesem Zeitpunkt auch Gültigkeit haben.

Letztlich wurde der innere Konflikt um Grenzen und Regeln damit gelöst, daß gefragt wurde, was den in der Einrichtung Tätigen sinnvoll und pragmatisch erscheint.

Die Auseinandersetzung mit den Patientinnen über Regeln ist in der Klinik ein Alltagsgeschäft und gehört als solches mit zur Therapie: Geht man davon aus, daß es bei der Sucht um Abgrenzungs- und Ablöseprobleme geht (Adoleszenzkonflikt und Nähe-Distanz-Regulation), so hat die Auseinandersetzung mit Therapeuten über Grenzen und Regeln sowohl einen konkreten als auch einen metaphorischen Aspekt und ist ein Teil der Therapie. Hilfreich war der Ansatz, Regeln als gesetzt und dynamisch zu definieren und den Patientinnen mitzuteilen, daß sie nicht gemacht wären, weil die Patientinnen so schlimm sind, sondern weil die Mitarbeiter sie für ihre Arbeit brauchten.

Gerade die Auseinandersetzung mit Grenzen und Regeln war in der Klinik ein stark affektgeladener, aber auch gewinnbringender Prozeß.

Die Synthese oder: Wer alles über Bord wirft, hat am Ende nichts mehr zu essen

In der Phase der Umgestaltung standen häufig alle davor, an dem Vergleich der guten Vorsätze mit der gelebten Realität zu verzweifeln, manchmal fühlten wir uns einfach nicht gut und fähig genug, anders miteinander umzugehen und die Realität einer Suchtklinik anders zu konstruieren.

Selbst als das ressourcenorientierte Arbeiten bei den Patientinnen zu funktionieren schien, gelang es uns immer noch nicht so gut, Ressourcen in uns selbst zu entdecken.

Wie erleichternd war es schließlich, als wir feststellten, daß wir das Konzept auch auf uns selbst anwenden dürfen, dies uns sogar in die Lage versetzen würde, nicht alles über Bord werfen zu müssen, sondern aussuchen zu dürfen, was uns nützlich erscheint. Ausschlaggebend für die Synthese war die Entscheidung für einen Utilisationsansatz (»Wir machen das, was wir schon können«), vor allem auch die Nutzbarmachung brauchbarer Traditionen und Orientierungen auf seiten der Mitarbeiter, die mitunter als »systemische Abweichler« oder »rigide Festhalter« beschrieben wurden.

Daß wir erst zuletzt daran dachten, das ressourcenorientierte Konzept auf uns selbst anzuwenden, spricht für unsere »guten Helfernaturen« und ist eines der wesentlichen Merkmale von Therapeuten, die in Fachkliniken arbeiten. Nicht umsonst kommt es daher in vielen Einrichtungen zu dem gefürchteten Burnout.

Weiter war hilfreich zu erkennen, daß es keinen »systemischen Endzustand« gibt, sondern von einer permanenten Neukonstruktion der gemeinsamen Wirklichkeit in der Interaktion ausgegangen werden muß.

Die Institution oszilliert somit zwischen morphogenetischen und morphostatischen Polen und steht für sich in einem Prozeß der laufenden Wirklichkeitskonstruktion, und zwar auch im Rückgriff auf bestehende Glaubenssysteme und Traditionen.

Der Wunsch all derer, die sich nach unveränderlichen Regeln einer Institution sehnen, kann aus dieser Sicht nur eine Illusion bleiben.

Kliniken haben für sich zwar häufig den Wunsch und die Illusion, abgeschlossene Systeme zu sein, übersehen dabei aber, daß sie in Austauschprozessen mit dem gesamten Netzwerk stehen und somit eine Rolle in der »Familie Suchtkrankenhilfe« spielen.

Ebenso wie das abgeschlossene »System Klinik« eine Illusion ist, ist es auch eine Illusion, Kontrolle über die Sucht und damit Kontrolle über die Interaktionen in der Klinik zu bekommen.

Besser wäre es, das immer wieder entstehende Chaos in der Institution als den Beginn eines neuen kreativen Prozesses zu definieren und seine Dynamik in Richtung der gewünschten Ziele, wie höhere Freiheit der Entscheidung, Autonomie, Bezogenheit und Verantwortung, zu nutzen. Werden die verschiedenen Interaktionsbeiträge auf der Metaebene auf ihre gemeinsamen Muster hin geprüft und positiv konnotiert und damit schließlich utilisiert, verliert die Institution den Schrecken, den sie manchmal für andere und vor sich selbst hat.

Mit der Abkehr von der Fokussierung auf die gemeinsamen Defizite und der Zuwendung zu den Ressourcen der Mitarbeiter und der Patientinnen entsteht ein neues Klima der Zusammenarbeit und auch der Toleranz.

Suchtkrankentherapeuten entwickeln sich dann erstaunlicherweise von Detektiven, die den »Lügen« der Süchtigen nachspüren, sie aufdecken und ausmerzen wollen, zu eher gelassenen Wegbegleitern.

Im folgenden soll anhand einiger Aspekte der Arbeit die Synthese kurz beschrieben werden:

In der konzeptuellen Umstellung wurde die Entscheidung getroffen, Abschied zu nehmen von der regressionsfördernden therapeutischen Arbeit in geschlossenen Gruppen. Statt dessen wurden die Ressourcen der Patientinnen mehr und mehr für die Therapie nutzbar gemacht, indem intensiv deren Eigenbeteiligung und Eigenverantwortung im Klinikalltag gefordert war.

Ein wesentlicher Schritt war dabei, das alte geschlossene Gruppensystem (6 Monate ohne Neuzugang zusammen in einer Gruppe) zugunsten eines offenen Systems mit individuellen Therapiedauern zu ändern. In jeder Gruppe waren so Patientinnen mit unterschiedlichen Vorerfahrungen in bezug auf die Klinik. Somit konnte unter den Patientinnen ein internes Stützsystem aufgebaut werden, diejenigen, die schon länger da waren, waren nun so etwas wie »Paten« für die »Neuen«. Das damit intendierte Stützsystem ist dann auch eingetreten.

Der Therapeut hat also nicht mehr allein all die Sozialisationsaufgaben zu erfüllen, die zu Beginn der Therapie in besonderem Maße anfallen, diese werden sozusagen von den unterschiedlich alten »Geschwistern« in der Gruppe übernommen.

Neuankunft und Abschied, die Ereignisse, die innerhalb der stationären Therapie immer sehr affektgeladen und angstbesetzt sind, konnten auf diesem Weg entdramatisiert werden, was in bezug auf die bei Suchtkranken zugrundeliegende Ablöseproblematik eine günstige Suggestion darstellt. Denn diese Ereignisse konnten somit als für einen Entwicklungsverlauf »normal« konnotiert werden.

Das neue, offenere System sollte natürlich auch für Mitarbeiter gelten, um ihnen die Möglichkeit zu bieten, ständig über die eigene Situation aus einer Metaebene heraus zu reflektieren. Dies kann am besten über das Schaffen einer Außenperspektive (Fortbildungen, Supervisionen) geschehen. Selbst Mitarbeiter konnten mittlerweile Abschied nehmen, ohne verurteilt zu werden oder ihrerseits Kränkungen zu initiieren.

Gleichrangigkeit

Aus systemischer Sicht sind grundsätzlich alle Interaktionsbeiträge in einem System gleichrangig.

Diese Grundeinstellung, verschiedene Sichtweisen gleichrangig zu behandeln und nicht eine künstliche Homogenität herzustellen, hatte einen schwierigen Prozeß ausgelöst. Rückfälle in alte Muster waren an der Tagesordnung und konnten, nachdem sie zunächst als beunruhigend codiert wurden, schließlich als Neuinformation begrüßt und somit positiv konnotiert werden.

Während es lange Zeit eine unausgesprochene Hierarchie unter den Berufsgruppen gab (an oberster Stelle die Psychotherapeuten, die in quasiomnipotenter Haltung alles wußten und für alles verantwortlich gemacht wurden), gab es schließlich einen Konsens darüber, daß jeder Mitarbeiter in seinem Bereich die Verantwortung für die therapeutischen Interventionen hat. Schwieriger wurde mit dieser Abgrenzung allerdings das Aushandeln von Interessengegensätzen.

Als Ergebnis dieser Intervention konnte eine höhere Loyalität der Mitarbeiter zueinander festgestellt werden.

Von Patientinnen initiierte Triangulierungsversuche waren so weniger stringent durchzuhalten und konnten eher aufgedeckt werden.

Erfreulich war in diesem Prozeß das gestiegene Selbstbewußtsein der Mitarbeiter in bezug auf ihre eigene Arbeit.

Neben der Abgrenzung der Bereiche zueinander gab es auf der anderen Seite ein hohes Maß an Integration der verschiedenen Ansätze (Psychotherapie, Kunsttherapie, Bewegungs- und Musiktherapie, Arbeitstherapie), es wurden gemeinsame Projekte im Sinne von Workshops entwickelt, die ein hohes Maß an Anregung, Kreativität und Lebendigkeit beinhalteten, da verschiedene Mitarbeiter mit verschiedenen Ressourcen und Patientinnen mit ihren Ressourcen gleichrangig zusammenarbeiten.

Familientherapeutische Arbeit

Gleich zu Beginn der Konzeptänderung wurde die Klinik Familien gegenüber weiter geöffnet.

Bei der Anamneseerstellung, zu Beginn der Therapie, wurde mit der Patientin besprochen, welche familientherapeutischen Maßnahmen günstig sein könnten, diese wurden dann individuell vereinbart.

Das früher 5tägige Angehörigenseminar wurde geteilt in zwei 3tägige, mit einem Zwischenraum von 4 Wochen, um den Familien die Möglichkeit zu geben, Veränderungen in der Zwischenzeit besser feststellen zu können.

Die Angehörigenseminare wurden zudem lösungsorientiert aufgebaut, es wurde auf das Suchen nach Kollusionsmustern und Defiziten ebenso verzichtet wie auf die traditionelle Auflösung der Koabhängigkeitsrollen zugunsten einer differenzierteren Betrachtungsweise der Verhaltensbeiträge aller Teilnehmer am Interaktionsgeschehen. Zugleich gelang es erstmals, diese Verhaltensbeiträge als eine besondere Leistung zu würdigen und auch nach dem Preis zu fragen, den gerade dieses Verhalten in der Familie fordert.

Als drittes Angebot wurde ein Seminar entwickelt, zu dem Kinder der Patientinnen (zwischen 7 und 17 Jahren) eingeladen wurden. Das Ziel war hier, in spielerischer Form zusammen an der Auflösung der Parentifizierungsmuster bei den Kindern zu arbeiten und Generationsgrenzen zu entwickeln, die die Kinder entlasten. Als Interventionsstrategien wurden indirekte Methoden gewählt (Malen, Musik, Rollenspiele, Arbeit mit Tonskulpturen).

Zusätzlich zu diesen Seminaren wurden noch Familien- und Paargespräche angeboten.

Ein weiterer wichtiger familientherapeutischer Aspekt lag in der Aufnahme von Müttern mit Kindern im Vorschulalter (0-7 Jahre). Hierzu wurde ein Programm entwickelt, das sich in bezug auf die Mutter-Kind-Dyade als günstig erwiesen hat. (Sehr häufig gab es keine zugehörigen Väter, so daß diese nicht in die Therapie einbezogen werden konnten.)

Patientinnen mit süchtigen Eßverhalten und Drogenabhängige (BtmG § 35)

Besonders in der therapeutischen Arbeit mit eher als schwierig anzusehenden Patientinnen, wie Frauen mit Eßstörungen und Drogenabhängige, bei denen sich schon vorher immer wieder das alte

Paradigma als unzulänglich erwies, brachte der systemische Ansatz eine wesentliche Erleichterung in der therapeutischen Arbeit.

Hier war es wichtig, aus der kontrollierenden Haltung herauszutreten in eine gleichrangige Beziehungsgestaltung oder sich oft sogar in eine »one-down-Haltung« zu begeben und die Betroffenen selbst zu Experten für ihr Leben zu machen, die gleichzeitig die Therapeuten lehren konnten, wie man bestmöglich in Beziehung tritt.

Nunmehr wurden die Patientinnen explizit danach gefragt, was ihnen denn helfen könnte, wenn sie sich überhaupt helfen lassen wollten, was ja ihre Entscheidung wäre.

In der Arbeit mit Drogenabhängigen, die nach § 35 BtmG in die Klinik kamen, war ein wichtiger Schritt, aus dem von diesen Patientinnen häufig gesuchten Kampfmuster herauszutreten und ihnen eine komplementäre Beziehung anzubieten.

Hilfreich war dabei der Ansatz von De Shazer (1989), der uns ermutigte, diese Patientinnen für uns selbst als »Besucher« zu sehen und sie damit freundlich behandeln zu können. Es gab also keinen Kampf mehr um Motivation, sondern Angebote, die sie nutzen konnten oder auch nicht.

Ergebnis

Die Einführung eines systemischen Konzeptes in eine eher traditionell ausgerichtete Fachklinik für Suchtkranke begann als Experiment und endete in einem sehr erfolgreichen und sinnvollen Modell therapeutischer Arbeit.

Eine der wichtigsten Erfahrungen im Prozeß der Konzeptumstellung war, daß die »systemische Weisheit« der Zirkularität auch in einer Institution gravierende Auswirkungen hat. Im Umsetzungsprozeß zeigte sich deutlich, daß systemische Sichtweisen immer auch Koevolution beinhalten. Das heißt, daß keines der Elemente im zirkulären Prozeß unverändert bleibt, und dies gilt sowohl für die Patientinnen als auch für die Mitarbeiter und die Institution, bis hin zum Träger der Einrichtung.

Musterveränderungen auf einer Ebene haben nach einiger Zeit, die in der Regel geprägt ist von Versuchen der Gegenregulation, Auswirkungen auf alle anderen Ebenen. Genau dies ließ sich gut an der Einführung des Konzeptes in der Klinik beobachten: Nachher war nichts mehr so wie vorher – alle hatten gelernt und sich in irgendeiner Weise verändert.

Als ein Ergebnis dieses Prozesses konnte somit die Koevolution der Beteiligten im Interaktionsgefüge festgestellt werden. Diese Koevolution ist eine wichtige Chance, die systemische Sichtweisen mit sich bringen, allerdings ist sie ebenso gefürchtet, da hierarchische Muster nicht mehr funktionieren und zugunsten einer gleichrangigen Beziehungsgestaltung aufgelöst werden.

So muß also jeder, dem hierarchische Strukturen innerhalb der Suchtkrankenhilfe lieb und teuer sind, vor systemischen Konzepten gewarnt werden.

Gibt man jedoch die Illusion auf, daß man immer und zu jeder Zeit unverändert bleiben kann, kann man sich genausogut auf einen »systemischen Versuch« einlassen.

Literatur

Anderson, H.; Goolishian, H. A. (1990): Menschliche Systeme als sprachliche Systeme. Familiendynamik 15, 3: 212-243.

Efran, J. S. u.a. (1989): Alkoholismus ist Ansichtssache. Familiendynamik 14, 1: 2-12.

De Shazer, S. (1989): Der Dreh. Überraschende Wendungen und Lösungen in der Kurzzeittherapie. Carl-Auer, Heidelberg.

Hoffman, L. (1987): Grundlagen der Familientherapie. Isko Press, Hamburg.

Schmidt, G. (1985): Systemische Familientherapie als zirkuläre Hypnotherapie. Familiendynamik 10, 3: 241-264.

Schmidt, G. (1988): Seminarunterlagen zur familientherapeutischen Ausbildung. Unveröff. Ms.

Watzlawick, P. u.a. (1988): Lösungen. Huber, Bern.

Watzlawick, P. (Hg., 1990): Die erfundene Wirklichkeit. Piper, München.

IV

Kooperation

Klaus Bilitza

Unbewußte Grenzen in klinischen Institutionen – Folgen für die Supervision

Fragestellung und Arbeitsdefinitionen der zentralen Begriffe

Supervision eines Teams im Rahmen einer klinischen Institution, Teamsupervision also, dient der Bewältigung spezifischer Belastungen:

1. aus der therapeutischen Interaktion mit dem Patienten,
2. aus der kollegialen Zusammenarbeit im Therapeutenteam und
3. aus dem Arbeitsverhältnis mit der Institution Klinik.

Im folgenden soll versucht werden, derartige Belastungen psychoanalytisch zu untersuchen. Nach einer theoretischen Vorbemerkung werde ich Praxisbeispiele diskutieren und als Zusammenfassung eine theoretische Systematisierung vorschlagen.

Institutionen (bzw. Organisationen) wie eine Klinik oder eine Beratungsstelle psychoanalytisch zu untersuchen, ist ein bislang unvertrauter Ansatz, der jedoch in den letzten Jahren zunehmend an Bedeutung gewinnt. Ich habe anderenorts über einige Ergebnisse zur »Psychoanalyse der Organisation« und über die »unbewußte Seite der Organisation« berichtet (Bilitza 1989; 1990; 1991a, b; 1992).

Unter klinischen Institutionen verstehe ich soziale Gebilde, in denen zur Erreichung spezifischer »therapeutischer« Ziele das Verhalten von Individuen und Gruppen nach einem bewußten und rationalen Plan dauerhaft festgelegt wird und die zugleich von unbewußten Strukturen bestimmt werden.

Die unbewußten Strukturen der Institution (bzw. Organisation) bestimme ich als die Gesamtheit der Prozesse, welche die Organisationsziele beeinflussen, aber aus dem Bewußtsein der Organisationsmitglieder verdrängt wurden oder deren Abwehr unterliegen.

Um den Strukturbegriff »Unbewußte Grenzen« näher zu bestimmen, soll ein Blick auf die klinische Psychoanalyse geworfen werden. Bekanntlich bestimmen wir den Entwicklungsstand eines Patienten psychoanalytisch über sein Strukturniveau. Als ein wesentliches Merkmal psychischer Entwicklung oder Reifung gilt die Ausdifferenzierung innerer Strukturen (vgl. die »deskriptive Entwicklungsdiagnose« nach BLANCK u. BLANCK 1981). So beschreibt OTTO F. KERNBERG, ein Psychoanalytiker der Generation der Objektbeziehungstheoretiker, wie über die Ausdifferenzierung der Objektbeziehungsrepräsentanzen und der begleitenden triebzähmenden Prozesse sich die Systeme der inneren Welt, »Ich« und »Über-Ich«, zum »autonomen Ich« beziehungsweise »autonomen Über-Ich« entwickeln. Die fiktive, »reife« Normalperson zeichnet sich somit durch hochentwickelte seelische Strukturen mit klaren Grenzen aus, wobei es sich nach KERNBERG (1988) sowohl um dynamische Prozesse als auch die Ergebnisse dieser Prozesse handelt.

Durch die Arbeiten der Gruppenanalytiker (BION, FOULKES, RICE, SCHINDLER, HEIGL-EVERS u.a.) wurden wir mit der psychoanalytischen Vorstellung vertraut, auch das Geschehen in Gruppen als dynamische Entwicklung zu verstehen. Auch Gruppen können über haltgebende Strukturen mit klaren Grenzen verfügen. Aus der Erfahrung der analytischen Gruppentherapie kennen wir Zustandsbilder von Gruppen mit neurotischen Einschränkungen oder mit Entwicklungsdefiziten (vgl. hierzu die zahlreichen Arbeiten von HEIGL-EVERS, HEIGL und Mitarbeitern; HEIGL-EVERS 1978).

Den Terminus »unbewußte Grenzen in Institutionen« möchte ich somit als eine Metapher für ausdifferenzierte psychodynamische Strukturen und Prozesse verwenden, die eine möglichst hochentwickelte Funktionsfähigkeit und Aufgabenerfüllung der Institution gewährleisten. Es wird sich zeigen, ob die Objektbeziehungstheorie geeignet ist, die nötigen Zusammenhänge zwischen Person, Gruppe und Institution zu leisten.

Betrachten wir die bewußte Seite einer Klinik als therapeutischer Institution; es handelt sich zunächst um die formale Organisation, wie sie in Rechtsverordnungen, Organigrammen, Stellenbeschreibungen, aber auch in Hausordnungen geplant und festgelegt wurde. Etwas verkürzt können wir Suchtkliniken als klinische Institutionen mit dem Auftrag der Behandlung und Rehabilitation von Abhängigkeitskranken beschreiben. Die Arbeitstätigkeit des Personals einer solchen Klinik zeigt Merkmale formaler Organisation:

- *Spezialisierung der Arbeitstätigkeiten*
  (Psychiater und Organmediziner, Psychologen und Sozialarbeiter als Gruppen- und Einzeltherapeuten; Beschäftigungs-, Bewegungs-, Musik-, Tanz- u.a. Therapeuten; Schwestern und Pfleger; Mitarbeiter des technischen Personals, der Versorgung und der Verwaltung)
- *Standardisierung und Formalisierung der Arbeitstätigkeiten*
  (Bürokratisierungsgrad, Aufstellen und Einhalten von Therapiewochenplänen, Zusammenarbeit im Therapieteam mit Besprechungen, klinischen Konferenzen, Supervisionen u.a.)
- *Hierarchisierung der Arbeitsorganisation*
  (Macht, Verantwortung und Entscheidungsbefugnis, Gehälter)

Auch einzelne Abteilungen der Klinik und formale Einheiten, wie etwa das Therapieteam, unterliegen diesen bewußten formalen Strukturmerkmalen.

Zur »äußeren« und »inneren« Bedeutung des Therapieteams

Nach meiner Kenntnis kommt dem Therapieteam in der Klinik eine entscheidende »äußere« Bedeutung als der formalen Schnittstelle zwischen dem Kollektiv der Patienten und der Klinikleitung zu. Hier fließen die Informationen über die therapeutischen Entwicklungen der Patienten zusammen und werden dann in standardisierter Form nach »Oben« weitergegeben. Hier wird die Arbeitstätigkeit der Therapeuten – gemäß dem Therapieauftrag der Institution – organisiert, dokumentiert und meist auch supervidiert. Aus Zugehörigkeit und Position im Therapieteam kann zudem der Status im Hause abgelesen werden.

Vor allem im Therapieteam strukturieren Therapeuten die äußere Realität ihrer Arbeitstätigkeit: Mit Hilfe des Therapieteams werden innere Repräsentanzen über äußere Realitäten der beruflichen Arbeit entwickelt. (Die Organisationspsychologie spricht hier von beruflicher Sozialisation). Auch wenn der Vergleich unpassend wirkt: ein Therapeutenteam produziert keine äußeren materiellen Güter wie z.B. ein autonomes Montageteam in einem Automobilwerk. Das Erfassen äußerer Realitäten scheint mir in der therapeutischen Arbeitstätigkeit ungemein schwieriger, weil Therapeuten mit *inneren Welten* arbeiten.

Therapeuten arbeiten unter Zuhilfenahme ihrer eigenen inneren Welt an und mit den inneren Welten ihrer Patienten. Die strukturellen Gegebenheiten dieser inneren Welten, also auch die Grenzen, sind zumeist unbewußt, sie müssen demnach erschlossen werden.

Belastungen und das »Strukturniveau« des Teams

Zur Teamsupervision (Teamgröße sieben Therapeuten) in einer rheinischen Suchtklinik ist es zum Sitzungsanfang sehr lebendig und fast unruhig. Als ich wie üblich um eine kurze Sammlung der Supervisionsthemen bitte, gibt die Mehrzahl der Teilnehmer nach einer auffallend langen Schweigephase an, sie hätten heute kein Thema. Das weitere Schweigen erinnert mich in seiner Gespanntheit an das Schweigen von Therapiegruppen. Es wird unterbrochen von einer Gruppentherapeutin, einer attraktiven Frau mit Charme und deutlicher weiblicher Ausstrahlung: »Das ist doch merkwürdig, jetzt die Ruhe hier, und vorher hatten wir diese Hektik. Vorher hatten wir noch tausend Sachen zu besprechen, und jetzt fällt uns nichts mehr ein [...].« Ihr widerspricht ein anderer Gruppentherapeut: »Ich fand dies Schweigen sehr wohltuend, mir tut das sehr gut [...].« Eine weitere Therapeutin ergreift nun das Wort: »Ich möchte hier eigentlich etwas besprechen, kann das aber heute nicht, weil jemand im Team fehlt. Daher nur zu Ihrer Information (auf mich gerichtet), ich möchte das Team bei der nächsten Gelegenheit verlassen und mich auf eine andere Stelle im Haus bewerben. Ich habe mit einzelnen darüber schon gesprochen, aber jetzt hier darüber sprechen möchte ich nicht [...]«.

Wie sich herausstellte, war die erste Sprecherin gerade aus dem Urlaub zurückgekehrt und hatte einen Berg Arbeit vorgefunden. Der zweite stöhnte ebenfalls über Mehrarbeit, er fühle sich sehr belastet und schlafe schlecht. Die letztgenannte schließlich sprach ebenfalls von einer großen Belastung, aus diesem Grunde wolle sie auch das Team verlassen. Als ich anspreche, daß mir auch andere im Team müde und belastet erscheinen, bricht die Belastung geradezu aus den übrigen heraus. Ich habe Mühe, die Gesprächsrunde, die in Zwiegespräche zu zerfallen droht, wieder zusammenzubekommen.

Streß oder berufliche Belastung bis hin zur Überforderung sind Phänomene, welche die meisten aus eigener Erfahrung kennen. Doch woher rührt die Belastung im geschilderten Fall? Warum ist es so schwer, in der Supervisionsgruppe darüber zu sprechen? Die Belastung wurde offensichtlich abgewehrt: Das Team schwieg. Dann zeigte sich plötzlich die Belastung, und das Supervisionssetting beginnt für einen Moment zu zerfallen. Wie ist dies zu verstehen?

Das weitere Gespräch ergab keine ungewöhnlichen Ereignisse. Es wurden Themen des durchschnittlichen therapeutischen Alltags besprochen.

In einer anderen Klinik, ebenfalls bei einer Teamsupervision, wurde beklagt, es gelänge der Gruppe nicht, Disziplin bei der Morgenbesprechung zu entwickeln. Entsprechende Regelvorschläge (z.B. pünktlich erscheinen, vorbereitet sein, die Diskussion nicht ausufern zu lassen usw.) würden immer nach kurzer Zeit wirkungslos. Würde man sich jedoch mit fachlichen Fragen und Problemen an die Gruppe wenden, so entstünde keine Entspannung oder Auflösung des Problems durch die Teambesprechung. Auch Zeremonien (Tee, Kerze) würden eingeführt und verschwänden wieder. Ein Gruppenmitglied beschrieb das so: »Wir erzählen uns unsere Probleme nach der Devise: Wem geht es hier am dreckigsten und wer kriegt es dennoch am besten hin [...].« Es käme dann zu einem regelrechten Kampf um dieses »Auch-Haben-Wollen«. Aus diesem vergeblichen Kampf um eine nicht ausreichende Unterstützung für alle ziehen sich einzelne Teammitglieder heraus, indem sie von vornherein verzichten (»da kann mir die Gruppe sowieso nicht helfen«) oder indem sie sich auf dyadische Beziehungen mit einzelnen Kollegen zurückziehen. (»wenn ich Unterstützung brauche, dann gehe ich eben zu einem einzelnen«). In derselben Gruppe wurde zudem über die Auflösung der »Gruppenmoral« diskutiert. Ein Gruppentherapeut beschreibt das so: »Wenn wir uns was vornehmen, sich dann aber alle doch nicht daran halten, dann ertappe ich mich dabei, daß ich ganz bewußt zu Hause noch etwas mache, und dann auch zu spät kommen muß. Eigentlich hält sich aber mein schlechtes Gewissen hier sehr in Grenzen.« Eine andere Art der Über-Ich-Entlastung wählt eine Sozialarbeiterin mit mehrjähriger Praxiserfahrung: »Bei mir ist es morgens irgendwie ein Glücksspiel. Ich bin spät dran und hoffe, daß ich jemanden finde, der mich dann mitnimmt. Manchmal mußte ich dann zurück nach Hause und mein eigenes Auto holen, dann wurde es echt knapp.«

Die heterogenen und rasch wechselnden Beiträge, die Arten der Interaktion und meine Reaktion auf die Gruppe (ich hatte fortwährend die Vorstellung, daß die Untersuchung des Themas zerfällt) lenkte meine Aufmerksamkeit auf das Strukturniveau der Interaktionen während der Supervision, genauer: auf das Strukturniveau der Objektbeziehungen, die als Grundlage der Zusammenarbeit im Team dienten.

Der Eindruck eines praeödipalen Strukturniveaus der Objektbeziehungen (vgl. Kernberg 1988) wurde verstärkt durch weitere zusätzliche Informationen.

So schilderte in derselben Gruppe ein Gruppentherapeut, wie schwierig es doch für ihn sei, sich hier emotional einzubringen. Er, der äußerlich sehr ruhig wirkte, sprach von seiner inneren Unruhe und von den Ängsten: Wenn er hier etwas von sich und seinen Schwierigkeiten erzähle, bekomme er oft das Gefühl, sich an die Gruppe zu verlieren, »als ob mir da nichts bliebe«. Ein anderes Gruppenmitglied, eine Frau mit einer Außenseiterposition, berichtete davon, daß sie sich immer dann hier »frei« fühle, wenn es ihr »irgendwie« gelänge, sich emotional aus allem herauszuhalten. Auch der Umgang mit der Supervision selbst diente als diagnostische Information über die Einschätzung des Strukturniveaus. So schilderte ein Gruppenmitglied aus dieser Gruppe: »Wo bleibt das eigentlich, was wir hier besprechen; vor vier Wochen haben wir doch herausgefunden, wie sich unser Team um die Neubesetzung einer seit langem freien Stelle selbst bemühen könnte. Doch es ist wieder weg [...] als ob nichts gewesen wäre. Also wieder warten wir auf die Hilfe von Außen.«

In dieser Gruppe gelingt es also nur schwer, eine konstante Form der Zusammenarbeit zu entwickeln. Offenbar gelingt es dem Team nicht, haltgebende wie Gemeinsamkeit stiftende Identifizierungen aufzubauen. Immer wieder kommt es zu Strukturierungsversuchen, die jedoch nicht durchgehalten oder ausgefüllt werden können. Diese Versuche erinnern an süchtiges Verhalten: Das strukturell geschädigte Ich genügt nicht dem strengen – praeödipalen – Über-Ich; die Bewältigung der inneren Spannungen erfolgt durch den erfolglosen Einsatz des Suchtmittels – als artifizieller Ich-Funktion. Ein offenes Konkurrieren, etwa im Sinne eines fachlich-sportlichen Fair Plays, ist nicht möglich. Der Gruppenarbeitsprozeß schwankt zwischen Regression und Progression. Unter Regression verstehe ich den Rückzug auf die Zweierbeziehungen, Änderung der bereits errichteten Gruppenmoral hin zu einem praeödipal-strengen Über-Ich, das zugleich verleugnet wird; als Progression können die Versuche gewertet werden, mit Hilfe von Ritualen und Verhaltensregeln Strukturen zu errichten, in denen sich die Gruppe um Identifizierungsförderung bemüht (z.B. will diese Gruppe offensichtlich Supervision für ihren Gruppenentwicklungsprozeß nutzen!).

Unbewußte Gefahren der Klinikkultur und das Versagen der Schutzfunktion des Teams

Bekanntlich ändern sich Menschen in Gruppen. Seit den Anfängen einer analytischen Sozialpsychologie bei SIGMUND FREUD (1921) wurden diese Phänomene des öfteren untersucht, sie begegnen uns in vielfältiger Form: Als Über-Ich-Externalisierungen (d.h. die

Moral des einzelnen paßt sich der Moral der Gruppe an), als »primitive Idealisierung« und Entwertung, als regressive Auflösung der Ich-Organisation (z.B. werden reifere Abwehrformen durch »frühere« ersetzt; vgl. GRUNBERGER 1974).

Auch das therapeutische Team übt nach meiner Einschätzung einen derartigen regressiven Sog aus. Denn das Therapieteam der Suchtklinik bewegt sich in einer Klinikkultur, die einerseits (unbewußt?) in entscheidendem Maße von der Pathodynamik der Suchtkranken bestimmt wird (Muster oraler Objektbeziehungen auf dem Niveau von Teilobjektbeziehungen mit unersättlichen Versorgungswünschen; einer vorherrschenden Abwehrformation von Introjektion, projektiver Identifikation, Spaltung, Idealisierung und Entwertung) und die andererseits auch der Psycho- oder Soziodynamik der Klinikleitung unterliegt. Daß auch in den Leitungsebenen Irrationalität wirkt, belegte eine Befragung an fast 300 Führungskräften mittlerer und oberer Ebene aus Wirtschaft und Verwaltung anläßlich des Forums »Die unbewußte Seite in Organisationen«, Kontaktstudium Management der Universität Augsburg im November 1988 (BILITZA 1989; BROCHER 1989; OHLMEIER 1989; vgl. auch KETS DE VRIES 1986).

Um es zu wiederholen: Das Therapieteam ist im Sinne der formalen Organisation die Schnittstelle zwischen Klinikleitung und dem Kollektiv der Patienten. Das Team ist somit psycho- und soziodynamisch sowohl Gefährdungen durch die Patienten als auch Einflußnahme und Bedrohung durch die Leitung ausgesetzt. Die Therapeuten haben als Teammitglieder den Wunsch an das Team nach Schutz, Halt und Stützung im Dienste ihrer Angstbewältigung. Nach meinem Eindruck können Therapieteams in Suchtkliniken diese Aufgabe oft nicht hinreichend erfüllen. Allerdings kann ich diesen Eindruck nicht durch umfangreiches statistisches Material belegen, sondern lediglich durch die Einzelfälle, die mir bis jetzt bekannt wurden. Einzelne Hinweise dazu finden sich auch in der Literatur (z.B. ROST 1987, S. 217ff.; SCHULTZE-DIERBACH 1991).

Nach meiner Auffassung neigen Therapeuten in Suchtkliniken dazu, auf die Gefahren der Klinikkultur mit Ausbildung einer kollektiven Abwehrformation zu reagieren, der sich das Teammitglied über »Anpassung« angleichen muß. Die Gruppen entfernen sich von dem Niveau eines »fiktiven Normal-Gruppen-Ichs« und bilden sowohl neurotische Abwehrformen (psychosoziale Kompromißbildungen, Kollusionen) als auch praeödipal determinierte Abwehrformationen heraus (Spaltung, Idealisierung und Entwertung, projektive Identifikation).

Den letztgenannten Fall verdeutlicht folgendes Beispiel:

Ein Team (acht Therapeuten und Therapeutinnen und ein Diplom-Psychologe als Leiter) verhält sich mir gegenüber zwiespältig: Einerseits werde ich in meinen Einflußmöglichkeiten auf das Team stark idealisiert und als Bedrohung überhöht, andererseits werden meine Anregungen auffallend oft entwertet. Zugleich herrscht eine große Kränkbarkeit vor; auf Kränkungen wird in dieser Gruppe in ungewöhnlich heftiger Weise reagiert (mit Unhöflichkeiten bis hin zu verletzenden Bemerkungen). Des öfteren scheint das Arbeitsbündnis für eine Supervision gefährdet; die Zusammenarbeit gerät in eine Beziehungssackgasse. Schon ein falsches Wort an ein Gruppenmitglied kann kränken; versuche ich, dieses zu korrigieren, mißlingt es, und andere Gruppenmitglieder fallen daraufhin mit größter Empörung über mich her. Reagiere ich jedoch eher abstinent oder abwartend und schweigend, wirft der Teamleiter mir vor, ich wolle dem Team wohl nichts sagen, er frage sich sowieso, wozu ich denn eigentlich da sei, denn er müsse ja doch immer einspringen. Verfalle ich in den Fehler, den Umgang des Teams mit dem Supervisor als Abwehr von Supervision zu deuten, kommt neben der Entwertung auch die Sorge einer möglichen Trennung auf: ob ich denn die Supervision wirklich weiter fortführen wolle.

Im Gegensatz hierzu erscheinen mir in Einzelkontakten, die sich marginal in den Pausen vor und nach den Sitzungen ergeben, die einzelnen Therapeuten überwiegend als integrierte Persönlichkeiten, ohne daß massive neurotische Einschränkungen oder deutliche strukturelle Defizite sichtbar würden. Begegne ich jedoch denselben in der Gruppe wieder, bin ich verblüfft, wie sehr sie sich als Teammitglieder gewissermaßen dem Strukturniveau der Gruppe angepaßt haben.

Im Sinne meiner Fragestellung möchte ich die Notwendigkeit einer Abgrenzung des Strukturniveaus der Objektbeziehungen auf seiten des Therapeutenteams von dem entsprechenden Strukturniveau der Klinikpatienten hervorheben: Das Nichteinhaltenkönnen solcher »Grenzen« erhöht die Belastung des einzelnen Therapeuten oder führt allmählich zu einer Pathologisierung des Teams. Im Dienste der »inneren« Strukturbildung wird die Aufdeckung dieser Abgrenzungen erforderlich.

Aus psychoanalytischer Sicht erlebt der einzelne Therapeut eines Teams dann eine zunehmende Belastung, wenn seine Ich-/Über-Ich-Organisation innere Spannungen nicht mehr bewältigen oder die äußere Anpassung an die Umwelt nicht mehr leisten kann.

Innere Spannungen resultieren aus strukturellen Konflikten (zwischen Es, Ich und Über-Ich) oder aus Entwicklungsdefiziten, die objektbeziehungstheoretisch als Ich-strukturelle Störung oder Über-Ich-strukturelle Störung bekannt sind. Die Verarbeitungsform des Ich, die Ich-Funktionen, insbesondere auch die Abwehrmechanismen, versagen situationsadäquat, stehen zudem unter dem Einfluß eines wenig hilfreichen Über-Ich; dem derart modifizierten Strukturniveau des Therapeuten steht nun das entsprechende Anforderungsprofil von seiten der Klinikleitung gegenüber.

Um die oben genannte Belastung besser verstehen zu können, ist es somit erforderlich, nicht nur auf die Voraussetzungen auf seiten der Therapeuten zu achten, sondern auch auf die institutionellen und institutionsdynamischen Bedingungen ihrer Arbeitstätigkeit und Arbeitsumgebung.

Institutionsdynamische Bedingungen der therapeutischen Arbeitstätigkeit

Der häufige therapeutische Kontakt mit schwerstgestörten Patienten (Abhängigkeitskranke mit schwerer neurotischer Charakterpathologie, narzißtische Persönlichkeitsstörungen, Borderline-Persönlichkeitsorganisationen, präpsychotische Zustände) hat offenbar Einfluß auf die Interaktion im Team. Hierfür sind verschiedene Erklärungen möglich.

a) *Unzureichende Handhabung von Übertragung und Gegenübertragung:* Ungenügend ausgebildete Therapeuten neigen dazu, sich im Geflecht aus Übertragungsansätzen (sog. Teilobjekt-Übertragungen) und Gegenübertragungen aus diesen Beziehungsformen nicht lösen zu können und diese im Team fortzusetzen (z.B. Agieren mit den Patienten). Es finden sich dann Bruchstücke pathologischer Objektbeziehungen (z.B. Teilobjektbeziehungen) in der kollegialen Interaktion im Team wieder.

Nach meinem Eindruck nehmen unerfahrene Therapeuten von Suchtkranken gerne den Gegenübertragungsansatz der allversorgenden Mutter (Teilobjektbeziehung mit massiver Verleugnung aller destruktiven Seiten) an. Sie geraten dann mit der äußeren Realität ihrer Arbeitstätigkeit in Konflikt (begrenzte Zeit, Interessen der anderen Teammitglieder usw.) und versuchen, das Team in entsprechender Weise zu beeinflussen (z.B. sollen die Therapieangebote noch ausgefeilter und umfangreicher werden). Stoßen sich derartige Allversorgungsansprüche an der Realität, kommt es zu Schuldgefühlen, die wiederum regressiv durch Entwertung der eigenen Tätigkeit abgewehrt werden (z.B. »eigentlich können wir therapeutisch ja doch nichts erreichen«).

b) *Teamführung nach dem Muster von Selbsterfahrung oder Therapie:* Das Therapieteam versagt in seiner Schutzfunktion für den einzelnen Therapeuten, nämlich Strukturierung der äußeren Realität angesichts der Bedrohung durch die pathologischen inneren Welten. Dies geschieht nach meinem Eindruck dann, wenn Klinikleitung und Teamleiter nicht genügend auf die haltgebende Funktion des Teams achten, wenn Teamleiter – zum Beispiel aus Kostengründen – nicht genügend auf die Aufgabe der Teamführung vorbereitet werden. Es ist nur zu verständlich, wenn diese, derart überfordert, auf die vertrauten Techniken aus Selbsterfahrung und Therapie zurückgreifen. Kraß ausgedrückt: Die Mitarbeiter im Therapeutenteam werden mit therapeutischen Mitteln geführt, so zu Patienten codifiziert, und das Team wird schließlich pathologisiert. Im folgenden wird eine solche Entwicklung exemplarisch beschrieben.

Einzelne Gruppenteilnehmer bieten sich im Kollegenteam als Patienten an. Sie leiden deutlich, für alle spürbar, aber nicht nur etwa in ihren professionellen Persönlichkeitsanteilen (z.B. besondere Belastung in ihrer Berufsrolle), sondern sie offenbaren sich in ihrer ganzen Person, wie eher in Therapiegruppen üblich. Dies erinnert wiederum an die Gruppentherapie mit Abhängigkeitskranken oder an Therapiesituationen, denen die Therapeuten oft begegnen: Im Sinne einer archaisch-strengen Über-Ich-Forderung kommt es in den Patientengruppen immer wieder zu einer masochistischen Unterwerfung und Entblößung. Diese Forderung wird im Team wiederholt. Kollegen ergreifen die Rolle des Therapeuten, oft der Teamleiter oder die Leiterin, sie loben die Offenheit etwa im Sinne einer lobenswerten Katharsis, trösten dann, beginnen jedoch, die sich ausbreitende Emotionalität durch Rezepte und Ratschläge abzuwehren.

Ein weiteres Beispiel ist, daß Suchttherapeuten gelegentlich die für die Patienten gedachten Therapieangebote aufgreifen, diese gleichsam miteinander ausprobieren wollen, und zwar nicht nur, um im Sinne einer partiellen Identifizierung dem Erleben der

Patienten näherzukommen, sondern auch, um sich gegenseitig mit Hilfe solcher therapeutischer Maßnahmen zu erziehen.

Die Versuchung zu derartigen Therapiesequenzen vor dem Hintergrund eines allgemeinen Selbsterfahrungsanspruches in der kollegialen Zusammenarbeit ist verständlich, aber dennoch kritisch zu bewerten. Denn der Omnipotenzanspruch einer solchen andauernden Selbsterfahrung muß in Erschöpfungszustände, Ausgelaugtsein, also in »burning-out«-Phänomene münden.

Nach meinem Eindruck werden diese quasitherapeutischen Interaktionsformen von den »alten Hasen« sowie von den Teamleitern eingeführt, dies meist mit Billigung der Klinikleitung. Neu hinzukommende Teammitglieder geraten in Konflikt mit einem derartigen Gruppenzwang, dem sie sich manchmal nur mit dem Rückzug in psychische Erkrankung oder in die Aufnahme einer eigenen Krankheitstherapie zu entziehen vermögen. Ich bin immer wieder erstaunt, wie selbstverständlich die Aufnahme solcher Krankheitstherapien in Suchtkliniken diskutiert wird. Dies entspricht doch unausgesprochen dem Eingeständnis, daß diese Arbeitstätigkeit ein großes Gefährdungspotential in sich birgt. Ich meine, das Gleichsetzen von kollegialen Beziehungen mit therapeutischen, beziehungsweise das Ausüben von Führung mit Hilfe der Psychotherapie, ist nur kurzfristig von Nutzen und erhöht langfristig die psychischen und damit auch die finanziellen Kosten insgesamt (z.B. Fluktuationskosten).

Welche Konsequenzen haben nun diese Gefährdungen durch das Nichteinhalten unbewußter Grenzen für die Supervision?

Folgen für die Teamsupervision im Suchtbereich

Im folgenden verwende ich einen Ansatz von A. K. Rice, Soziologe und Psychoanalytiker, welcher der Tradition der Londoner Tavistock Klinik verpflichtet ist. Sowohl Kernberg (1988) als auch Janssen (1987) greifen darauf zurück.

Individuum, Gruppe und Organisation werden als offene Systeme verstanden. Es werden Systemeigenschaften beschrieben, die für alle drei Einheiten gelten:

– sie weisen Austauschprozesse mit ihrer Umgebung auf, die

unter anderem der Bewältigung von definierten Aufgaben (Primäraufgabe) dienen;
- jedes System verfügt über eine Kontrollfunktion zur Analyse der inneren Realität, der äußeren Umwelt und zur Kontrolle der Aufgabenbewältigung;
- die Kontrollfunktion sorgt zudem für den Erhalt der Systemgrenzen beziehungsweise des ganzen Systems.

Das Ich des Individuums kann als eine solche Kontrollfunktion aufgefaßt werden; »die Ich-Grenzen als die Grenzen, welche durch die Ich-Funktion festgelegt und geschützt werden, und die intrapsychische Welt der Objektbeziehungen des Individuums als den inneren Raum oder die innere Welt des Systems. [...] Die Primäraufgabe des Individuums besteht in der Befriedigung der trieb- und objektorientierten Bedürfnisse seiner inneren Welt mit Hilfe von Interaktionen mit seiner sozialen Umgebung.« (Kernberg 1988b, S. 273ff.).

Für die Gruppe kann der Gruppenleiter als Kontrollfunktion gelten. Hier besteht Übereinstimmung mit der sozialpsychologischen Kleingruppenforschung, wonach Führung von Gruppen sowohl auf eine externe Aufgabe (Sachaufgabe) als auch auf eine interne Aufgabe (Erhalt der sozioemotionalen Befindlichkeit der Gruppe) hin ausgerichtet ist.

Die Stations- oder Klinikleitung (das Management) schließlich repräsentiert die Kontrollfunktion der Klinik als Organisation. Die Primäraufgabe oder externe Aufgabe wäre somit die Förderung von Heilung oder Strukturänderung bei den Patienten, das interne Ziel läge in der Fürsorge für die Mitarbeiter (Arbeitsklima, Psychohygiene, Erhalt des Arbeitsplatzes).

Wie kann Teamsupervision helfen, die haltgebenden unbewußten Grenzen zu festigen?

Teamsupervision läßt sich schwer von Institutionsanalyse und von Institutionsberatung abgrenzen (vgl. Bilitza 1991; Buchinger 1988; Janssen 1989; Pühl u. Schmidbauer 1986; Rudnitzki 1988). Im günstigen Fall gelingt es, die Führungsgruppe der Klinik (Klinikleitung und Teamleiter) zu einer Selbstreflexion ihrer institutionellen Arbeitspraxis zu gewinnen. Ich nenne dies, einem neuen Konzept folgend, »Praxisreflexion«. Dabei geht es um die Arbeit an folgenden Fragestellungen:

- Welche Voraussetzungen schafft die Klinikleitung zur Sicherstellung haltgebender Grenzen?
- Wird die Forderung eingehalten: keine therapeutischen Beziehungen mit beruflich Abhängigen?
- Wird Führung als Wert eingeschätzt – oder eher abgewehrt (z.B. durch Erhöhung des Bürokratisierungsgrades)?
- Welche Führungsmittel werden eingesetzt (z.B. auch Mitarbeitergespräche)?
- Nimmt die Führungsgruppe ihren Führungsauftrag an? (Vgl. Kets de Vries 1986, 1990; Zalesnik 1976).
- Gibt es interne oder externe Fortbildungen zur Förderung der Teamführung?

Teamsupervision fördert die haltgebende Funktion des Teams. Ein Fokus liegt in der Anregung für den Teamleiter, seine Führungsaufgaben zu hinterfragen und entsprechende Kompetenzerweiterungen zu suchen. Ein weiterer Fokus der Supervision betrifft den Entwicklungsstand des Teams selbst (Formen der Zusammenarbeit, Abwehrformation, Konflikte bzw. Defizite):

- Kann das Team befähigt werden, am Strukturniveau seiner inneren Welt (der Objektbeziehungen) zu arbeiten?
- Achtet das Team auf die nötigen Freiräume zur Entwicklung der kollegialen Zusammenarbeit – oder bleiben diese unter Zeit- und Bürokratisierungsdruck bei der Überfülle festgelegter Arbeitsaktivitäten außen vor?

Teamsupervision sollte dem einzelnen Therapeuten Anregungen geben, seine fachlichen Kompetenzen zur Festigung der beruflichen Identität zu entfalten (durch Wahrnehmung von Fortbildungsmöglichkeiten, Supervisionsangebote u.a.). Berufliche Kompetenz und eine professionelle Persönlichkeit (im Sinne von Selvini Palazzoli 1984) schafft Unabhängigkeit in der Teamzusammenarbeit und hilft dem einzelnen Teammitglied, sich vor den Gefährdungen durch die pathologischen inneren Welten und vor Gefährdungen durch äußere Realitäten zu schützen.

Literatur

BILITZA, K. (1989): Psychoanalyse für betriebliche Organisationen: Sind Unternehmen rational zu führen? Gabler's Magazin 2: 21-24.

BILITZA, K. (1990): »Themroc« oder »die unbewußte Seite der Organisation«. In: STREECK, U.; WERTHMANN, H.V. (Hg.), Herausforderungen für die Psychoanalyse. Pfeiffer, München, S. 256-269.

BILITZA, K. (1991a): »Zur Psychoanalyse der Abwehr archaischer Ängste und Impulse durch soziale Organisationen«. Gruppenpsychotherapie und Gruppendynamik 27: 27-36.

BILITZA, K. (1991b): Suchttherapeuten im Spannungsfeld der Institution. In: HEIGL-EVERS, A.; HELAS, I.; VOLLMER, H. C. (Hg.), Suchttherapie – psychoanalytisch, verhaltenstherapeutisch. Vandenhoeck u. Ruprecht, Göttingen, S. 218-221.

BILITZA, K. (1992): Innere Welt klinischer Institutionen und psychoanalytische Psychotherapie in der Klinik. (Überarbeitete Fassung eines Referates auf dem XVI. Internationalen Kongreß für Psychotherapie, 16.-20. September 1991 in Hannover, Druck in Vorbereitung.)

BLANCK, G.; BLANCK, R. (1981): Angewandte Ich-Psychologie. Klett-Cotta, Stuttgart. (2.)

BUCHINGER, K. (1988): Teamsupervision in Institutionen. Gruppenpsychotherapie und Gruppendynamik 24, 1: 1-14.

BROCHER, T. H. (1989): Das Unbewußte und Irrationale, Managertraining in USA: Verhalten und Motivation verstehen. Gabler's Magazin 2: 16-20.

FREUD, S. (1921): Massenpsychologie und Ich-Analyse. GW XIII, S. 71-161.

GRUNBERGER, B. (1974): Gedanken zum frühen Über-Ich. Psyche 28: 508-529.

HEIGL-EVERS, A. (1978): Konzepte der analytischen Gruppentherapie. Vandenhoeck u. Ruprecht, Göttingen. (2.)

JANSEN, B. (1989): Zur Konzeptualisierung von Supervision. Gruppenpsychotherapie und Gruppendynamik 25, 2: 171-179.

JANSSEN, P. L. (1987): Psychoanalytische Therapie in der Klinik. Klett-Cotta, Stuttgart.

KERNBERG, O. F. (1988; amerik. 1976): Objektbeziehungen und Praxis der Psychoanalyse. (Aus dem Amerikan. übersetzt). Klett-Cotta, Stuttgart.

KETS DE VRIES, M. F. R. (1986): The irrational executive. Psychoanalytic explorations in management. International Universities Press, Madison. (3.)

KETS DE VRIES, M. F. R. (1990): Chef-Typen. Zwischen Charisma, Chaos, Erfolg und Versagen. Gabler Verlag, Wiesbaden.

OHLMEIER, D. (1989): Das Unbewußte und Irrationale. Analyse der Problemsituation: Das »Es« im Unternehmen. Gabler's Magazin 2: 29-34.

PÜHL, H.; SCHMIDBAUER, W. (Hg., 1986): Supervision und Psychoanalyse, Plädoyer für eine emanzipatorische Reflexion in den helfenden Berufen. Kösel, München.

ROST, W. D. (1987): Psychoanalyse des Alkoholismus. Klett-Cotta, Stuttgart.

RUDNITZKI, G. (1983): Teamsupervision – Geburtshilfe oder Abgesang für institutionelle Arbeitsgruppen? Gruppenpsychotherapie und Gruppendynamik 24, 4: 354-363.

SCHULTZE-DIERBACH, E. (1991): Der psychoanalytisch-therapeutische Umgang mit der Realität Klinik. In: HEIGL-EVERS, A.; HELAS, I.; VOLLMER, H. C. (Hg.):

Suchttherapie – psychoanalytisch, verhaltenstherapeutisch. Vandenhoeck u. Ruprecht, Göttingen, S. 108-127.

Selvini Palazzoli, M.; Anolli, L. u.a. (1984): Hinter den Kulissen der Organisation. Klett-Cotta, Stuttgart.

Zaleznik, A. (1976): Das menschliche Dilemma der Führung. Gabler Verlag, Wiesbaden. (2.)

Gerhard Bühringer

Möglichkeiten der Grenzüberwindung zwischen Berufsgruppen

»Interdisziplinäre Zusammenarbeit« ist neben der »multifaktoriellen Genese des Substanzmißbrauchs« ein Schlagwort, das in keiner Publikation zum Substanzmißbrauch fehlen darf. Es entsteht dabei der Eindruck, daß auch durch eine gebetsmühlenhafte Wiederholung dieser Begriffe deren Nützlichkeit für die Therapie des Substanzmißbrauchs nicht deutlich wird, so lange keine inhaltliche Auseinandersetzung erfolgt. Das ist in den letzten Jahren kaum geschehen (vgl. z.B. BÜHRINGER 1982a), so daß nach wie vor lediglich die stillschweigende Übereinkunft in der Fachwelt besteht, daß möglichst viele Faktoren zu einer besseren Erklärung der Entwicklung des Krankheitsbildes führen und möglichst viele in der Behandlung vertretene Berufsgruppen zu einem besseren Therapieerfolg.

Die folgenden Überlegungen beziehen sich auf eine Konsequenz interdisziplinärer Zusammenarbeit: Wenn verschiedene Berufsgruppen zusammenarbeiten, entstehen automatisch Abgrenzungen zwischen den Gruppen, die sich auch im Bereich der Suchtkrankenversorgung zeigen, etwa im Hinblick auf therapeutische Konzepte und Kompetenzen, Bezahlung, Dienst- und Fachaufsicht. Diese Grenzen werden von vielen Kollegen und Kolleginnen als negativ und störend empfunden; sie möchten sie deshalb überwinden. Dabei wird nicht selten eine mögliche Lösung des Problems mehr oder minder explizit geäußert, nämlich die Gleichstellung aller Berufsgruppen in bezug auf Aufgaben und Verantwortungsbereiche. Diese postulierte Gleichheit, möglicherweise aus dem Konzept der Selbsthilfegruppen übernommen (dort ist sie grundsätzlich berechtigt), führt sich aber schnell ad absurdum, da die Schlußfolgerung daraus wäre, daß man sich die vielen beteiligten Berufsgruppen sparen könnte, so daß die Forderung nach interdisziplinärer Zusammenarbeit endgültig inhaltslos wäre. Möglicherweise sind also Grenzen sinnvoll. Entgegen dem Titel des Beitrags soll deshalb zunächst auf die Prüfung sinnvoller Grenzen eingegangen werden, auf deren Nutzen für die Therapie und erst im letzten Teil auf die Überwindung störender Grenzen.

Sinnvolle Grenzen akzeptieren

»Alle können alles« ist ein Schlagwort, das vor allem in früheren Jahren gar nicht selten in der Suchtkrankenhilfe geäußert wurde. Dem steht grundsätzlich entgegen, daß die verschiedenen Berufsausbildungen zu unterschiedlichen Kompetenzen führen: Ein Arzt kann keine Substanzentgiftung durchführen, wenn er sich dafür nicht spezialisiert hat, und erst recht keine Psychotherapie, wenn er diese nicht gelernt hat. Ein Diplom-Psychologe kann in der Regel keine psychologische Behandlung durchführen, wenn er nicht für den Bereich der klinischen Psychologie ausgebildet wurde; er wird auch nicht die Medikation während einer Entgiftung oder möglicherweise auftretende Komplikationen therapeutisch verantwortlich entscheiden können. Ein Sozialarbeiter kann keine Therapie psychosozialer Probleme übernehmen, wenn er dies nicht gelernt hat.

Man kann die »Zersplitterung« des Tätigkeitsfeldes bedauern, aber sie ist nicht mehr rückgängig zu machen. Die Ursache liegt wie in anderen Bereichen darin, daß das Interventionswissen für die Behandlung des Substanzmißbrauchs derart umfangreich geworden ist, daß eine Berufsgruppe oder im Einzelfall eine Person dieses umfangreiche Wissen nicht mehr erwerben und verantwortungsvoll einsetzen kann. Die Spannbreite vom medizinischen Wissen für die Entgiftungsbehandlung, die Behandlung körperlicher und psychiatrischer Begleiterkrankungen, über die psychologische Behandlung emotionaler Störungen und Verhaltensstörungen bis hin zur Schulung oder Umschulung für ein Berufsleben (um nur einige Beispiele zu nennen) ist derart umfangreich geworden, daß die Spezialisierung der verschiedenen Berufsgruppen nicht mehr rückgängig zu machen ist.

Die Beispiele zeigen, daß bereits die Grundausbildung zu unterschiedlichen Kompetenzen führt. Das bedeutet, daß die Berufsgruppen zur optimalen Nutzung ihres therapeutischen Wissens für den Behandlungserfolg stärker als bisher ihre Kompetenzen verdeutlichen müssen. Dies gilt generell für den jeweiligen Berufsstand und speziell im Einzelfall für jeden Mitarbeiter in einer Einrichtung. Die Verdeutlichung der spezifischen Kompetenzen ist bisher kaum realisiert worden, weder generell noch im Einzelfall. Es besteht der Eindruck, daß sie bewußt vermieden wird, um mögliche Konflikte zwischen Mitarbeitern zu vermeiden. Ein Beispiel für eine solche Tätigkeitsbeschreibung ist die Zusammenstellung der Kompetenzen von Diplom-Psychologen im Suchtkrankenbereich (Bühringer 1982b). Es wäre sinnvoll, daß solche Konzepte auch von den anderen Berufsgruppen erarbeitet werden.

Die spezifischen Kompetenzen einer Berufsgruppe oder eines Mitarbeiters müssen aber auch von den jeweiligen Kollegen akzeptiert werden. Dazu gehört, daß man sich auf seine eigenen Fähigkeiten beschränkt und gemeinsam überlegt, welches therapeutische Problem welche Kompetenz benötigt. Es sollte versucht werden, die gegenwärtige Tendenz zu unterbrechen, daß jeder durch möglichst unterschiedliche und möglichst viele Fort- und Weiterbildungen anstrebt oder gar behauptet, alles im Bereich der Suchtkrankenhilfe zu können. Voraussetzung für eine solche dringend notwendige Akzeptanz spezifischer Kompetenzen bei anderen Berufsgruppen oder beim Kollegen ist die eigene persönliche Sicherheit und fachliche Ausbildung: Nur wer sich in seinem eigenen Bereich sicher und kompetent fühlt, kann andere Kompetenzen akzeptieren.

Zu der Akzeptanz von Grenzen gehört auch die Akzeptanz von hierarchisch oder rechtlich festgelegter Verantwortung und Entscheidungsstruktur im therapeutischen Einzelfall. Im Krankenhaus ist dies eindeutig: Trotz einer möglicherweise kollegialen Führungsstruktur (die ist auf keinen Fall ausgeschlossen) ist im Konflikt oder Notfall die Verantwortungslinie klar. Derjenige, der Verantwortung übernehmen muß, trägt sie aber auch hinterher bei unerwünschten Vorfällen.

Insgesamt ist es sinnvoller, Grenzen zunächst einmal herauszuarbeiten und zu akzeptieren, als sie implizit in einer Grauzone zu lassen oder ständig dagegen anzugehen.

Es wäre falsch, die sich durch die unterschiedlichen Berufsgruppen ergebenden Grenzen lediglich als notwendiges Übel zu tolerieren. Für eine optimale Behandlung ist es notwendig, die vorhandenen Grenzen auch sinnvoll zu nutzen. Die Spezialisierung hat neben der Gefahr einer Zersplitterung vor allem einen Vorteil, nämlich die Möglichkeit der Vertiefung des Wissens in einem speziellen Fachgebiet oder in einem Teil des Fachgebiets. Unter der Voraussetzung, daß therapeutische Einrichtungen eine ausreichende Mindestpersonalkapazität haben, ist es möglich, die Mitarbeiter so zusammenzustellen, daß sich die spezifischen Kenntnisse möglichst optimal ergänzen. Aus diesem Grund ist es notwendig, daß die seit langem bestehenden Mindestpersonalforderungen für ambulante und stationäre Einrichtungen allmählich erfüllt und auch über die bisherigen Grenzen erhöht werden.

Unter der Voraussetzung der Sicherstellung spezifischer Kompetenzen ist eine Arbeitsteilung möglich, die es dem einzelnen erlaubt, sich nicht in allen Bereichen ausbilden und ständig fortbilden zu müssen, um eine sachgerechte Therapie sicherzustellen. Beispiel für eine solche Arbeitsteilung ist der zunehmende Bedarf an diagnostischen Kenntnissen. Will man die Überlegungen zu einer möglichst frühzeitigen und individuellen Behandlung (BÜHRINGER 1990a, 1990b) in die Realität umsetzen, ist unter anderem eine erhebliche Verbesserung der diagnostischen Kompetenz der Mitarbeiter notwendig. Dies muß aber nicht durch alle Mitarbeiter sichergestellt werden, da der Aufwand hierfür zu hoch wäre und zuviel Zeit kosten würde.

Ein weiteres Beispiel für Arbeitsteilung ist die Notwendigkeit, im Rahmen der stärker individualisierten Therapie ganz spezifische Störungen zu behandeln, die immer nur bei einem Teil der Klienten auftreten, wie etwa Konzentrationsstörungen, Partnerschafts- und Sexualstörungen.

Würde man das Konzept der Spezialisierung stärker ausbauen, wäre es auch möglich, sich speziellen Rat von Kollegen zu holen, entweder in Kooperation verschiedener therapeutischer Einrichtungen oder (bei sehr großen Einrichtungen) zwischen den einzelnen Abteilungen. Die fachgerechte Behandlung für den einzelnen Patienten wird im medizinischen Bereich durch die Überweisung an Fachärzte und durch Konsiliardienste seit langem (grundsätzlich) sichergestellt; sie ist ein zentraler Bestandteil ärztlicher Ethik. Es wäre nicht wünschenswert, daß in der Behandlung des Substanzmißbrauchs eine ähnliche Ethik aufgebaut werden könnte.

Unterschiedliche Berufsausbildungen erlauben auch eine unterschiedliche Sichtweise der gleichen Problematik, wie etwa eines bestimmten Störungsbildes bei Abhängigen, und ermöglichen so eine möglicherweise bessere Herangehensweise in der Behandlung. Ein Sozialarbeiter wird an einer bestimmten Störung möglicherweise andere Aspekte der Behandlung sehen als ein Diplom-Psychologe mit einer Ausbildung in klinischer Psychologie. Beide erkennen zusammen, unter der Voraussetzung, daß sie gut ausgebildet sind, sicher mehr als jeder für sich alleine, und sie können durch eine Kooperation, die Grenzen nicht verwischt, sondern akzeptiert und nutzt, die Behandlung der Klienten verbessern.

Insgesamt ist es sinnvoll, die durch die verschiedenen Berufsgruppen automatisch sich ergebenden Grenzen zwischen Mitarbeitern in der Suchtkrankenhilfe nicht nur zu akzeptieren, sondern auch positiv zu nutzen im Hinblick auf die jeweils möglichst beste Behandlung des Einzelfalls.

Unnötige Grenzen überwinden

Die Akzeptierung unterschiedlicher Berufsgruppen und ihrer jeweiligen Kompetenzen darf nicht dazu führen, daß eine Zusammenarbeit in der Behandlung von Abhängigen nicht mehr stattfindet. Eine noch so gute Spezialisierung führt dann zum Schaden für die Behandlung, wenn jede Berufsgruppe losgelöst von der anderen ihren Teil der Therapie plant und durchführt. Um dies zu verhindern, ist eine intensive Kooperation notwendig. Soll diese nicht nur Schlagwort bleiben, muß sie aktiv gefördert werden, unter anderem durch folgende Möglichkeiten:

– Abstimmung der therapeutischen Vorgehensweise:
  Dies kann dadurch erreicht werden, daß bestimmte Schritte in der Therapie zwar getrennt vorbereitet, aber gemeinsam festgelegt werden. Dies gilt für die diagnostische Phase, für die Therapiezielbestimmung, die Therapieplanung und die Bewertung der Therapie. Jede Berufsgruppe wird unterschiedliche Ziele sehen

oder gewichten; durch eine solche Abstimmung der Zielbestimmung ist ein gemeinsames Vorgehen sichergestellt.

- Hohe fachliche Kompetenz:
  Kooperation wird dann erleichtert, wenn die Mitarbeiter gut ausgebildet sind und zumindest ein Grundwissen über die Konzepte anderer Berufsgruppen erworben haben. Dies gilt zum Beispiel für die unterschiedlichen Modelle zur Entwicklung, Aufrechterhaltung und Behandlung des Substanzmißbrauchs. Zwar ist ein Mitarbeiter in der Regel nur in einem therapeutischen Konzept spezialisiert, er sollte aber zumindest grundlegende Kenntnisse über die anderen Konzepte haben, ohne daß er deren Anwendung auch beherrschen muß.
- Gemeinsame Fallbesprechung und Supervision:
  Dies sind wichtige Voraussetzungen für die Überwindung beruflicher Grenzen und Hemmnisse. Wenn es gelingt, ein Arbeitsklima zu erzeugen, in dem unterschiedliche Berufe ihr jeweiliges Vorgehen und ihre Probleme darstellen, ist auch die Grundlage für ein kooperatives Arbeiten gegeben.
- Gemeinsame Fachsprache:
  Fachsprachen definieren unter anderem die Abgrenzung der jeweiligen Berufe und sie definieren auch einzelne Therapierichtungen, etwa innerhalb der klinischen Psychologie. Fachsprachen sind notwendig für einen Beruf oder für eine Theorie, da sie Vorgänge präzise formulieren und zum schnellen Informationsaustausch dienen. Zwischen Berufsgruppen sind sie aber häufig ein unüberwindliches Hindernis, da sie durch ihre hohe Spezialisierung unverständlich werden. Eine Möglichkeit zur Lösung dieses Dilemmas besteht darin, sich auf eine gemeinsame Sprache – zusätzlich zu der jeweils eigenen Fachsprache – zu einigen, um den Informationsaustausch zwischen Berufsgruppen und zwischen therapeutischen Richtungen zu erleichtern. Besonders gut eignet sich für eine solche gemeinsame Basis die »Beobachtungssprache«, also das, was wir intersubjektiv nachvollziehbar und überprüfbar erfassen und an Dritte weitergeben können. Mit welchem theoretischen Erklärungsmodell man ein bestimmtes Störungsbild erläutert, ist Sache der jeweiligen therapeutischen Disziplin und als solche für andere wenig hilfreich. Gemeinsam im Sinne einer Beobachtungssprache ist zum Beispiel die Erfassung von Häufigkeit und Menge des Konsums und mögliche Veränderungen dieses Konsums

über die Zeit; Kriterien für den Erfolg sind verschiedene, intersubjektiv beobachtbare Veränderungen beim Klienten. Das Bemühen, eine solche gemeinsame Sprache zwischen den Berufsgruppen, aber auch zwischen den Spezialisierungen innerhalb eines Berufs, zu verstärken, würde den Abbau störender Grenzen zwischen den Gruppen erheblich erleichtern.

Schlußbemerkung

Grenzen zwischen den Berufsgruppen sind teilweise notwendig; sie sind eine Folge der erforderlichen Spezialisierung des sonst zu umfangreichen Wissens für die Behandlung von Abhängigen. Die Nutzung dieser Spezialisierung erlaubt unter anderem die Behandlung eines Abhängigen nach dem jeweils besten therapeutischen Vorgehen.

Die durch Spezialisierung entstehenden Grenzen dürfen jedoch nicht zu einer Verschlechterung der Zusammenarbeit führen. Hierzu gibt es eine ganze Reihe von Möglichkeiten, die Zusammenarbeit im konkreten therapeutischen Einzelfall zu fördern und auszubauen. Dennoch wird es für die Suchtkrankenhilfe in der Zukunft nicht ausreichen, lediglich die *Voraussetzungen* für eine kooperative Zusammenarbeit der beteiligten Berufsgruppen zu schaffen, auch das »Wollen« spielt eine entscheidende Rolle: »Die beschriebene Form inhaltlich orientierter Zusammenarbeit verschiedener Berufsgruppen wird um so leichter erreicht werden, je mehr Wissens- und Handlungskompetenz sowie Erfahrung die Mitarbeiter für ihren eigenen Bereich und je mehr Wissen sie über die Kompetenz der anderen beteiligten Berufsgruppen haben. Dies sind für mich notwendige, aber nicht hinreichende Voraussetzungen: das persönliche Bemühen muß auf jeden Fall dazukommen.« (BÜHRINGER 1982a).

Literatur

BÜHRINGER, G. (1982a): Interdisziplinäre Zusammenarbeit – Realität oder Illusion? In: KUYPERS, U. (Hg.), Sucht und Therapie. Lambertus-Verlag, Freiburg, S. 109-124.

BÜHRINGER, G. (1982b): Tätigkeitsfelder für Diplom-Psychologen im Bereich der Prävention und Therapie der Abhängigkeit von illegalen Drogen. Report Psychologie 4: 43-46.

BÜHRINGER, G. (1990a): Individualisierung der Suchttherapie – Forschung und Praxis. In: HEIDE, M. (Hg.), Individualisierung der Suchttherapie. Dadder-Verlag, Saarbrücken, S. 27-48.

BÜHRINGER, G. (1990b): Frühzeitige Behandlung von Abhängigen – Schlußfolgerungen für die Forschung und Praxis. Vortrag, gehalten auf dem Dresdner Symposium zu ausgewählten Problemen der Alkohol- und Arzneimittelabhängigkeit am 17. 5. 1990 in Dresden. Vervielfältigtes Manuskript.